REISEFIEBER

Satz: Schaber/Wels
Printed in Austria by Welsermühl, Wels
ISBN 3-7017-0549-6

JUTTA SCHUTTING

Reisefieber

ERZÄHLUNGEN

Residenz Verlag

das Kind, das der mir nur von Photographien bekannten Urgroßmutter auf den Schoß gesetzt worden ist, bin ich, aber mein Erinnerungsbild an ihren achtzigsten Geburtstag in Scheibbs ist ein anderes: inmitten von herumlehnenden Soldaten liege ich in einem düsteren Vorraum mit schwarzen Fenstern und Ziehharmonikatüren auf fremden Säcken oder Rucksäcken, die sich rühren wie eingefangene Hühner, so mache ich lieber die Augen zu

mit der Mutter in einem Eisenbahncoupé zu sitzen, das wie ein kleiner Stall in Boxen unterteilt ist und in dem einander gegenüber gesessen wird wie in einem Pferdeschlitten. ich solle hinausschauen auf die Donau, und da hält mir eine weißhaarige Dame eine nie zuvor gesehene wachsblaue Weintraube hin, von der schwarzes Donauwasser tropft, die Mutter nickt, und so koste ich, so also schmeckt das Erschrecken, daß jemand ganz Fremder etwas von einem will, indem er einem gibt! in Pöchlarn dann gibt es bloßfüßige Gassenkinder, weil aus den Pflastersteinen der Donausand steigt, an den Straßenrändern sitzen sie und kratzen Sand zusammen, und dann gibt es auch noch aus ihren Häusern nach vorne gezogene Fensterzimmer, so ganz anders ist Pöchlarn als Amstetten!

in einem Pferdeschlitten, dem die vom Vater gesund gemachten Pferde vorauslaufen mit Christbaumgebimmel, wird durch einen, von Rauhreif weiß eingeräuchert, ganz fremden Wald gefahren, auch wir atmen Rauch aus, aber was mir Unbehagen macht, sind die Rauhreifblätter, die die Nadelbäume auf uns und unsere Decke herunterstreuen

ich bin mit der Großmutter in Waidhofen an der Ybbs, zur Luftveränderung durch heftiges Husten. »in einem gutbürgerlichen Gasthof dürfte nichts von den Messern und Gabeln zu hören sein, wenn die Kellner sie hervorholen«, leise steche ich den Germknödel in den Bauch. schwarze Kanonenkugeln sind von dem Türkensturm in der Felswand des Schlosses steckengeblieben, bloß den türkischen Halbmond sehe ich nicht, weil Mittag ist, nur das himmelblaue Ziffernblatt mit goldenen Sternen, dafür am Abend einen Vollmond und am Morgen endlich die Mondsichel — sie ist aber nicht von dem über Nacht hingeschwundenen Mond übriggeblieben, es ist die goldene Sichel, mit der von den Türken alles niedergemäht worden ist und die sie wie ein Wurfmesser auf den Kirchturm geworfen haben, damit unter diesem falschen Mond die Einwohner tief schliefen, sobald sie brennende Turbane über die Stadtmauer würfen, auch die Zeiger der Kirchturmuhr haben kleine Fischschwanzsicheln. wovon ich aber der Mutter erzählen werde, ist das nicht in eine Rinde geschnittene, ist das aus einer Rindenhütte herausgeschnitten zum Verschwinden gebrachte Herz, durch welches zu dem hineingeschaut wird, der sich eingeschlossen hat auf der Bauernbühne, und so fährt bald sie mit mir und einem Gamshäutl nach Waidhofen zum Lederhosenschneider, in einem Gewölbe wird mir Maß genommen

und welche Abenteuerreisen zu dieser Zeit! als ein Kosakenführer jage ich auf wilden Ritten durch Kosakenland, mit der Nilpferdpeitsche des Vaters treibe ich den blonden Rappen zu Sprüngen an über Schluchten hinweg, als ein Kosake bin ich zu erkennen in den Malenki heißenden Filzstiefeln, die mir der Vater aus Rußland geschickt hat; vor Verblüffung bleibt mir der Mund offen stehen, als die mit Reisekorb und einer Hutschachtel aus Wien angereiste Großtante sagt, ich gehörte in eine Korrektionsanstalt, obwohl es das Hutschpferd des jüngeren Bruders ist, nur Holz, das diese Peitschenhiebe abbekommt und dem ich die Filzsporen gebe,
und so ist, was mir und den Geschwistern erlaubt bleibt, auf

dem Kutschbock eines Planenwagens, Gitterbett des jüngsten, als bessarabische Flüchtlinge, wo immer dies Wüsten-Bessarabien beheimatet sei, vor den Bolschewiken nach Amstetten zu flüchten,
auf die unterste Stufe des Trittbretts hinabgedrängt oder hinabgezogen wird bald die Mutter Eisenbahn fahren, Heimfahrt aus der Wachau mit einem fest gehaltenen Koffer voller Marillen!

das rötliche Rauchlicht, das dem Sonnenaufgang vorangeht, steigt wie Wasser an mir und der Mutter hinan, als wir, noch nie bin ich so zeitig aufgestanden, vor der Haustür auf den Lastwagen warten, die Möbel des gestorbenen Großvaters aus Altmünster heimzuholen; und dann fahren wir, immer nach Westen, dem Sonnenaufgang davon und ihm zugleich auch nach Westen entgegen, auf die von unserer raschen Fahrt und dem frühen Morgen wieder steigen gemachte Sonne zu, und sie steigt so langsam aus der am Horizont endenden Straße, aus dem hohen Gras, aus den Büschen und dann auch Bäumen, als wollte sie überall dort verschwinden, wo sie uns aufgeht; in den Ortschaften, auch dort das rötliche Sonnenaufgangsnebellicht, wird uns mit Milchkannen zugewinkt, zuerst nur von Bauern, dann auch von Bürgersfrauen, zuletzt von Kindern auf dem Schulweg mit ihren Jausensäckchen und zuallerletzt von verschlafenen Spätaufstehern aus vor Tuchenten überquellenden Fenstern, auf allen Marktplätzen riecht es nach frischem Brot, der Germgeruch ist in dem Sonnenaufgangsrauch festgehalten, und sooft wir durch Stadttore fahren, bücken wir uns, denn wir stehen wie in einer Aussichtskanzel hinter dem Führerhaus, bücken uns, um vom Osttor aufs Westtor zu schauen und da wie dort dieselbe Sonne auftauchen zu sehen, im Westen ein wenig später als im Osten, hinter dem Stadttor wie in den Wiesen,
und dann stehen wir am Traunsee, Schwäne, meine ersten Schwäne, recken die blassen Hälse, so übel ist mir von dem

plötzlichen Anhalten vor dem Wasser, hoch schießt die Sonne über uns hinauf,
Schlafende Griechin, die jenseits des Sees und hoch über seinem Wasser in ihrem Geheimnis schlafen bleibt, spurlos in den Berg, der nach ihr heißt, eingegangene fremde Frau, denn wie eifrig ich sie auch da oben liegen und schlafen sehen möchte, in Gestein verwandeltes Fleisch, weiß ich sie nicht zu lesen, starre sie an, ihr vielleicht ins Gesicht, ohne sie zu erkennen, wandere, ihr Gesicht suchend und ihre Gestalt, mit so und so geneigtem Kopf ihr starrer Felskamm bleibendes Schlafen ab, kein einziger menschlicher Zug ist an ihr auszunehmen — sie wird mir nicht davonspringen wie ein Reh, wird stillhalten in ihrem ewigen Schlaf, bis — wann erst? — in der Wolke aus Stein ihre Umrisse ich erkennen werde!

kein einziges Mal in seinem Leben bin ich mit dem Vater in einer Eisenbahn gefahren, vor der kleinsten Ausfahrt geht er vor Reise-Unruhe auf und ab, bläst die tief eingeatmete Luft aus und wollte schon längst wieder hier sein, und da ich spätestens auf der Ybbsbrücke aus seinem Auto steigen mußte vor Übelkeit, sind wir also, als ich noch recht klein war, nach Stift Ardagger gegangen, Frau Thilo in ihrem Stiftsschloß zu besuchen: von einem Aussichtsturm mit einer Veranda da oben sieht man weit ins Donautal, in ihrem kleinen Schloßteich schwimmen Krokodile, winzigkleine, nur die, welche sich sonnen, sind bedeutend größer, an ihren Chow-Chow-Hunden wächst die Wolle ihrer Jacke und auf den Schultern und Händen ihrer weißen Bischöfe sitzen lebende Vögel, müssen in den hellen Gang hereingeflogen sein durch die vergitterten Fenster

auch in Gaming war ich mit der Großmutter gewesen, bei ihrem Bruder Ferdinand! ebenerdiges Haus, und auf den Fensterbrettern, tief wie nur in Bauernhäusern, liegen Mohnkapseln zum Trocknen, auch vor der Haustür auf Holztischen auf ihnen untergebreitetem Papier, fast so stark wie ihre papierdünne Schale — ich darf eine aus der Reihe nehmen, am Ohr sie schütteln und in sie hineinhorchen, trockenes Fließen und leises Scheuern, um wie viel leiser mag erst der Sand der Sanduhr fließen unter dem fest verschlossenen Glassturz, aber anders als das Ticken unserer Taschenuhr höre ich das Rasseln der Mohnsamen mit dem rechten Ohr genauso gut (und getraue mich trotzdem nicht zu fragen, ob sich die Mohnkörner wie Salz aus dem Salzfaß aufs Papier streuen werden oder man ihnen die Käppchen durchschneiden muß). ein fremder Bub setzt am Abend eine Weinbergschnecke an den unteren Rand der Fensterscheibe, als lebendige Uhr, denn am Morgen würden wir an der Schleimspur sehen, welch kleines Stück Weges sie zurückgelegt haben werde auf einer langen Nachtwanderung. im Hof ist ein Brunnentrog aus Stein, so schnell, wie man atmet, hüpft Wasser in ihn hinein, mir aber fliegt ein großer Hahn auf den Kopf und hält sich mit seinen Krallen an meiner Stirn fest, ich rühre mich nicht, stehe mit Herzklopfen da am Brunnenrand, nicht verjagt ihn das spritzende Wasser, bleibe so stehen, bis endlich Tante Gerta mit Hasenfutter in den Hof tritt, ihr lautes Lachen hat ihn verscheucht. die Weinbergschnecke hat sich über Nacht mit einer weißen Haut ihr Haus abgedichtet, so haftet sie an dem Glas

Forsteralm. hat die Mutter schon in der Bahnstation Oberland gewußt, ich würde immer schneller bergauf gehen, um den Türkenbund nicht zu versäumen, den sie dort oben einmal blühen sehen hat, oder hat sie mir erst in der Schutzhütte die Enttäuschung angemerkt über sein blasses Bild, das, mit anderen Bergblumen an die Hüttentür geschlagen, nach Erbswurstsuppe roch, obwohl es kundzutun hatte, er wäre vom Aussterben bedroht, beinahe schon ausgerottet? kreisende Adler zeigt sie uns im Weitergehen, deren Schreie mich über den Türkenbund wie über ein gebrochenes Versprechen hinwegheben, bis sie verstummend davongespült sind aus dem Himmel wie von dem himmelblauen Samtvorhang das letzte Kinobild, eine im Wasser versinkende Rose, und so schiebt sich die Mutter mit uns Kindern an einen Felsabsturz heran — der Schwindel im Hinunterschauen von der Erwartung hochgetrieben, dort unten werde einer blühen und die Mutter wisse es schon, tief unten oder, in seinem Samen hinaufgehoben, in der Wand neben einem Edelweiß. über eine weite Hochfläche gehen wir, wir werden gelobt, daß wir viel besser gehen als andere Kinder, längst schaue ich nach keinem Türkenbund mehr aus und warte doch heimlich, daß die Mutter endlich: »da, schaut!« sagen würde. und dann stehen wir wirklich vor einem zarten Stamm mit Turbanblüten, sie hat gewußt, daß genau unter den kreisenden Adlern in einer Senke er blühen wird! die Bodendisteln schließen sich, ganz langsam, während man nicht hinsieht ein klein wenig mehr, denn wenn man sie ansieht, rühren sie sich nicht, dafür sind in dieser Zeit die Blätter der anderen aufeinander zugerückt, und wir steigen hinunter: wie einen Tropfen Blut habe ich einen Flecken von einem vorsichtig berührten Staubgefäß am Zeigefinger, denn was ›Unter Naturschutz‹ steht, dem ist bloß ein unsichtbarer Glassturz übergestülpt worden. müde stolpern wir dahin, und so singt die Mutter »Die Blümelein, sie schlafen schon längst im Mondenschein«, Lied, das traurig ist, wenn es die Großmutter auf dem Heimweg über Himmelschlüsselwiesen singt

aufregend die Bahnfahrt, richtige Reise mit Übernachtung, in die Heimat der Mutter — wird das Posthaus noch so sein wie auf dem Stich in der Küche, wird, was sie uns erzählt hat, auch von uns Kindern wiederzuerkennen sein? in der Bärnschützklamm an glitschigen Leitern, durch die es stäubt, vor ihr her, über von nassem Moos gepolsterte Holzstege führt sie uns wie auf dem Schutzengelbild über weißes Zischen hinweg zu den Höhlen mit den Schädeln der Höhlenbären, deren Augenhöhlen noch runder sind als die Felseingänge. erste Nacht dann, in die das Rauschen eines Baches dringt, noch im Schlafen höre ich ihn rauschen — wie kann das sein, daß man eines Tages nicht mehr hört, was doch weiterrauscht; wie kann man gegen dies Rauschen ertauben, daß es nichts mehr wäre als eine besondere Stille; und würde man wie von Lärm geweckt, wenn es plötzlich zu Ende wäre?

eine Woche lang auf dem Pfannberg bei Onkel Gunther, mein jüngerer Bruder ist schon den ganzen Sommer hier — jeden Abend im Bett auf die erste Welle von Heimweh zu warten, sich zusammenziehendes Herz, so also ist es, und wie rasch wäre ihm in den Schlaf zu entkommen, würden nicht all diese Nächte die Bäume vor dem Fenster von Schlimmerem geschüttelt, selbst die hohen Fichten dreht es in den Wurzelstöcken hin und her, Schattengeflacker über die Wände des Zimmers mit dem nachts unheimlichen Getikke der Kuckucksuhr, Knarren und Ästebrechen, das mir Angst macht vor dem bald immer dringlicheren Bedürfnis, für das hinausgetreten werden muß in den finsteren Garten auf die kleine Hütte zu, deren Tür ächzend auf- und zuschlägt, nur bei Tag ist es aufregend-schön, inmitten des stürmischen Waldes hinaufzuschauen in die wie schwarze Wolken dahinschießenden Fichtenkronen, Zingerle heißt der Himbeerschlag-Hitzemörder aus Semriach, sein Versteck ist noch nicht entdeckt, aber das alles macht nichts: von Nacht zu Nacht dauert es einen Tag weniger, daß die Mutter uns holen kommt, nicht weiter werde ich jemals wieder von ihr entfernt sein als die drei Personenzugstationen bis Kröllendorf, wo es an einem Bach Feuerkröten gibt, gelb und rot ihre Unterseiten!

REISEFIEBER

Autostoppjahre, aus der Ferne betrachtet: unbeschwerte Wanderburschenzeit, in der man auszog, sich Furchtlosigkeit zu erobern,
aus der Seßhaftigkeit der Eltern aufgebrochen, überall dort für eine Nacht zu Hause, wo man sein Zelt aufschlug,
weiterziehend, sobald in Städten nach der unbekümmerten Regel: ›kaum gesehen, schon besichtigt!‹ in stickige Luft eingeschlossener Kunst Genüge getan war,
vergnügt im Weiterfahren auch davon, daß man in kaum unterbietbarer Zeit die für einen geschaffene Architektur mit bewegtem Innehalten sich zu eigen gemacht und durch Ausflüge aus der Stadt hinaus von der ganzen Region sich mehr genommen habe als die meisten Touristen,
Lehr- und Wanderjahre vor allem des Auges, in denen man sein Reise- und Lehrgeld nicht an Annehmlichkeiten vergeudet hat und seine Jugend nicht durch langes Schlafen, bald wird man geweckt von der aufs Zelt brennenden Sonne, lieber ist man essend und auch dösend dort herumgelehnt, wohin es einen zu ruhigerer Betrachtung zurückgezogen hatte, bei allem Wohlgefallen mit den anderen wetteifernd, wer sich zur Einübung eines höheren Kunst- und Natursinnes die meisten Objekte und Landschaften so genau eingeprägt haben würde, daß sie ihm nicht verblaßten, wie lange auch noch nach ähnlichen Bildern dahingejagt würde,
und zugleich hat man sich insgeheim auf den Tag gefreut, an dem einem, man hat ja nicht Buch geführt und anders als die Touristen nicht photographiert, Stadtplätze durcheinandergerieten und Fassaden vor fremde Innenräume sich schöben (die Namen als erstes dahin wie Schall und Rauch), auf daß sich im nachhinein die Pilgerfahrt in Kunst- und Naturabenteuer beschleunige durch Sprünge hin und her und ein Geschwindigkeitsrausch in Erinnerungen, funktionierend wie ein Kaleidoskop, eines Bild von Italien aus rasch wechseln-

den Kopfbildern neu zusammensetze, zu Traumbildern des Traumes Italien, den man sich erfüllt hat.
diese Fahrten und Aufenthalte ein Wettlauf auch mit anderen Autostoppfreunden um die verwegeneren Chauffeure und ausgefalleneren Fahrzeuge (zweirädriger Ochsenkarren contra von mir nie gestoppten Leichenwagen), also auch um Zwischenfälle und Situationen, die den eigenen Schutzengel als den größten auswiesen,
und wie langsam der zeitgemäße Pferdewechsel auch manchmal vonstatten ging oder altersschwache Vehikel die allzubald bei ihrem Stall angelangten besseren ersetzten: wenigstens einen Tag früher mußte man in Palermo eingetroffen sein als ein Onkel mit seinem Mercedes,
Überzeugungskunst, von der besser zu pausieren war, als daß man am Rand anonymen Vorüberfließens mit unkonzentriert keinen Bestimmten herausholenden Gesten den Glauben an den Abendschimmer von Paris verloren hätte,
stoisch aber auch das Wegelagerer-Dasein durch (affektiert empfundene) Cicerolektüre an einsamen oder vor Schottergruben endenden Landstraßen, für Notzeiten aufgespart der Zaubertrick, es sei Zeit für ein kleines Mahl, schon kommt einer angefahren; und die Kraft, zügig weiterzukommen wie ein Fluß, gibt einem, wer einen für bescheidene fünfzig Kilometer mitnimmt und fragt: ›ja wie wollen Sie denn noch heute dorthinkommen?‹, aber auch die von einem unbekannten Kameraden wie Gauner- und Bettlerzinken der Planke, an der man lehnt, eingeritzte Warnung: Schlechtester Platz von ganz Europa!, er ist ja nicht mehr da.
(diese Fahrten mit seelisch robusten Freunden waren für mich aber auch in den allerersten Jahren eine Flucht vor dem mir kurz zuvor widerfahrenen, von ihnen verachteten Venedig:
tagelang darauf eingerichtet, eher werde bis zur Abfahrt des Zuges ein großes Unglück geschehen, als daß es mir glücken würde, Venedig mit eigenen Augen zu sehen; ich würde, sollte ich aber von einem Tag auf den anderen wirklich werden

sehen, was sechzehn Lebensjahre lang für die Augen weiter weg war als der Mond, auch dem Tod nicht länger in unerreichbare Ferne gerückt bleiben und als jemand, der dort drei Tage und Nächte verbracht habe, fast so verändert heimkommen wie die Soldaten aus dem Krieg, war ich dann im Korridor des Nachtzuges am Fenster gelehnt, es müsse der österreichischen Landschaft anzusehen sein, daß durch sie nach Venedig gefahren wird, erster Schauer, als eine italienische Lautsprecherstimme in meinen Schlaf dringt und diesem aufgeregt kundtut, daß nun Italien sei,
verwirrt komme ich aus Venedig zurück, ausgelacht von den neuen Freunden und bald selbst nicht mehr sicher, ob ich nicht bloß in einem heftigen Fiebertraum dort gewesen sei, aber das Fieber hatte ich mir nachts am Lido geholt, durchs Wasser watend, kleine Kühlung, mit einer Taschenlampe den Weg mir leuchtend an Krabben vorbei,
erstes Mal des Außer-mich-Geratens durch die Weite eines Platzes, über den Café-Musik streicht, und durch das scheinbare Auf- und Abwärts- und Zueinandergleiten der mit Eisenbändern zusammengehaltenen Piloten in dem immer stärker atmend sich hebenden Wasser, Liebesbewegung, deren Steigen und Mir-in-mich-Entgleiten mich damals so bestürzt, daß sie, ehe *ich* mir entgleite, an einem herzbeschwerenden Gesicht sich festhalten muß, an einer sogleich wieder aufgelösten Phantomgestalt der hier geatmeten Luft und ihres Lichtes:
drei Tage lang renne ich hinter ihr her, in Liebespanik und Liebesverzweiflung, denn eine jede Gasse tut kund, daß ich sogleich auf sie stoßen würde, jeder Platz und jede Brücke, gleich werde sie eingeholt sein, und zugleich auf jedem Boot an mir vorbeigetragen, bleibt sie verschwunden, bleibt ein Jahr lang aber zu fühlen als Venedig-Erschütterung, sooft ich zu Hause an einem hellen Sonntagmorgen bei Glockenläuten ans Fenster trete, wird Jahre später in unserer Liebe zu erkennen sein und in unserem Venedig)

wißt ihr noch, wie wir, Thomas von Aquins Wort eingedenk, Darbenden sei Mundraub gestattet, mit je vierhundert Schilling von Bayreuth (Nächtigung dort auf Tristan-Gartenbänken) nach Elba strebten; wie ganz gut wir uns in den Badeorten an der Riviera unseren Etat aufgebessert haben mit kleineren Entnahmen aus den an Münzen reichen Springbrunnen der Kurparks und Kurpromenaden (du hast resolut hineingefaßt, als fischtest du dir einen Goldfisch; ich eher so, als wollte ich mir die Handgelenke kühlen); wie du uns durch Blutspenden bis zu Schwächeanfällen in Athener Spitälern ich-weiß-nicht-mehr-was finanziert hast?
mit einem Erzbischof, dem späteren Papst Paul VI., sind wir in einer eleganten Dienstlimousine (— hatte sie ein erzbischöfliches Wappen, wenn schon nicht adventviolette Vorhänge? —) von Genua nach Mailand gefahren, und welch eine Anstrengung für dich, einem Professor der Universität Bologna auf Autostopper-Italienisch und in ärmlichem Schulfranzösisch von Frege vorzuschwärmen, damit er, statt uns vor einem der nächsten Motels adieu zu sagen, lieber die Nacht mit uns durchführe! und der Turiner Keksfabrikant, der sich zum Abschied nach vielen gemeinsamen Stunden als ein gebürtiger Wiener zu erkennen gab? auf dem Fußmarsch von der Autobahnabfahrt in die Stadt haben wir uns, um uns die Geniertheit hinwegzulachen, genau nacherzählt, worüber wir uns im Lauf der Fahrt arglos unterhalten hatten, was hattest du nicht über ihn zu mir nach hinten ins Dunkel gesagt!
dafür hast du, und nicht ich, *den* für einen professionellen Autodieb gehalten, der uns dann, abgerissen und verlottert von drei Wochen Spanien, in seine Villa eingeladen hat, ganz verdattert sehe ich dich vor seiner chinesischen Sammlung stehen!
oder der, mit dem etwas nicht zu stimmen schien, böses Vorhaben oder schon auf der Flucht, bis er uns nach der langen Fahrt durch finsteres Ödland eingestand, er habe zu spüren vermeint, daß wir ihm etwas antun wollten?

oder mit der Gewißheit, nie werde einem von uns mehr als das geschehen, auf der Gardesana vor dem zertrümmerten Auto zu stehen, aus dem kurz zuvor deine Schwester und der Fahrer heil geklettert waren? in einem erstmals flüssigen Italienisch, wie groß muß ihr Schock gewesen sein!, hat sie den Schaulustigen viele Male beteuert, der Zeuge lüge, niemand sei tot und schwerverletzt weggetragen worden, bis sie uns, ungeduldig, weiterzufahren, endlich zu leben glaubte!
und woher hat man die Selbstsicherheit genommen, etwa dem Griechen, der uns aus seinem kühlen Kellerhaus fortjagen wollte, weil wir neben seinen Ölfässern Zigaretten rauchten, zu seiner Beruhigung gedacht ein brennendes Zündholz in einen vollen Kanister zu werfen, belustigt von seinem antikischen Wehgeschrei?,
wo war die als Jugendherberge adaptierte Kirche, in der einem, kaum daß man am Einschlafen war, Katzen, es werden schon welche gewesen sein, auf die Brust oder ins Gesicht sprangen? und wenn sich einer nur geräuspert hat, hat sich der Widerhall von der Galerie wie Orgelrauschen angehört ...
wie tief konnte man schlafen, allen versäumten Schlaf auch auf Vorrat wegschlafen, und wie über alles Ungemach lachen, vielleicht doch erst lachen, als es zu Ende war, wie sonst hätte ich vor Zorn, daß sie sich nicht rasch aufblasen ließ, vom tiefen Atmen nur mein Schwindel zunahm, im hintersten Bosnien meine Luftmatratze mit einem Taschenmesser aufgeschlitzt —
lachen über den Eisenbahnzug, in dem ein Brand ausbricht, kaum daß wir der verödeten Straße untreu werden, lachen in einer Herberge über den Uringeschmack eines Zahnputzbechers, über die Ente, die uns als lebende Illustration der ganzen Misere aus unserem armen Zelt entgegengeschwommen kommt,
im Aufwachen lachen über unsere verschwollenen Augen mit Sehschlitzen, die aufgequollenen Lippen (wir hatten, zu mü-

de, um von den Mosquitoschwärmen geweckt zu werden, in stockfinsterer Nacht in einem sumpfigen Gelände hinter Marseille uns schlafen gelegt),
zum Lachen auch, nach einer Fahrt auf einer staubenden dalmatinischen Küstenstraße mit verklebten Augen vom Lastwagen herunterzuklettern, nämlich mehlweiß von Kopf bis Fuß,
und wie billig habt ihr euch manchmal die Bahnfahrt zu einem näheren Schigebiet gemacht: in Erwartung des Schaffners lehnt einer vor der Tür des Klosetts, die drei anderen sind schon drinnen, zeigt schnell seine Karte vor und verriegelt!
geschwellt das Selbstgefühl von der Erfahrung, es sei einem gegeben, notfalls mit einem Joghurtlöffel im Stiefelschaft sich überallhin durchzuschlagen, und das Lebensgefühl geschwellt von all dem zum ersten Mal Erlebten —
so weiß sind Kreidefelsen, anders weiß als die die Sonneneinstrahlung zurückstrahlenden Karstinseln vor der istrischen Küste, wieder anders, luftig weiß, werden die porösen Bimssteinblöcke sein, nach Vulkanausbrüchen aus dem Meer gewachsen, leicht wie Blütendolden, wißt ihr es noch?, liegt davon Abgebrochenes in der Hand,
vorwärtsschauend an einer Reling zu lehnen (und dies Wort aus Abenteuergeschichten zum ersten Mal als etwas Dingliches zu befühlen), damit ich früher als die anderen die Insel sich schärfen sehe, auf der etwa hundert Jahre nach Napoleon mein Großvater in Gefangenschaft war, meine erste Insel ist es, zwischen Tamarisken steht unser Zelt:
von einem Bauernhaus Wasser zu holen in einem Wassersack, die ersten Melanzani seines Lebens zu braten, gebadet wird in einer winzigen Bucht aus ganz hellem Stein, der ausgewaschen war zu starren Sturzwellen und Sichelmonden mit ganz scharfen Rändern, heikler Abstieg ins Wasser, aber nichts so schön bis dahin in der Welt, wie aus den weichen Wellen hoch über dem marmorierten Grund hinaufzuschauen zu dem kalkweißen Steinmeer, aber nach dem Schwimmen hat-

te man den Steilhang mit den brüchigen Felsen nicht in Elba hinaufzugelangen zur Straße, sondern an der Costa Brava! in der roten Erde ausgerutscht, war ich, von Gestrüpp aufgefangen, scheinbar blutverschmiert oben angelangt — meine ersten Korkeichen zu befühlen, Rinde herauszureißen, zum ersten Mal in einem Wald Eukalyptus einzuatmen, das Wiedererkennen von Syrakus in den Gassen von Tossa, denn wie die vielerlei Mittelmeere unterscheiden sich auch, zu meiner größeren Verwunderung, die Mittelmeerhäuser und die Mittelmeergassen, inwiefern, bleibt noch unbedacht, man sieht es ja.
von einem Baum einem Stierkampf beizuwohnen, Entfernung, die ihn gnädig in ein Ballett auflöst,
aber das Südfrankreich von damals, verzeih es mir, trotz Cézanne bloß ausgedörrtes Land, nur in den Zikaden mit roten und stahlblauen Flügeln würde es wiederzuerkennen sein: mit der gleichen Dummheit, die mir in Pisa von dem einen Turm abgewendet zu bleiben eingegeben hatte, weiß ich den Pont du Gard und den Pont d'Avignon zu übersehen, dort der Betrachtung meines erstmals durchgeschwitzt dunkelblauen Hemdes, Mistral, hingegeben, la rout*e* … Carcasson*e* betont der Lastwagenfahrer wie in Liedern, also war es die Festungsmauer von Carcassonne, auf der eine Nacht unter ganz weißen Sternen wir schliefen, aber während welcher Überfahrt hast du mir die schlimmsten Wellen von Totenübelkeit mit deiner Theorie erheitert, solch einem Brechreiz sei nur durch andauerndes Essen beizukommen?
oder der Felskamm eines Hochgebirges, auf dem du mit hochaufstehenden Haaren in grünlichem Schimmer, da war mir schon nicht mehr zum Lachen, den Satz, wohin das Gewitter sich verziehe, nicht zu Ende sprechen konntest, beinahe umgeworfen von dem neben dir einschlagenden Blitz! unten im Tal warst du auf dem Geländer einer Holzbrücke über eine Wildwasserschlucht balanciert, mit Rucksack und in den Bergschuhen, die du für den Abstieg vom Olymp gegen San-

dalen getauscht hattest, würdest mir wohl auch heute nicht glauben, wie viele Kreuzottern es dort gibt —
und welch ein Reinigungsbad war es von den in den Wänden abgebüßten Sünden, nach dem Abstieg, oft nach Kaiserbrunn, sonntagabends in der Schwarza sich die Füße zu waschen, Vorahnung des vor Erleichterung, heil heruntergekommen zu sein, tiefen Schlafes, in dem die Erleichterung aber fühlbar blieb,
eine einzige Nacht lang habe ich mich, im Einschlafen zusammenzuckend, viele Male aus dem Schlaf gerissen, nachbebend die auf einem Felsvorsprung schlotternd so lange nicht überwundene Angst, bis der Abgrund, in den ich mich abseilen sollte, zugedeckt war von der Dämmerung.
so knapp aus den Bergen zurückzusein, daß man das Kletterseil in der Operngarderobe abgeben mußte; ohne Karten zu Opernfestspielen zu fahren, um notfalls über Mauersimse ins Festspielhaus einzusteigen — ich Mitläufer oder Mitschleicher hätte gern auf diese Aufregungen verzichtet, mir war es genant, von den Billeteuren ertappt hinter euch her davonzurennen und im Bühnenhaus Zuflucht zu suchen,
aber an besonderen Abenden zwischen Staatsoper und Musikvereinsgebäude hin- und herzulaufen, um am selben Abend sowohl einer Wagneroper beizuwohnen als auch einem Liederabend, mit mehr Gewinn an beidem als Verlust an jedem einen, dies ist einen Streich zu spielen gewesen der Einheit von Zeit und Ort, obwohl dieses Umspringen mit dem Begriff von Gleichzeitigkeit und Nachzeitigkeit nichts viel anderes war, als zwischen zwei Radiosendern hin- und herzudrehen (Freude, von der sich etwas rührt in dem seit langem beschaulichen Leben, als ich dank drei glücklich gereihten Lesereisen — Ägypten; Südtirol; Schweden — innerhalb kurzer Zeit den Frühling viermal erlebe, ohne dafür um vier Jahre älter werden zu müssen)
wann wäre ich je wieder so unbeschwert gewesen wie in der dünnen Luft meines ersten Dreitausenders, des Dachsteins,

als wir zwei nach der ganz leichten Kraxelei zum Gipfel über die Gletscherspalten gesprungen sind, in einem vor Höhenkoller-Übermut immer schnelleren Lauf dahinschnellend über die freiliegenden oder unter dem zusammengeschmolzenen Schnee an ihrer Farbe deutlich erkennbaren Gräben, Zitronenfalter waren zu hunderten da oben, und in der Sicherheit, mit der ich hinter dir her über diese (gewiß schmalen) Abgründe gesprungen bin, war ein Hochgefühl von Unsterblichkeit, daher willkommen der Gänsehautschauer, nach dem Sprung über die letzte in ihr sich vertiefendes Blau und Grün tief hinunter zu schauen,
welch eine Geborgenheit in seiner Vorstellung von ›Sommernacht‹, inmitten von Zikaden unter einem Maronibaum zu schlafen, den ein Siebenschläfer bewohnt,
welch ein Sternenmeer eines Herberge, wenn man in einem an den sicheren Strand gezogenen Boot eine Nacht lang auf dem Rücken liegt, auf einer bei jeder Bewegung Funken sprühenden Luftmatratze in einer Sandsteinhöhle,
nur in so zugebrachten Sommern wird man morgens so aus seinem Sandgrabbett geweckt, daß Fischer auch über eines Gesicht die zum Trocknen aufgelegten Netze ziehen!
im Windschatten eines Führerhauses zu lehnen und in die Nacht zu schauen, hinauf in die Berge, hinunter ins Meer, und man weiß sich gut aufgehoben in diesem Mitgenommenwerden, in jeder Haltung schläft man leicht ein, weil eines Müdigkeit es haben will, ganz rasch spürt man im Hinuntersinken den Lärm zurückweichen und den Hunger,
freien Kopfes und leichten Herzens hat man an die Natur oder die Kunst noch nicht die Ansprüche gestellt, die sie nur für Augenblicke erfüllen kann, für nichts mußte man getröstet, von nichts abgelenkt werden durch doch erst trostbedürftig über alle Maßen schön Befundenes: eines Freude war lebhaft wie ein Kind, aber noch ohne den später dankbar erlebten Überschwang, dem ein Zurückschwingen droht angesichts schwächerer Reize, sofern nicht deren unterschiedliche

Niveaus ausgeglichen werden durch ungleich stärkeres Liebesempfinden —
das Urteil ›schön!‹ vor vielerlei Schönem will die Freude darüber noch nicht erklärt bekommen, so bleibt Viertel-, Halb- und Vollmondschönes von Vergleichen ungetrübt, die Allerweltsseele, die man in der Jugend hat, wird von einer robusten Wahrnehmungsgabe mit kräftigen Farben genährt, nicht regt sich in ihr ein ästhetischer Gerechtigkeitssinn, und ihr Optimismus kennt noch nicht zu Herzen Gehendes wie Olivenbäume, ist noch blind für deren milchig-blauen Schimmer, noch lange nicht hat Tiepolo seine Wolken nach wirklichen Wolken gemalt, und wie sollte die Ernsthaftigkeit der italienischen Landschaft eines Unernst eingehen
(— ach du! siehst auch du uns aus einer Palladio-Villa in jede Himmelsrichtung hinausschauen in den ernsthaften Garten, von der Luftzirkulation, die ein Lichthauch ist, durchlichtet auch wir wie selige Geister? —),
Vergänglichkeit, die noch lange nicht um einen ist, oder fragt man nicht erst, wenn man liebt, ob und wann diesen einen Platz man wiedersehen werde, und so läßt man sich, ohne Bedürfnis, sein Herz zu verankern, von der Vorfreude auf die vielen anderen, die es noch gibt, aus diesem einen weiterziehen, wird von dem Wunsch, in anderem Schönen nicht kürzer zu verweilen und nur ja nicht aus Trägheit, jeden Morgen das Zelt abzubauen, Ungeahntes zu versäumen, unersättlich weitergetrieben, ehe Langeweile sich einstellt im Rasten (— ach weißt du noch, wie unser liebster Spaziergang von Sils Maria jeden Tag ein anderer war und ein beruhigend immer gleicher? —), weitergetrieben, als wäre man sich der Bemessenheit dieser Zeit ja doch bewußt gewesen, denn braungebrannt heimgekehrt von einer so getanen Reise, daß man vieles zu erzählen hatte, hätte einen eines gleich wieder losfahren machen können: das Erwachsenenwort, daß man doch ein Leben vor sich habe, nichts von all dem einem davonlaufe.

glückliches Naturell, auf gut Glück einer glücklichen Schikkung es zuzuteilen, daß sie alles zum Besten fügen werde, zumal die ganze Welt, was immer man darunter verstanden hat, nur gewartet hat, von einem entdeckt und in Besitz genommen zu werden,

über Mauern war zu klettern und hohe Gitter, es konnte nicht gottgewollt sein, daß *die* ausgesperrt würden, die es als einzige nach einer Nacht mit Steinstatuen inmitten von Zitronenbäumen verlangt; die in ausgestorbenen Strandkörben mit den Wellen Zwiesprache halten über Gott und die Welt und deren Seligkeit davon abhängt, ob es ihnen gelänge, dem Abend beizuwohnen in der Mailänder Scala, für den sie mit Fernlastern angereist sind, um, von ihm erfüllt, noch in der selben Nacht die Heimreise anzutreten,

mit den Schiern abzufahren in den Gründonnerstag am Comer See, nun alles weiß von Krokussen, Karfreitag in Bergamo, Auferstehung in Rom und Osterspaziergang auf den Vesuv, wahrscheinlich doch nicht im selben Jahr, aber noch lieber wären wir überall gleichzeitig gewesen, vormittag in der Winterschweiz, nachmittag im Mittelmeer geschwommen, und so ist es ja auch, aus der Ferne betrachtet, ein wenig gewesen.

manches aus dieser Zeit kehrt wie ein Echo wieder, als wir, durch besondere Umstände wieder zusammengekommen, etwa fünfzehn Jahre später wieder miteinander reisen, nun in deinem ersten Auto: daß wir andere geworden sind, ist nicht erst im Herumklettern in den Steilküsten der Bretagne vergessen, als die rotviolette Heidekrautdecke hoch über dem Meer mir die Frage eingibt, wie lange wohl zu fahren wäre, um zur Feier dieser Freude auch dem Ginster in der Toskana einen Besuch abzustatten —

nachts durch böhmische Wälder zu irren auf Herbergsuche, dank der Unauffindbarkeit von Tankstellen in einer polnischen Einöde ohne Benzin dazustehen, und die gute alte Zeit lebt wieder auf, ist wieder da, als wir hoch oben in Skandina-

vien einen Schlagbaum öffnen, um uns den langweiligen Anstieg zu einer Hütte zu sparen: plötzlich wird der Boden weich, tief sinken die Räder ins Moor ein, lassen sich kein Holz unterlegen, weit und breit kein Haus, und welcher Autostopper-Überredungskünste bedarf es dann, daß ein Bauer mit seinem Fahrzeug so weit sich heranwagt, daß er uns an unserem Kletterseil herausziehen kann; spät ist's geworden, und so fahren wir auf einem Wanderpfad weiter, bald durch Geröll und Bäche und knapp an Schluchten vorbei neben Wasserfällen, parken das Auto gut versteckt fünfzig Meter vor der Hütte und treten, als müde Wanderer uns die Stirn trocknend, mit Rucksäcken ein; in der Nacht bekommst du hohes Fieber, fieberst aus Sorge, wie diese Auto-Bergtour bergab zu bewerkstelligen sei, befreiendes Lachen, als wir uns ausmalen, wie sehr der nächtliche Regen, es schüttet immer mehr, dem armen Auto Felstrümmer in den Weg rolle und ihm die Wildbach-Transversalen erschwere.
und wie verjüngend, auf der Insel Rügen, vom Meer hinaufgestiegen zu der Stelle, von der etwa Caspar David Friedrich die Kreideriffe gemalt hat, von zwei Schutzpolizisten wegen Spionageverdachts zu einem Verhör abgeführt zu werden mit je einer Maschinenpistole im Rücken, wie Kinder in der Sonntagsmesse kämpfen wir gegen das Lachen an,
aber auch in Polen und der Tschechoslowakei gibt es genug militärische Sperrgebiete, in denen man, da die Welt nun nicht mehr einem offen steht, all den schlecht getarnten Posten zum Beweis der Güte ihrer Ferngläser gleichsam zur Kontrolle geöffnete doppelte Brote über Hügel und Schluchten hinweg zeigen kann,
endlich wieder erlebt man zur Erinnerung an die Schmuggler, die einem vor freien Grenzen Golduhren anvertraut hatten den Arm hinan, an strengen Grenzen Mulmigkeit in Anbetracht der Kronen und Zloty in seinen Socken,
wegen allzu wenig offiziell gewechselten Geldes (die Summe ist im Paß vermerkt) kommen Nächtigungen in Ho-

tels wie einstmals nicht in Frage, wieder darf sich alles finden: wie leicht steigt es sich auf die Schneekoppe nach einer Nacht in einer Scheune, dritte Übernachtung, für die man an der Grenze keinen Nachweis zu erbringen haben werde, welch ein Abstieg bei Mondlicht, mugeliges Mittelgebirge, nachdem man oben die Grenze so gekennzeichnet gesehen hatte, daß eine lange Reihe tschechischer und polnischer Grenzsoldaten mit Gewehren einander gegenüberstehen,

gar nicht wehmütige Belebung alter Zeiten, einander beengend in einem unbequemen Auto zu schlafen, auch in einem Gepäcksnetz hatten wir einstens Platz gefunden, Wiedersehen mit Camping-Plätzen, auch dein Zelt ist feudal geworden, und die nun pünktlich einzuhaltende Heimkehr bleibt bis zuletzt belebend ungewiß dank dem in nicht mehr ganz rüstigem Zustand gekauften Auto, einem Skoda!

mit jemandem, der einem hilft, daß die Zeit vergeht, stellt auf Zeit die glückhafte Anspruchslosigkeit der jungen Jahre sich wieder her, mit ihm wird und will man nicht Augenblikke selbstvergessenen Glücks erleben, mit ihm dürfte Langeweile in das schönste Meer einströmen, da nur Liebende, vielleicht nur wir beide, ihrer Liebe die Kraft zumuten, dem Auge Ermattendes rasch zu beleben (und unglücklich sind, wenn diese Liebesprobe einmal mißlingt), wie erholsam, mit jemandem dahinzufahren und dahinzuziehen, von dem man nicht mehr erwartet als vor langem in Kameradschaft Erprobtes,

wie einst das Mittelmeer haben es mir nun die Sunde und Fjorde angetan, auf alle Berge möchte ich steigen, weil die Latschenregion auf Meeresniveau beginnt, tagelang wird nordwärts gefahren und über Gletscher gewandert, leicht ist's, im Gletschereis norwegische Bergsteiger zu überholen (sie gehen, eng aneinandergebunden, in Gummistiefeln), und auch die grobe Überheblichkeit der Jugend hat in uns zurückgefunden: wie wenig an der Mitternachtssonne dran sei, zeige sich, sobald man die Uhren ein paar Stunden zurückstelle,

Mitternachtssonne, der ich nach einer mehrjährigen Abstinenz vom Reisen allein und per Bahn nach Kopenhagen ein Stück entgegengefahren war,
unvermutet scheint sie mir in Leningrad, und am Fenster an dich schreibend, geht mir nach ihrem Untergehen auf, daß die weißen Nächte von Petersburg nicht mit Troika-Ausfahrten gefeiert wurden, ach, unser milchiges Licht!
mit dem Schlafwagen mit dir nach Italien zu fahren: in Venedig würden wir aufwachen, und wieder woanders am nächsten Tag! viel früher die Verdunkelung zu öffnen, und vor dem Fenster liegt italienisches Bauernland im Morgendunst, Italien strömt auf uns ein, aus Weinstöcken, Maulbeerbaumalleen und auch aus Perlhühnern, bald wird die Lagune sein mit Gemüsebooten, erfrischend die Vorfreude auf die Bahnhofsbar mit den wie Dampflokomotiven zischenden Espressomaschinen. und wie heiter und feierlich unser Hinaustreten in die Wasser- und Himmelsluft mit der Brücke und Kuppel dahinter, neues Verlöbnis, wenn am ersten Abend vor den Fenstern der Prokuratien die elektrischen Kerzenlichter angehen, Genugtuung, daß auch ein mehrmals erlöschendes sich wieder erholt, und vor der Heimkehr ins Hotel kleiner Nachtspaziergang zu den Zattere: durch das Dunkel von Hausfluren schieben sich erleuchtete Geisterschiffe, als Riesenungetüme kommen sie auf uns zu.
mit einem Boot, das viele Male anlegt, spätabends Seite an Seite durch die kühle Wasserluft an Schattenkuppeln vorbeizufahren, bei letzter Sonne auf den Lido hinaus, auch um in der schönen Dunkelheit heimzufahren durch eine der Wasserstraßen, die von grünen Laternen auf den Piloten wie Start- und Landebahnen auf Flughäfen beleuchtet sind, ähnlich erleuchtet wie diese Alleen könnte im Traum Liebenden der Weg in ihre Liebe gewiesen werden. dir gehört die Einfahrt in den Canale Grande, für immer, über Steinstiegen schwingt sich das Wasser, und wir schauen den Palazzi in die Fenster hinauf, in Luster und Schattenmenschen: wie könnte,

wer liebt, irgend jemanden um dessen ganz anderes Lebensgefühl beneiden!
in Morgenzärtlichkeit miteinander auf Campi zu treten, dem ihrer kleinen Weite sich weitenden Herzen den Unterschied anzufühlen, wie anders es bei unserem kleinsten Wiedersehen vor Wiedersehensfreude sich weitet,
durch Auslagenfenster in Tischlerwerkstätten zu schauen, und während die Augen die vielerlei Oberflächen von Holz, Leder und Textilien befühlen, zu entdecken, daß auch deine Hand oder die meine über Stoff streicht und Haut,
kleines Venedig-Glück, das unser Herz durchzuckt, sooft am Ende einer Gasse ein Stück Gondel sichtbar wird und auch schon verschwunden ist!
dem Ursprung eines Baches, der in Mäandern durch Wiesen fließt, entgegenzugehen, und wir gehen auch an den Anfang unserer Liebe zurück, überall will sie entspringen, aus jedem Wort und auch eingeengt von Granit, und was uns durch Nadelwälder zu Moorteichen führt, ist die Beschaulichkeit der Liebe, auch wenn diese, unser vergessen, in schönen Bäumen rastet,
auf der Hochfläche, die ein Hochtal ist, liegen wir im blonden Gras der Allerheiligensonne, führen unsere Liebe, sobald es Vorfrühling ist, ins wellige Mühlviertel hinüber, vorbei an ernsten Fichteninseln, wo immer wir gehen, steigen Lerchen auf, und höher oben, an den Hängen des Granitplateaus, liegt noch Schnee, wird zum ersten Schnee unseres neuen Jahres, das uns weiterführt, durch weißblühende Wiesen in einen Stiftshof:
all seine Künste zeigt ein Springbrunnen, immerfort darf er sich darbieten, auch aus den Wasserspeiern schießt es nieder während eines lauen Sommerregens, mit dessen letzten Tropfen wir uns in den Stiftsgarten davonmachen — wieder Brunnen und Wasserfließen, auf den Kieswegen große Weinbergschnecken und in den Wasserbecken springen hoch auf die Fische, und wie nebelverhangen wird dies alles, als wir end-

lich inmitten des Fische-Springens und Brunnenplätscherns an einer Statue beieinanderlehnen, ganz aus der Ferne, auch die Blätter tropfen, kommt eine Gruppe von Stiftsbesichtigern näher,
und wieder anders ist es, währenddessen an einem ein wenig mitschwingenden Hollerbaum zu lehnen!
und wie glücklich über alles, daß erst unser erster Tag zu Ende geht, schauen wir von einem Schweizer oder Südtiroler Dorffriedhof in die sonnigen Felsen hinauf, lesen von den Grabsteinen die Namen der Wirte, bei denen wir einkehren werden, nichts ist uns damals der Tod gewesen als die Gewißheit, mit täglich neuer Liebe unsere Liebe behütend, würden wir auf immer beisammenbleiben!
im Salzburgischen haben es uns die Waldbäche angetan, die durch lichte Heidelbeerwälder fließen, auch die runden Hügel, von trocknendem Heu und von Hecken in Streifen unterteilt, und ein Teil des Entzückens, auch an der Waldgrenze und dem Jungvieh auf den Almen, daß uns beiden so ist, wir hätten dies Österreich nie gekannt.
Seiseralm! eine Woche lang (sosehr will die Liebe ihr immer Gleiches in gleichbleibenden Bildern sich spiegeln sehen) den Schlern vor unseren Fenstern zu haben, auf jedem Spaziergang ragt der Langkofel aus dem Almboden auf! auf Pferden, die den Weg genau wissen, reiten wir auf höhergelegene Almen, denn feinfühlig tun sie uns seit dem ersten Ausritt die Liebe, gegen ihre Gewohnheit nebeneinanderherzugehen, nur wenn eines aus einem Bach trinken will, trägt es dich mir oder mich dir in den Wald davon. die Bauern haben statt Federn Silberfolien an den Hüten und schlagen das Heu in Leintücher ein, ehe sie es die Steilhänge hinuntertragen, beides ein liebereiches Tun,
Zärtlichkeit auch für all die zwei Rinder, die sich während kleiner Regen wie wir unter Bäumen unterstellen und das Aufschlagen der Regentropfen auf den Blättern mit kleinen Liebkosungen begleiten,

milchiges Blau in einem weißen Bachbett, so weiß und rund die Steine wie geträumte Steine, aber dies Bild unserer Liebe ist nicht geträumt, nicht geträumt von der Wasseramsel, die unter dem wie ein Lufthauch über sie hinwegströmenden Wasser über die weißen Steine läuft,
aus der Schweizer Almwiese, in der wir beisammenliegen, richten sich Murmeltiere auf, schauen uns an und sind schon in ihren Höhlen verschwunden, damit wir uns lachend umarmen.
den Malojapaß hinunter in eine andere Landschaft; einen aus Steinen gelegten Weg steigen wir zum Bergdorf Soglio hinauf, kleine Wälder von wilden Kastanien, in den hellen Almwiesen deine Arven, hoch und breit gewachsen stehen sie für sich allein da, es kracht herauf von einem Schützenfest, und oben dann die ernsten Steinhäuser aus kunstvoll behauenen und geschichteten Felsen.
all der in einem früheren Leben unternommenen Reisen vergessen, hatten wir vor neuem Reisefieber, nicht wahr?, für unsere erste Reise einen Schnellzug ausgesucht, mit dem wir, vom Schaffner geweckt, schon um vier Uhr früh an unserem Ziel sind — im Hotelgarten in Streckfauteuils auch dem Sonnenaufgang entgegenliegend, ist mir immer mehr, nun erst die erste Morgendämmerung meines Lebens zu sehen, zur einen Hälfte ist der Himmel noch blauschwarz, zur anderen füllt Licht ihn auf, ein Mond, zart wie verwehter Nebel, es riecht nach Gras, und wir raten, auf welche der Veranden wir aus unserem Zimmer treten werden.
unserer Liebe ganz sicher und von ihr getragen, lerne ich es auch zu schätzen, mich, wenn es sein muß, einem neuen Land allein auszusetzen, aus der Übereinstimmung mit dir schaue ich in die roten Ahornwälder und die himmelblauen Seen von Kanada hinunter, bald würden wir beide über die rote Erde des Iberischen Tafellandes hinwegfliegen.
die Pyramiden zum ersten Mal zu sehen, aus der Luft, und ganz anderes durchbebt mich da oben, diesem Brennen folge ich dann von einem koptischen Kloster in die hügelige Wüste

mit ihren Luftbildern von blauen Seen, es riecht nach Gewürzen; das Kloster ist zwar bald verschwunden, wie im Hinausschwimmen ins Meer der Strand, aber wie einstmals auf Wintertouren spure ich mir einen sicheren Rückweg. weniger befremdlich als die heftigen Herzensbewegungen ist es, Berber zu treffen und Kamele, und zur vereinbarten Zeit dem Kloster zustrebend, sehe und höre ich, wie mein Taxichauffeur es hupend umfährt, Runde nach Runde, als jemand verloren Geglaubten wird er mich umarmen. der Friedhof am Rand von Kairo, vor dessen Betreten gewarnt wird, wird als eine leibhaftige Vision vom Mittelalter von mir durchwandert, wie sollten mir, im Geist ganz woanders, *die* gefährlich werden können oder wollen, die Gräber und Grüfte bewohnend, es sich dort in ihrer Armseligkeit leidlich eingerichtet haben und mit Gemüsekörben auf den Köpfen in den Friedhofsstraßen wie geträumte Prozessionen von ihrem kleinen Markt zu ihren Gräbern ziehen in langen schwarzen Kleidern, aus unserer Welt gibt es, daran kann man sich halten, für die Friedhofskinder eine alte Schaukel,
von einem jungen Burschen lasse ich mich zu seinem Sahib führen, würdiger halbblinder Mann, in dessen Boot ich nach wechselseitigen Höflichkeitsbezeigungen auf dem Nil rudernd lieber einem Abschiedsabend nachhange, als ägyptische Kunst zu besuchen,
winziges Grausen, als mir in einem Wellblechhaus mit schönem Lehmboden das mir zugedachte Fladenbrot in einen Kübel mit trübem Wasser getaucht wird, Tauben und Hühner gehen über den Tisch, und auf einem Sofa liegt, ohne sich zu rühren, eine voluminöse Frau, mit einer dünnen schwarzen Decke zugedeckt,
aber das alles hat nicht insgeheim etwas herausfordern wollen: in einen *neuen* Traum gehüllt, bin ich unverletzlich und auch blind durch exotische Bilder gegangen, dem plötzlich hochaufspringenden Herzen auf eine der drei Pyramiden ein Stück nachgeklettert.

ob du es noch weißt, wie gelähmt wir in Triest in einer Bar saßen, Statue vor dem Fenster, die dich in einen zwanzig Jahre zurückliegenden Abend zurückstieß, auch weil jedes erleuchtet näherkommende Schiff mir *das* Venedig auftauchen machte, das mir scheinbar versunken war, ach, unsere Abende an den Zattere, ach unsere finstere Gassen aufhellenden Schiffe!

aber auch du hast, als ich, dir nachgekommen, eines Abends vor deiner Tür stand, Wildenten über uns hinwegfliegen sehen, mitten in einer Großstadt, es sei nicht zu spät, den langen Winter zu beenden!

wenn jemals wir Zusammengehörigkeit gefühlt haben für längere Zeit, dann, lachenden Herzens, im Landen mit dem Flugzeug, das als einziges uns doch noch mitnehmen wollte auf eine Mittelmeerinsel; dann, durchströmt von der Freude, die wir einander bereiten, als wir nach der Fahrt in das immer kahlere Gebirge und begleitet von kreisenden Adlern, an der unversehens erreichten höchsten Höhe aus dem ganz gebliebenen Leihwagen klettern:

ein ganz anderes Meer als das unsrige liegt vor uns, das libysche Meer, bis zu uns herauf reicht ein blühendes Ginster-, Akazien-, Pinien- und Berglilienland mit Zypressen und Zedern und Lorbeerbüschen, ein paar Stufen führen zu einem Kloster mit himmelblauer Kuppel,

wir trinken aus der wundertätigen Quelle, aber die Kraft, sieben Tage lang mit mir diese Inselwelt zu erforschen, fließt dir aus meiner Überzeugung zu, mit mir zu sein habe dich schon im Fliegen gesund gemacht. auch in Wildwasserschluchten folgst du mir, und an den Strand, auf dem du tagsüber rasten wolltest, kehren wir erst abends zurück,

Meer, in welchem uns die Sonne nicht untergehen wollte, freischwebend entzieht sie sich hinter einem Streifen Dunst ihrem Ende, Bild, welches auflöst die Morgenbange, was alles bis zu den nächsten Ostern geschehen sein könnte,

und wie erst die Sonnenuntergänge ein knappes Jahr später

auf der wieder anderen Insel! jeden Abend fahren wir über ihren schmalen Rücken zu dem Kap mit dem Leuchtturm, um, ganz vorsichtig an den Steilabfall herangerückt, die Sonne untergehen zu sehen — an uns hält ihr Widerschein sich fest, wir schauen hinauf in einen von Möwen umkreisten Mond, auch uns umkreisen sie und unseren Felsen, südlicher Mond, liegende Sichel, die im Wachsen sich aufrichtet, Halbmond, der am letzten Abend an eine beginnende Mondesfinsternis gemahnt, aber die Sonne ist noch lange nicht ganz untergegangen, an uns dauert fort ihr rötliches Flackern, welch ein Mond, und wie hell sein Himmel!,

eine wärmende Decke hält uns zusammen, und noch mehr erwärmt es uns, die schönsten Bilder des zu Ende gehenden Tages zu lobpreisen, die Schafherde in der Morgensonne, den maurischen Garten inmitten von Bergen, die Villa mit Blumen- und Gemüseterrassen bis zum Meer hinab,

Zeit, von deren raschem Ende ich mich erhole erst zwei Jahre später mit einigen Freunden, auf einer vulkanischen Insel —

mit einem Jeep fahren wir über Lavagestein, gehen als letzte, dann wird das Gelände gesperrt, rauchende Halden hinan über durchwärmten, bald auch bebenden Boden, steigen in Krater hinab, das Seufzen aus der Tiefe wird ein Pfauchen,

reiten von der Südküste auf Eseln die steilen Pfade hinauf durch Wein- und Olivenhänge zu weißen Dörfern auf Bergen,

baden zwischen befremdlichen Steinformationen in einem violetten Meer,

ach, unsere Lilien!,

lachen als nächtliche Ruhestörer in unserer Weinlaube über seit den Jugendjahren nicht mehr zum Lachen Befundenes,

Leere, die trotzdem bleibt,

aber es ist ihr ja doch zu entkommen auf Augenblicke, durch Geld-Einwechseln und durch Aufschreiben dessen, was einzupacken sei, um dann im Eisenbahncoupé, sobald ein an eines Rückwand Sitzender sich in heftigen Rucken die Kopfstütze zurechtrückt, das Reise-Rhinozeros, viel mehr wird nicht sein, schnauben und scharren zu hören vor Ungeduld!

spätabend (und von dem Zuwarten, daß es später Abend würde, frühzeitig schläfrig) in einem Autobus (die wohlige Dunkelheit über den leeren Sitzreihen lastet auf einem, als würde einem das gute Recht auf ein Bett vorenthalten) hinauszufahren in die freien Felder,
in einem Wartesaal (ankämpfend nun auch gegen den Gedanken, wie sehr man alle ihrem Bett treu Gebliebenen beneide und wie viel man für sein eigenes Bett zahlen würde) inmitten von kaltem Nachtschichtlicht und eifrig zwitscherndem Kofferrollen weiterzudösen, aber aus jedem Einnicken sich wachzureißen aus Sorge, bedürftig nur nach seinem Bett würde man den letzten Aufruf allzu gerne überhören
in einem nun kleineren Bus (mit anderen Reisemüden so obsorglich vollgestopft, daß man stehend einschlafen dürfte) zu dem in der Nacht liegenden Flugzeug gefahren zu werden, es könnte auch ein Fährboot sein, sich von den in seine Leibeshöhle Drängenden zu seinem Sitz schieben zu lassen, taub gegen muntere Mutmaßungen über das Reiseziel sich in dem armseligen Nest in ein Hockergrab-Liegen zu drehen, ein wenig ein Hund auch, wohltuend die öde Finsternis vor den Nachtlicht-Fensterluken
von dem Gerüttel eines ausgedienten Autobusses auf einer Landstraße mit Schlaglöchern in einen (zwar dünnen) Kinderwagenschlaf gewiegt zu werden, in einem Pferdeschlitten geht es über holpriges Gelände weiter, in einem Luftkissenboot über einen gutgefederten See, und das kleine Absacken dann und wann auf der blinden Hochschaubahn ein Hinuntersinken in eine tiefere Schlafwolkenschicht
nach einer Zeit, die wegen ihrer die Fortbewegung verschlukkenden Langsamkeit Stunden gedauert haben könnte oder bloß Minuten, und nach einem Ruck (man fährt auf, als wäre man an den Schultern wachgeschüttelt worden) von verschlafen über einen Hinwegstolpernden sich seufzend genötigt se-

hen, bei halbem Weiterdämmern seine Sachen zusammenzusuchen, benommen von Unausgeschlafenheit mit ihnen nun schwankende Metalltreppen hinuntersteigend, den Ortswechsel nicht recht wahrzuhaben, nur frische Nachtluft, die einem sogleich scharf um den Kopf bläst, daß man die Augen schließt,

über ein Betonfeld auf einem von Scheinwerfern aus der tiefen Nacht gehauenen Weg auf ein in grelles Kunstlicht getauchtes Gebäude, eine Art Ozeanschiff, zuzugehen, in dessen abgestandene Düsternis hineinbugsiert, auf einer Schiffskiste zu rasten, bis eines Reisetasche (ist sie es, ist sie wirklich von dieser Farbe gewesen?) auf einen zugeschwommen kommt, sie aus dem Strom zu reißen und an sich zu nehmen wie ein übermüdetes Kind, schwer hängt sie, gleich weiterschlafend, an einem hinunter,

mitgähnend mit den anderen, auch sie reiben sich die Augen, einem wie ein orientalischer Händler Gestikulierenden durch eine andere Tür zu folgen, ins Freie, zu einem Autobus, aus welchem gerade vertrieben worden zu sein man vermeint und in welchen das Frösteln so sehr sich zurücksehnt, daß man ohne sich belebende Neugier den Schattenriß von Palmbäumen bloß als ein Bild dafür versteht, wie widerspruchslos man sich in eine gestörte Nachtruhe schickt und wie weit man es kommen läßt, wenn sich halbwegs wachzuhalten einem alle Widerstandskraft gegen schlaflose Traumbilder abverlangt

als von Schlaflust und fremden Gerüchen entmündigtes Kind mit den anderen ganz still gewordenen Kindern eben erst oder schon wieder zu seinem Sitzbett geleitet zu werden, von der Mühe, seinen mehrmals ins Dunkle gerufenen Namen zu erkennen und, statt einnickend bloß zu nicken, die Hand zu heben, so wohlig umdunkelt, daß man endlich gleich richtig zu schlafen vermeint, hin- und hergebeutelt mit einer Erinnerung an den Kirschbaum der Kindheit in der Hängematte von damals einschläft und schläft, bis man, von dem gegen

die Scheibe schlagenden Kopf wie ein am Volant Eingeschlafener aufgeschreckt, hinausschaut in verhüllte Traumbilder, von einem über ihre Flanken streichenden Traumlicht scheinbar nur ins halbe Bewußtsein gehoben:
gelb aufleuchtende, gleich wieder erloschene Sträucher, deren Name einem vor Müdigkeit nicht einfällt, tief unter einem eine schwarzglänzende Ebene, hoch oben eine Bergnacht, deren Lichter man als Hauslaternen wahrnimmt, welche den Schiffern nur ja wach und wachsam zu bleiben bedeuten, es sind wirklich Dörfer und nicht Sterne, schönes Nachtbild, vor welchem einem aber trotzdem die Augen zufallen, als hinge es gegenüber eines Bett an der Wand
vor einem in Schlaf gehüllten Haus wird nach einer Talfahrt (oder landen wir erst?) angehalten, an eine Glastür getrommelt, ein Posthorn bläst, im Vorhaus geht schwaches Licht auf, wieder wird man, nun mutterseelenallein, in die Nacht hinausgetrieben,
ein wohl aus einem gleich schlechten Bett in seinen Nachtdienst Geweckter winkt einen hinein, findet einen (wundersam mutet einen dies an wie Hellseherei) auf einer wie ein Nachtgebet heruntergemurmelten Liste, so gern man bis zum Morgen mit einem der schönen Fauteuils und Diwans, im Überfluß hier vorhanden, vorlieb nähme, geleitet einen über halbdunkle Gänge, es beginnt zu dämmern, zu einem Zimmer mit dem so lange entbehrt und so mühselig erreicht teuer genug erkauften Bett,
man legt sich unausgekleidet darauf, deckt sich mit dem Mantel zum Schutz gegen die Morgendämmerung zu, glaubt, wie manchmal im eigenen Bett, vor überreizter Schlafmüdigkeit die Schlafgelegenheit nicht zu nützen, auf ihr sich vergeblich um ein Einschlafen zu mühen, denn als man (wo bin ich?), von einem Scheinwerfer geweckt, in die Flugzeug- und Autobusnacht auffährt, sieht man in einen vor Überhelle blendenden Wahrtraum hinaus, Papyrusstauden vor dem Fenster und ein tintenblau bewegtes Meer, eine Kopfwen-

dung, und ein Hügel ist da mit Ölbäumen und Ginsterbüschen, ach schau, jetzt ist Kreta, in Kreta bin ich, und das im Finstern waren Mimosen!

und das ist einer der Augenblicke, in welchen man weiß, wie es ist, im Märchen durch die Himmelsluft gehoben und ganz woanders niedergesetzt zu werden auf die Erde, flugs wie im Flug: die lange Nacht scheint nur ein Einnicken lang gedauert zu haben, ja um dein Raum- und Zeitgefühl zu täuschen, haben sie dir eine schwarze Binde vor die Augen gelegt und dich auf einem Sessel ein wenig gegen Südosten gedreht,

aus deiner Haustür bist du in die Winterfinsternis getreten und, ihrer müde, durch eine andere Tür in diesen Frühling, bist durch eine Falltür sacht in einen Brunnenschacht gefallen und auf seinem Grund auf einer von Sonne erfüllten Insel aufgewacht!

mit der Pariser Freundin zu den Tuilerien unterwegs, geht mir plötzlich auf, daß in den nassen Bretterkisten, die vor manchen Delikatessengeschäften stehen, Krebse gefangen sind (und daß diese das Tageslicht erst, wenn man sie in den Tod holt, wiedersehen werden),
und da fällt mir ein, was sie mir bei meinem letzten Besuch auf die Frage, ob sie mich nicht in die Conciergerie führen wolle, heftig erwidert hatte:
dort sei es nur finster und kalt, Gefängniszelle sei Gefängniszelle, und es gehöre sich auch nicht, in dem ›Vorzimmer des Todes‹, wie man bekanntlich das berüchtigtste Gefängnis der Revolutionszeit genannt habe, der Neugierde nachzugeben als dem Wunsch nach einem Totenkammerschauer, ob ich denn Marie Antoinette, den Kopf unterm Arm, durch die finsteren Gänge schweben sehen oder in meinem Hotelzimmer von ihrem Gespenst träumen wolle, ja sie fände es eigenartig, wenn Österreicher mit der Entrichtung von Eintrittsgeld an die Republik der skandalösen Rache an einer Landsmännin, immerhin der Tochter unserer Kaiserin, nachträglich zustimmen würden — ich könne ja ihre letzten Tage und Stunden bei Stefan Zweig nachlesen.
in der Conciergerie, leite ich diesmal den Wunsch ein, in Marie Antoinettes Todeszelle begleitet zu werden, gibt es nicht viel mehr zu sehen als dicke feuchte Mauern und düstere Zellen mit aufwendigen Schlössern, ich weiß, vielleicht noch in einer der vergitterten Zellen ein aufklappbares Eisenbett, zwei Matratzen, zwei Strohsessel, ein Kopfkissen, eine leichte Decke, dann noch einen Waschkrug und vor der feuchten Wand einen alten Teppich, der Königin mehr als das zu geben, nicht wahr?, hat sich Madame Richard, die Frau des Beschließers, nicht getraut, nachdem sie nach deren Einlieferung mitten in der Nacht aufgeweckt worden war, um eine Zelle vorzubereiten, ja und an einer Wand könnte noch der

Nagel stecken, an welchen die Königin ihre Uhr gehängt hat, um die Zeit zu messen, »die kurze ihr zugeteilte und doch unendliche Zeit«, wie es bei Stefan Zweig wörtlich heißt, ich habe diesen Abschnitt von Straßburg an mehrmals gelesen. aber es würde mich interessieren, ob man Jahre nach ihrem Tod die Uhr wieder an den Nagel gehängt und vielleicht auch eine Blumenvase zur Erinnerung an die ihr von den Wärtern heimlich gebrachten Blumen unter das Zellenfenster gestellt hat, dort könnte auch der kleine, noch zu Stefan Zweigs Zeit wie eine Reliquie verehrte Zettel aufbewahrt sein, in den sie mit einer Nadel die Antwort auf die letzte ihr verheißene Befreiung geritzt hat — machen wir ihr zum Gedenken dort einen kleinen Besuch, wenn sie schon nicht ein eigenes Grab hat!
bei so schönem Wetter wäre es schade, solchen Details nachzugehen, die mir nicht viel bedeuten würden, erwidert die Freundin und lacht, denn sonst wüßte ich, daß man Marie Antoinette nach der angeblichen Aufdeckung des umstrittenen Nelkenkomplotts nicht nur mit der Uhr, die, wie Stefan Zweig sagt, »mit ihrem dünnen Ticken die unendliche Zeit zerteilte«, die Orientierung in der düsteren Zelle genommen (— hat es dich nicht gestört, daß er in Nebensätzen das Hilfsverb mit Gusto wegläßt? —), daß man ihr also nicht nur die Uhr, ein Geschenk ihrer Mutter, genommen, sondern sie selbst, die angeblich rückfällige Ausbrecherin, in eine eigens für sie adaptierte Zelle geschafft hat, in den ausgeräumten, mit doppelten Eisentüren versehenen Raum des Apothekers, das Fenster hatte man bis zur halben Höhe des Gitters rasch zugemauert: »nach allem irdischen Ermessen kann jetzt kein Unbefugter mehr den Raum betreten, nur jener von Amts wegen Gerufene: der Henker —«
ich weiß, ich weiß, sage ich ebenfalls verlegen lachend, du hast dich gut vorbereitet — ah, du hast ein paar Seiten aus dem Buch gerissen, gib her!
»Nun steht Marie Antoinette auf der letzten, auf der untersten Stufe ihrer Einsamkeit. Die neuen Gefängniswärter, ob-

wohl ihr freundlich gesinnt, wagen kein Wort mehr mit dieser gefährlichen Frau zu sprechen, ebensowenig die Gendarmen. Die kleine Uhr ist fort, die mit ihrem dünnen Ticken die unendliche Zeit zerteilte, die Näharbeit genommen, nichts hat man ihr gelassen als den kleinen Hund. Erst in dieser völligen Verlassenheit besinnt sich Marie Antoinette des Trostes, den ihre Mutter ihr so oft empfohlen; zum ersten Mal in ihrem Leben verlangt sie Bücher und liest mit ihren matten, entzündeten Augen eines nach dem andern; nicht genug kann man ihr holen. Keine Romane will sie, keine Theaterstücke, nichts Heiteres, nichts Sentimentales, nichts von Liebe, es könnte zu sehr an vergangene Zeiten erinnern, nur ganz wilde Abenteuer, die Reisen des Kapitän Cook, Geschichten von Schiffbrüchigen und verwegenen Fahrten ... Niemand kommt mehr, sie zu besuchen, tagelang hört sie nichts als die Glocken von der Sainte-Chapelle nebenan und das Kreischen der Schlüssel im Schloß und dann wieder die Stille, die ewige Stille in dem niederen Raum, der eng ist und feucht und dunkel wie ein Sarg. Der Mangel an Bewegung, an Luft schwächt ihren Körper, schwere Blutungen machen sie müde. Und als man sie endlich zu Gericht ruft, ist es eine alte Frau mit weißen Haaren, die aus dieser Nacht unter das entwöhnte Licht des Himmels tritt« —
mag auch der Satz »Niemand kommt mehr, sie zu besuchen, tagelang hört sie nichts ... als das Kreischen der Schlüssel ...« einmal wahr gewesen sein, so könnten doch *wir* dafür sorgen, daß lieber zu spät als gar nicht zwei wohlmeinende Besucher kommen, die, ohne daß zuvor der Schlüssel kreischt, das entwöhnte Licht des Himmels in die lange Nacht fließen machen und, in der Tür stehend, wenigstens im nachhinein den Satz: »Nach allem irdischen Ermessen kann jetzt kein Unbefugter mehr in den Raum treten, nur jener von Amts wegen Gerufene ...« widerlegen, vielleicht muß sie dann doch nicht aus tiefster Stille kreischenden Hantierungen am Schloß entgegengebangt haben!

keinesfalls wolle ich ihre letzte Zelle besichtigen, dieser und ihrer Bewohnerin zum Gedenken würde ich lieber in Wien eines der Bücher lesen, mit denen sie sich dort die Zeit vor dem Tod vertrieben hat: vielleicht ließen mich die Reisen des Kapitän Cook, nun ganz anders als in der Kindheit gelesen, etwas vom Geheimnis des Sterbens ahnen, sooft ich ihm, selbstvergessen aus mir getreten und aus der Beklommenheit in ein Abenteuer getragen, auf das stürmische Meer folgen würde —

ich möchte bloß die Tür der anderen Zelle als eine endlich wahrgewordene Hoffnung offen stehen sehen und dann, wie manche auch in ausgetrocknete Brunnen eine Münze werfen oder dem unbedanktesten Heiligen eine Kerze anzünden, für die Bediensteten dort Kleinigkeiten hinterlegen, um im Namen der Königin (— ich weiß schon, daß sie damals noch ein paar Ringe und ein Medaillon mit Haarsträhnen ihrer Kinder besessen hat, nur wie hätte sie sich nach all dem, was ihr geschehen war, von diesen letzten Erinnerungen trennen können, ohne sogleich nicht mehr zu wissen, wer sie einmal gewesen ist! —) endlich denen zu danken, die, statt nur ihre Pflicht zu tun, ihr Gutes getan haben:

der Frau des Beschließers, die, wie Stefan Zweig schreibt, statt für die gröbste Kost zu sorgen, auf dem Markt (und von den Marktfrauen eifrig unterstützt) die schönsten Gemüse und Hühner für die Königin auswählt, täglich eine Flasche des einstens von der Königin bevorzugten Trinkwassers aus einem anderen Bezirk herbeischaffen läßt und sie zu frisieren sich anbietet; dem Hilfsmädchen, das bei jeder Gelegenheit in die Zelle huscht, sie zu fragen, ob es ihr dienlich sein könne; vor allem aber den Gendarmen, die zwar täglich die Festigkeit der Gitter prüfen, aber, wie gesagt, vom eigenen Geld täglich für die Königin Blumen kaufen —

ich könnte ja einen Blumenstrauß auf das Feldbett legen, nicht Nelken oder gerade Nelken, um die Fremdenführer zu erschrecken, rote und weiße Nelken, wie sie im Namen der Repu-

blik Österreich den Gattinnen offizieller Staatsbesuche überreicht werden. aber da nun einmal in einem Nelkenstrauß das Billett mit der verhängnisvollen Ankündigung der wohl nur aus Angst verratenen Befreiung versteckt gewesen ist, sollten wir einen Zettel mit einer Botschaft hinterlegen, welche wir genauso, wie es Marie Antoinette in dem Antwortschreiben an den verratenen Befreier getan hat, bloß mit einer Nadel eingravieren würden auf die Gefahr hin, daß diese dann wie ihre Antwort ebenfalls mit einer Nadel zerstört wird:
»In hochachtungsvoller Bewunderung für die Haltung, mit der Sie, Madame, in den Tod gegangen sind, verneigen sich vor Ihnen zwei Republikaner!« zum Beispiel
oder: »Mit Ehrfurcht und Anteilnahme lesen wir die Beschreibung Ihrer letzten Stunden — der Tatsache, daß Sie Ihre Worte ›Mein Kind, ich brauche nichts mehr, für mich ist alles zu Ende‹ in die Aufforderung ›Nun, Rosalie, so bringen Sie nur die Bouillon!‹ gütig abgeändert haben, um dem besorgten Hausmädchen ein letztes Mal eine Freude zu machen, entnehmen wir, daß Sie mit der Kleinen längst in demselben Paradiese sind«
am liebsten aber wäre es mir, wenn wir ihr durch einen Expreßpostboten ein Telegramm wie etwa dieses zustellen ließen:
»Unseren allerherzlichsten Glückwunsch zu Ihren letzten, dem Priester geltenden Worten, der Sie, wenn Sie ihm schon nicht gebeichtet hatten, zur Hinrichtung begleiten wollte — dieses Ihr ›Wie Sie wollen!‹ ergreift uns als der Beweis, daß es eine Gleichgültigkeit gibt, die Erhabenheit ist« —
wäre es nicht tröstlich, dergleichen an Madame Marie Antoinette Habsburg-Lothringen Telegraphiertes mit dem Vermerk ›Adressat unbekannt‹ oder schlimmstenfalls ›verstorben‹ nach Wien zurückgeschickt zu bekommen?
auf dem Weg zur Conciergerie sehen wir Parolen wie ›VIVE LE ROI!‹ in großen blauen Buchstaben an eine Wand des Louvre gesprayt —

in Frankreich gebe es immer noch eine royalistische Partei, der Thronanwärter, er habe sieben oder acht Kinder, lebe in Paris (so also sind in den Metro-Stationen die gleichfalls blauen Schmieragen ›Republique merde!‹ zu verstehen!)
wir lösen die Eintrittsbilletts. da »der oberste Inspektor dieses Gefängnisses niemand anderer ist als der Limonadenhändler Michonis, der schon bei dem Komplott im Temple seine Hände mithelfend im Spiel gehabt ..., noch immer seine verwegene Doppelrolle spielt, ... immer nur wartet, bis die Gendarmen das Zimmer verlassen haben, um mit der Königin beinahe freundschaftlich zu plaudern, ihr die ersehnten Nachrichten von ihren Kindern zu bringen, ... ab und zu, sei es aus Gutmütigkeit oder Geldgier, einen Neugierigen einschmuggelt« beziehungsweise da das Tor in einer halben Stunde geschlossen wird und daher niemand mehr eingelassen werden soll, lasse ich das Retourgeld am Schalter liegen, was uns auch die Vergünstigung einträgt, daß wir an der Garderobe weder die Mäntel noch die Blumen abgeben müssen und uns einer der Männer mit Amtskappe und Dienstwappen der Republik den Weg zu der Zelle zeigt.
die Tür ist nur angelehnt, ein anderer Wärter mustert uns kurz und geht dann genauso gelangweilt auf dem Gang auf und ab wie seine Kollegen in allen Museen der Welt, genauso wie er, sich nun da und dort zu schaffen machend, dürften sich die scheinbar überkorrekten Gendarmen immer weiter von der Tür entfernt haben, während Michonis »ohne ihr Wissen, wie er glauben mochte, mit der Königin ... plauderte oder ab und zu Besuche einschmuggelte, einmal einen unvereidigten Priester, der Marie Antoinette die letzte Beichte abgenommen haben soll, einmal jenen Maler, dem wir das Bild im Musée Carnavalet verdanken«.
wir treten in die Zelle. bei aller Kargheit ist es ein Zimmer, nicht dunkel und groß genug, daß wir und einige andere Besucher (— in Vitrinen sind Dokumente ausgestellt —) einander nicht behindern.

ich schaue um mich, und kaum daß mein Blick eine zarte Dame mit rotgeränderten Augen berührt, durchzuckt mich ein: sie ist es!
mehr, als in ihr *die* Marie Antoinette zu erkennen, welche in diesem Haus ihre letzten Tage und Stunden mit letzten Vorbereitungen auf ein Nichtmehrsein hingebracht hat, erschreckt mich der Gedanke, wir könnten uns also doch in der Zelle befinden, aus welcher sie zur Hinrichtung abgeholt worden ist, nachdem in der Früh der Priester, den Henker anzukündigen, an ihre Tür geklopft hatte, dann erst möchte ich mir nur einbilden, sie zu sehen:
ein Blick auf die Freundin und die anderen bestätigt mir aber, daß sie dort steht, wo sie steht, und *die* ist, welche sie gewesen ist, und sie kann auch noch nicht lange wieder da sein —
jeder, der ahnungslos einträte wie eben erst wir, müßte uns Heutige für Wachsfiguren halten, in deren Mitte eine besonders zarte, auch heutzutage (und selbst in Paris) befremdlich gekleidete und eigentümlich befangene Museumsbesucherin steht.
du mußt jetzt ohne Sorge, dich zu blamieren, vermutlich versteht ohnehin keiner Deutsch, auf sie zutreten und ihr: »sind Sie eine Tochter unserer Maria Theresia?« oder einfach: »bist du es wirklich?« zuflüstern, sie an der Hand nehmen, ihr schnell deinen Mantel überwerfen und sie, die Verblüffung der anderen ließe sich nützen, energisch veranlassen, dir auf den Gang zu folgen (Schwellenangst überwindend, wäre sie schon so gut wie gerettet) und sich in einem Klosett einzuschließen, bis du dich selber gefaßt und alles Weitere dir zurechtgelegt hättest, aber Herzklopfen und ein Würgen im Hals geben mir kleingläubige Zweifel ein:
wie sollte sie uns, durch einen unsinnigen Zufall in ihre schon von der Ewigkeit durchstrahlte Zeit geraten und daher noch lange nicht auf der Welt, überhaupt wahrnehmen können, mit ihren Augen erblickend das Licht einer anderen

Welt? und müßte sie uns nicht, sollten wir tatsächlich von einer Sekunde auf die andere ungefähr zwei Jahrhunderte zurückgefallen und für eine kurze Geisterstunde zu Zeitgenossen geworden sein, für als Freunde getarnte Feinde halten, die sie, ihre Todesangst mißbrauchend, in einen Tod locken wollten, der ohne öffentliches Aufsehen bliebe? und würden wir selbst, wenn wir sie durch ein an sie gerichtetes Wort oder gar eine Berührung in die uns außerhalb dieser Mauern weitergehende Zeit hinüberzuholen suchten, unbeschadet in uns zurückfinden?

währenddessen dürfte ich der Freundin: »was sollen wir tun?« zugeflüstert haben, denn wie ich ihre Hand zu halten bemerke, sagt sie leise auf englisch (welche Vorsicht mich für die gewiß nicht luftdurchlässige Österreicherin hoffen läßt): ich fürchte, wir können nichts tun, die Geschichte geht den Gang, den sie gegangen ist, nur in unserer Gegenwart soll sich nichts davon wiederholen, bitte gehen wir!

ich kann und will nicht die Augen von der Armen lassen (wegschauend würde auch ich sie verraten, und ihr Schicksal nähme seinen Lauf),

und unter dieser Blickberührung, nur die rotgeränderten Augen bleiben ihr, verjüngt sie sich immer mehr zu *der*, als welche sie Stefan Zweig in den Jahren der Redouten und Spielsalons beschreibt und als welche ich sie von Jugendbildnissen kenne, als sollte sie, vom langen Todesschlaf geläutert, in die Wiener Unschuld einkehren und in dieser verbleiben dürfen, auch wenn sie inmitten des Gefängniszimmers vor uns steht,

aber die resignierende Antwort der Freundin hat die anderen Touristen bis auf ein dunkelhaariges Mädchen schon aus dem Bann befreit, mit einem Ruck lösen sie sich aus der Erstarrung und Todesnähe,

zwei studieren, als ob es nicht ganz anderes zu bestaunen gäbe, ein in der Nähe der Tür aufgeschlagenes Buch, wohl um sich, darübergebeugt, dies Jetzt vergessen zu machen und

sich schnell zu entfernen, ein anderer, der das, was uns hier widerfährt, nicht ganz verleugnen kann, murmelt etwas von einem sicherlich lebensechten Bild,
feiges Gesindel!, sage ich laut, aber wahrscheinlich können sie mich durch den zwischen ihnen und mir entstehenden Nebel nicht hören, nur das italienische Mädchen hält sich ein Taschentuch an den Mund und läßt sich auch nicht von der Frage eines Japaners, ob hier ein Film gedreht würde, sich zu belügen verleiten —
ihr habe ich es zu danken, daß ich, der Wahrheit ins blasse Gesicht und die geröteten Augen schauend, die Wahrheit nicht zu einer Rekonstruktion der Wahrheit erkläre, zu einer technisch neuartigen Imitation einer historischen Szene in der Art von Lebenden Bildern, etwa mit Hilfe der Holographie.
da niest Marie Antoinette, indem sie sich mit einem Spitzentuch die Nase zuhält, und da wird meine Beklommenheit von einer Rührung durchströmt, die mich die Bewunderung für die Französische Revolution und alles das vergessen läßt, was ihr mein ganzes Mitleid bis jetzt verwehrt hat, Ähnliches geht in der Freundin vor, denn sie spricht aus, was mir durch den Kopf geht:
mein Gott — damenhaft zu niesen ist alles, was man ihr in Wien beigebracht hat, und so jung und ahnungslos ist sie ausgerechnet hierhergeschickt worden!
also tun wir doch etwas!, sage ich, dabei in den Kunstführer schauend, als auf mein bittendes Zeichen die Italienerin aus der Zelle gegangen ist (ihre tränennassen Augen könnten alles verderben), aber die Schritte des Wächters näher kommen, wenigstens unser Mitgefühl müssen wir ihr bezeugen —
könnten wir nicht ohne Angst vor der öffentlichen Meinung vor ihr niederknien, ihr die Hand küssen und sagen, den Kindern gehe es gut? das lieber doch nicht, vielleicht haben sie den Kleinen schon zu der infamen Aussage gebracht, vielleicht hat sie vor kurzem, von den unerwarteten Sympathien

der einfachen Leute etwas getröstet, »mit unsäglicher Verächtlichkeit:
Wenn ich nicht geantwortet habe, so geschah dies, weil die Natur sich weigert, auf eine solche Beschuldigung gegen eine Mutter etwas zu erwidern. Ich wende mich an alle Mütter, die sich hier befinden!«
dem Schaugerichtshof geantwortet, geben wir acht, daß niemand ein Kind hereinbringt, und wie furchtbar, wenn einer sie um ihren Namenszug bäte! aber da außer dem von Amts wegen Gerufenen ohnehin niemand mehr kommt, müssen wir schnell herausfinden, welcher Tag heute ist — es kann noch nicht zu spät sein, solange sie weder das schwarze Witwenkleid trägt, in welchem auf dem Feldbett liegend sie am Morgen vor der Du-weißt-schon-was von der kleinen Rosalie, die ihr einmal noch eine Bouillon bringen wollte, angetroffen worden ist, noch das weiße Morgenkleid anhat, welches zu dem gewissen Anlaß zu tragen sie zugestimmt hat, um nicht durch Trauer um den König auf der Fahrt dorthin den Pöbel zu noch größeren Beschimpfungen aufzureizen!
du kannst ruhig lauter sprechen, sie nimmt uns nicht wahr, zu lange hat sie es trainiert, die Anwesenheit ihrer Bewacher zu vergessen, sie macht sich taub und blind gegen uns, um nicht noch einmal um eine Hoffnung betrogen zu werden und sich mit frischer Angst an den Tod gewöhnen zu müssen, der ihr doch schon vertraut war, sie will nicht mehr aufgestört werden aus ihrem Frieden mit Gott, komm!
komm bitte!, wiederholt die Freundin, weil ich mich nicht rühre, keine Minute länger darf sich zweierlei vermischen, das könnte uns ungeboren machen auf immer oder sie zwingen, sich Jahrhunderte in den schwersten Stunden ihres allzu leichten Lebens aufzuhalten —
du hast dich zu stark in ihre Zeit hinübergelehnt, und da habe ich immer behauptet, Stefan Zweig habe zu genau recherchiert mit dem Ergebnis, daß seine Figuren hinter all den lebendigen Details immer blasser und zuletzt ganz schatten-

haft würden. aber auch ich bin an diesem Spuk schuld, wozu auch führe ich dich in den Louvre zu Chardins kleinem Buben, dessen Hand geduldig dem Augenblick entgegenwartet, in welchem der rotierend auf immer still stehende Kreisel aus dem Gleichgewicht geraten und stürzen wird, zuwartend aber die zeitlose Ewigkeit der Stilleben zu ewiger Zeitlichkeit vervielfacht. und genauso, wie man, von der Ewigkeit des Augenblicks schwindelig geworden, dem Kleinen den Kreisel nicht wegnehmen kann, sondern, zum nächsten Bild tretend, ihn bei sich umstößt, können wir erst draußen dafür sorgen, daß längst vorbei ist, was ihr nun bevorsteht, und glaub mir:

eine Korrektur ihres Lebens in eine andere Bahn wäre nicht einmal möglich, wenn wir sie aus diesem schrecklichen Jetzt ins Versailles der Gartengesellschaften zurücktragen könnten. und denk jetzt nur ja nicht an das Gerüst, das sie hinaufgehen wird, sonst muß sie vielleicht doch gewußt haben, was sie nicht gewußt haben kann: daß man sie auf das Brett werfen, daß der Scharfrichter sogleich ihren Kopf in die Höhe halten wird, auch im Geist dabeizusein kann sie nicht retten, paralysiert von dem für mich traurigsten Zufall der Geschichte:

aufregender als die Reisen des Kapitän Cook die Flucht der königlichen Familie: mit einem Dankseufzer zum lieben Gott hat sie wohl nach den Sternen ausgeschaut, von der Grenze weht es schon die Luft der Freiheit heran, gerettet aus einem bösen Traum atmet sie auf und küßt ihre Kinder, gleich rollt die Kutsche über die Grenze, und dann ist im letzten Augenblick, welch ein nichtgeträumter Albtraum!, alles aus — herzzerreißend, daß nach dramaturgischen Gesetzen alles auf die Errettung hinausläuft, retardierende Momente versprechen die Erlösung aus der Anspannung und Atemstille, und dann dies, damit man weiß, was es mit der göttlichen Vorsehung auf sich hat!

und da wendet sich die Königin langsam herüber, holt den

Blick, der vorher, ohne mich zu berühren, durch mich hindurchgegangen ist, aus der Leere zurück, hält mit fragenden Augen mich fest — wie diese Blickberührung abbrechen, die wie ein Schaukelbrett die uns trennende Zeit austariert, ohne daß wir beide hinausgeschleudert würden in ein Nie-gewesen-Sein und ein Niemals-Sein?
einen Schritt tu ich auf sie zu, und da wird mir auf englisch zugerufen, daß das Berühren der Gegenstände verboten sei, trotzig spielt sie an ihren Ringen herum —
ihr wenigstens eine der Ungewißheiten nehmen, mit welchen sie in den Tod gegangen ist, ihr manches von dem erklären, was erst lang nach ihrem Tod bekannt geworden ist; ihr sagen, daß sie heute als schwärmerisch, romantisch und immer schon unglücklich dargestellt wird, gequält von der Angst vor Langeweile, aber nicht mehr als frivol, intrigant und dumm; ihr wenigstens eine der Tagebucheintragungen ihres schwedischen Geliebten zuflüstern, aus denen hervorgeht, was ihm durch ihren Tod, den zu verhindern er viele Fürstenhöfe bereist und alle Welt um Hilfe beschworen hat, auf immer zugefügt worden ist, vielleicht könnte es ihr das Sterben erleichtert haben, wenn sie erführe, daß er an ihrem zehnten Todestag seine Ermordung herausgefordert hat, aber nur ja nicht von ihr das gutgemeinte Gerücht als wahr bestätigt bekommen, daß er es zuwege gebracht hat, eine Stunde ihrer letzten Nacht mit ihr zusammen zu sein!
die Schritte des Wächters entfernen sich, und da erst sehe ich an ihrer Hand den Ring, den sie drei Tage getragen hat, um ihn dann erst aus der Haft in den Tuilerien dem Geliebten zu senden, der Begleitbrief eine einzige Beschwörung, er solle das von ihr ersehnte und auch durch den dem Ring eingravierten Leitspruch (FEIGE, WER SIE VERLÄSST) geforderte Kommen ihr zuliebe sein lassen, denn fast so groß wie ihre Liebe war ihre Angst um sein Leben —
wie aber kann sie diesen, nun in der anderen Hand verborgenen Ring noch am Finger haben, wenn ihr doch schon Feder

und Papier für den letzten Brief gebracht worden sind, wie auch noch das Medaillon tragen, das man ihr vor der Überstellung in die letzte Zelle mit den paar Ringen und der Uhr genommen hat, die nun wenigstens nicht mehr mit ihrem Ticken die kurze ihr zugeteilte und zugleich unendliche Zeit zerteilt?
dürfte ich, um herauszubekommen, ob das Nelkenkomplott wirklich schon gescheitert ist, die Roger Gallet-Seife mit dem Aufdruck einer Nelke aus der Hosentasche nehmen?,
ja würde sie, sofern sie noch hoffte, sich des in den Nelkenstrauß geschwindelten Satzes erinnernd (MEINE GÖNNERIN, ICH WERDE SIE NIEMALS VERGESSEN, ICH WERDE IMMER ALLE MITTEL SUCHEN, UM IHNEN MEINEN OPFERWILLEN ZU BEWEISEN), wie damals totenblaß werden, »eine Sekunde blaß«, wie Stefan Zweig es beschreibt, »ehe ihr das Blut in die Wangen stiege, sie zu zittern begänne und Mühe hätte, sich aufrecht zu halten«, weil die Überraschung zu groß wäre, und dann den Mann in mir zu erkennen glauben, »der hundert Mal im Schloß an ihrer Seite gewesen ist und dem jede Verwegenheit zuzutrauen ist«?
wahrscheinlich geht ihr die Zeit ihres letzten Jahres durcheinander, wie sonst könnte auf einem Sessel noch einer der ihr von den Gendarmen mitgebrachten Blumensträuße liegen; aber die Sekunden, die ich ratlos vor ihr stehe (— wäre es ihr ein Trost, aus dem Fenster schauend an der Mauer gegenüber die Aufschrift REPUBLIQUE MERDE zu sehen? —), sind nicht kürzer und nicht länger als die, welche sie sich zu fassen braucht, als die Freundin: bitte gehen wir, ehe sie sie holen kommen! wiederholt.
wie nur bringe ich meine Königin unbemerkt durch die Gärten der Tuilerien? aus dem Museum hinauszukommen, wird dagegen leicht wie ein Kinderspiel sein, sechzehn Uhr ist der günstigste Zeitpunkt —
das Personal wird uns lästige Fremde hinausdrängen, einer bloß nachschauen, ob ohnehin niemand zurückgeblieben ist,

und so kann ich der armen Kleinen nur einen Vorwurf nicht ersparen:
sie hätte bei Ludwig XVI. eine Abkehr von der absolutistischen Gartenkultur durchsetzen müssen, so aber wird sie in einer der strategisch angeordneten Alleen den Republikanern nicht verborgen bleiben, allen Bäumen und Sträuchern sind die mütterlichen Arme und das schützende Geäst abgehauen worden, und sie wird auch nicht dadurch zu schützen sein, daß wir uns, sooft ihre Festnahme droht, wie Modephotographen benehmen, denn statt wie ein Photomodell zu agieren, wird sie den auf sie gerichteten Apparat für eine neuartige Waffe halten und, als sollte ihr diesmal auch noch die Haltung im Tod genommen werden, bei den Häschern Hilfe suchen.
wie nur sieht sie nun die Freundin an? nicht letzte Hoffnung scheint sie in sie zu setzen, sondern zu überlegen, woher sie sie bloß kennt —
zwischen den beiden hin- und herschauend, sehe ich sie von weitem miteinander durch einen großen Park spazieren, diese zu respektlosem Lachen über den ›armen Kerl‹ ermuntert, der sich nur dann in den Park getraut, wenn er sicher ist, daß er, vom ganzen Hof verlacht, das Lachen der Königin und ihrer Hofdame nicht stört, und da möchte *ich* gehen, bitte aber die Freundin, sie solle aus Dankbarkeit gegenüber dem französischen Bauern, der ihren Vater von 1943 bis zum Ende des Krieges versteckt gehalten hat, mit der, die auch ein Opfer ihrer Zeit gewesen sei, die Kleider tauschen, es sei gleich Sperrstunde —
und bitte kein Wort mehr darüber, daß die Geschichte den Weg geht, den sie geht, und daß das Rad nicht zurückzudrehen sei: das Rad hat sich selbst zurückgedreht, wir müssen es nur eine Zeitlang festhalten, dann wird es sich anders weiterdrehen, und dann muß sie nicht unter die Räder kommen.
bitte laß uns die royalistische Reaktion sein, schau, wie sie dich nun ansieht, sie ahnt, daß wir ihr vom Himmel geschickt

sind, sie versteht uns nur schlecht, denn auch die Muttersprache hatte man ihr genommen, mit dreizehn ist sie hierhergebracht worden und durfte nie erwachsen werden, aber die Autrichienne mußte sie bleiben!
ich fürchte, dein Schützling ist noch immer nicht vernünftig geworden, flüstert mir die Freundin zu, sie —
aber da ist die Königin neben uns getreten, sagt ganz leise, während sie ihre Fingernägel betrachtet: »Sehr viele Leute sind heute in Versailles!« und geht dann langsam zur Wand (erst bevor wir gehen, wird sie sich wieder uns zukehren) —
welch ein Glück für sie, daß sie den Verstand verloren hat, kein Wunder nach all den Aufregungen und Nächten ohne Schlaf, und so wird sie diesmal nicht mit Würde und Verachtung in die ihren Todesweg säumenden Beschimpfungen hinunterschauen, sondern wie aus der Krönungskutsche denen zuwinken, welche ihr Tod so begeistert, und sie wird —
dazu darf es nicht kommen, wenn ich denke, wie andere geschrien und um sich geschlagen haben, und jemand so Verwöhnter, der keinen einzigen Wunsch sich zu versagen gelernt hat, konnte mit so viel Anmut ster-
du hättest auch das erste Drittel ihrer Biographie lesen sollen, dann wüßtest du, was es mit dem Satz »Sehr viele Leute sind heute in Versailles« auf sich hat. die Gräfin Dubarry hatte monatelang gewartet, daß die Thronfolgerin, nun an ihrer Stelle erste Dame des Hofes, an einem der Gesellschaftsabende das Wort an sie richte, der alte König hatte seiner Geliebten zuliebe vergeblich darum gebeten, auf diplomatischem Weg ist sogar Maria Theresia um Unterstützung ersucht worden, selbst diese bigotte Frau hat ihrer Tochter Vorhaltungen gemacht, sie könne den König und ihm Nahestehende nicht länger durch trotziges Schweigen beleidigen, und so hat man sich auf diesen lächerlichen Satz geeinigt, vor Zeugen nur so weit an die Dubarry zu richten, daß ihn Gutwillige als an sie gerichtet deuten konnten. Ludwig XV. war überglücklich über den Liebreiz der Frau seines Enkels, aber dann hat sie

nie wieder mit der Gräfin gesprochen — und eine so schäbige Seele findet nun dein Mitleid!

Schritte auf dem Gang, das Glockenzeichen, daß das Museum geschlossen werde, eine Aufräumerin tritt ein — möge das nicht den Satz »Nun Rosalie, so bringen Sie halt eine Bouillon!« zur Folge haben, möge das resignierende »Wie Sie wollen!« unserer Rettungsaktion vorbehalten sein, und da sieht sie mich noch einmal mit dümmlicher Verblüffung an, dann folgt ihr Blick dem meinen zu dem Ofen: nur jetzt nicht an das am meisten mitleiderregende Detail ihres letzten Morgens denken, damit nicht Scham über das, was jeder nachlesen kann, erst mit ihr stirbt!

ein Wärter tritt ein, könnte der sein, welcher bei Stefan Zweig auf die Bitte, er möge sich ein wenig zurückziehen, damit sie nach dem Blutverlust der letzten Tage ein frisches Hemd anlegen könne, energisch erklärt, er dürfe den Posten nicht verlassen, und welcher dadurch vielleicht mich zu dem kleinen Küchenmädchen macht, das sich mitfühlend vor die Königin stellt, um ihre Blöße zu decken, während diese, zwischen Wand und Bett niedergehockt, das Hemd überzieht.

»Aber das blutige Hemd, wohin damit? Die Frau schämt sich, das befleckte Linnen angesichts des fremden Mannes und vor den neugierig indiskreten Blicken derjenigen zurückzulassen, die in wenigen Stunden kommen werden, um ihren Nachlaß aufzuteilen. So rollt sie es rasch zu einem kleinen Knäuel zusammen und stopft es in eine Vertiefung hinter der Ofenwand.«

der Wärter deutet auf seine Uhr, sagt zum zweiten Mal etwas über das Ende der Besuchszeit und nimmt mich am Arm, ich schüttle ihn ab, die Freundin besänftigt ihn, indem sie mich zu kommen mahnt, unbehelligt bleibt Marie Antoinette zwischen Bett und Mauer stehen.

wir gehen schnell hinaus, auch die Bedienerin geht, verlassen das Gebäude, draußen von einem Geistlichen nach dem Eingang zur Conciergerie gefragt.

in der Sonne will das Erlebte wie ein Spuk sich auflösen, aber damit der unwürdige Satz von den vielen Leuten, die diesen Tag in Versailles seien, nicht ihr letzter bleibe, laufe ich zurück.
die Wärter, im Begriff, nach Hause zu gehen, wollen mich nicht einlassen, aber da habe ich einem schon dreißig Francs in die Hand gedrückt, ich hätte ein Kuvert mit einem Ring darin vermutlich in der Zelle ausgestreut, er müsse sich doch an mich erinnern. er will mich hinbegleiten, muß aber umkehren, den Schlüssel zu holen, mit verweinten Augen kommt mir die kleine Italienerin entgegen.
wir müssen sie herausholen!, flüstere ich ihr zu oder sie mir, und da höre ich in meinem Rücken »wie Sie wollen!«, packe sie an der Hand, reiße sie an dem verdatterten Wärter vorbei, sie hält sich ein Taschentuch an die blutende Nase, zerre sie die Stiegen hinunter hinter mir her, wir laufen mit ihr, was wir können, auf die Freundin zu, die schon ein Taxi herbeigewinkt hat, ich stoße sie hinein, und das Mädchen steigt zu.

es ist der Fette Donnerstag, daher kommen die Prozessionen nicht um fünf Uhr früh vor den Fleischgeschäften, sondern erst am Nachmittag vor den Hütten mit Faschingskrapfen zum Stehen,
aber draußen in der Vorstadt ist schon Aschermittwoch: was als Allerseelenfuhrwerke mit Chrysanthemenstöcken und Buchenscheiten beladen gewesen war, hält diesmal vor Kellerfenstern, schwarze Sturzbäche prasseln hinunter, und zuletzt schüttelt der Kutscher den Kohlestaub von den Säcken,
aber nicht erst die schweren Pferde ziehen meine Kindheit in die Stadt: in den schrumpeligen Äpfeln ist der Kriegsende-Geruch unseres Kellerhauses zu beriechen, auf der Bahre eines Leiterwagens mit abgegriffenem Handkreuz liegen meine allerersten Bananen, und was man in Geschäften an Nachkriegskeksen kauft, wird zur Erinnerung an das Volksschuljausenbrot von einer kleinen Schaufel in den lang vergessenen pflaumenblauen Wachspapiersack geschüttelt, wie ein Löschblatt hat er Butterflecken aufgesaugt.
Literaturmuseum. im Hof gräbt ein Museumswärter rote Rüben aus dem Schnee. auf mehreren Bücherregalen, Geschenk eines Dichters oder Sammlers, ein Streifen Pappkarton neben dem anderen mit den Namen der ihm 1944 verbrannten Bücher. und an einer Fensterscheibe, vom Nachmittagslicht durchleuchtet, der Luftpostbrief eines polnischen Dichters, der 1939 nach Rumänien geflohen ist — die geheime Nachricht an seine Frau ein Birkenblatt oder Pappelblatt vom letzten polnischen Baum vor dem Schlagbaum.
Umgebung von Warschau, Birken- und Föhrenwälder: das Quellschutzgebiet ist aber militärisches Sperrgebiet, das Wasserwerk eine russische Kaserne.
unten an der Weichsel ein zweites Mickiewicz-Denkmal und eine überlebensgroße Chopin-Büste, beides haben Unbe-

kannte aus Schnee gebaut. Soldaten schießen flüchtenden Eisschollen mit Schneebällen nach.
durch die Altstadt geführt zu werden — »... genauso aufgebaut, wie es vor dem Krieg gewesen ist«, »... nach Stichen von Canaletto getreu rekonstruiert«, »hatten die Deutschen als das einzige Haus nicht geschleift, denn vis-à-vis im Hotel Bristol war die SS einquartiert«, »und so hat es 1945 hier ausgesehen«, »... aber sein Klavier hat wie durch ein Wunder die Zerstörung überlebt«
ja, schon einmal in Warschau gewesen, vorletzte Allerheiligen; alle Trottoirs der Altstadt von Astern- und Chrysanthemenbächen überzogen, dazwischen Inseln aus brennenden Kerzen, wie über Erschossene mußte man über die wie Heiligenbilder geschmückten Photographien hinwegsteigen, auch die Gedenktafeln an den Häuserwänden mit Kränzen und Schleifen geschmückt, nie hätte ich mich dort deutsch zu sprechen getraut!
Sie haben recht — wenn man durch unsere Altstadt geht, geht man über einen Friedhof, sehen Sie nur: hier sind ... erschossen worden!
(nachher auch im Restaurant die Kerzenleuchter und die traditionellen Bänder an den Wänden ein Totengedenken, erst recht im Volkskundemuseum die in Sessel gesetzten Trachtenkleider aus dem achtzehnten Jahrhundert ein Miserere für die Bombenopfer. aber keiner der danach Gefragten will von einem Ghetto-Denkmal gehört haben, einer führt mich vor eine Auslage mit mehreren, als ›Attrappa‹ gekennzeichneten Mazzes-Schachteln)
Nationaloper. die Gastgeberin, eine Gutsherrin, geht ihren Gästen mit einem Laib Brot entgegen, jeder küßt zur Begrüßung das Brot; trotz der bunten Mazurka und einer Schlittenpartie bei Schneegestöber bleibt der Chor der fröhlichen Bauernburschen in graubraunen Arbeitshosen eine Demütigung der in Lagern Inhaftierten, auf Befehl von ihrer Todesangst zu singen.

viele Male auf die Nike mit Seejungfrau-Fischleib zu stoßen, auch an unvermuteten Orten, und auf die als ›Regina Poloniae‹ beschriftete Rivalin, die Muttergottes von Tschenstochau — ist die Schwarze Muttergottes dunkelhäutig von den ihr dargebrachten Kerzen oder haben ihr, durch ein Wunder inmitten von Feuer und Qualm unversehrt geblieben, die Feinde Polens das Haus angezündet? vielleicht hat man sie, als die Türken näherrückten, zu einem Köhlerweib geschwärzt! aber die Striche an ihrer Wange, das können doch nicht die Stammeszeichen des Hauses David sein — hat ein Verschmähter nach dem Messer gegriffen, auf daß nie mehr ein anderer von ihr erhört werden wolle, hat ein Vaterlandsverräter die Schutzherrin Polens umzubringen versucht? (allein unterwegs, grüße ich sie in ihren Bildern mit solchen Spekulationen)
auf einem privaten Markt am Stadtrand gibt es Fuchskragen und Pelzmützen zu kaufen, Wärmeflaschen aus Kupfer und viele Orden, in deren Kisten aber nur Kinder fassen.
Wilanow. nach der Einsegnung besteigen die Angehörigen mit dem Sarg einen Autobus.
der Evangelist Lukas habe, übersetzt mir endlich ein Student aus einer Broschüre, die betende Mutter Gottes auf einen Zypressentisch gemalt, ohne jeden Schaden habe sie die Zerstörung Jerusalems durch Titus überstanden und sei dann von der Kaiserin Helena nach Konstantinopel mitgenommen worden; von einem der byzantinischen Kaiser zum Zeichen der Freundschaft Karl dem Großen geschenkt, habe sie diesen als einzige Frau auf allen Kriegszügen begleitet, sei dann (es folgt eine doppeldeutige Auskunft:) zum Dank für Hilfe in höchster Not dem Slawenfürsten Leon von Galizien überlassen worden, auf dessen Burg sie sich dann, viele Wunder wirkend, jahrhundertelang aufgehalten habe; 1382 nach Tschenstochau überführt, habe ein ungarisches Regiment über sie zu wachen gehabt, trotzdem sei sie von Räubern schwer verwundet worden — die besten Maler hätten sich

um ihre Wiederherstellung bemüht, für neue Kleider gesorgt, »aber die Schnitte an der Wange kamen immer wieder hervor und bluteten Tränen, sooft Menschen Böses taten. zur Zeit der Schwedenkriege ist sie von einem jungen Schweden entführt worden, in einem Pferdefuhrwerk versteckt, aber eine Schar Getreuer hat sie befreit, vielleicht hat sie erst damals die Verletzungen abbekommen, ja und 1717 ist sie vom Papst zur Königin Polens gekrönt worden!« (ihre Geschichte, die sie offenbar eine der Mütter des polnischen Geschichtsbewußtseins ist, müßte nicht mit der Krönung enden — jede der Teilungen Polens könnte sich ihren alten Wunden tief eingeschnitten haben, und wie blutige Tränen erst wird sie, halb erstickend, in viel späterer Unzeit geweint haben!)

Historisches Museum. in einem von der Revolutionsetüde erfüllten Raum, der sich Pferdewiehern, Sirenen, Bomben- und Schrapnelleinschläge beigesellen, ist eine ganze Wand ein Fluß von Frauenhaar aus Hanf, seine Wellen decken die Photographie eines nackten toten und kahlgeschorenen Mädchens zu; die Wand gegenüber wird bedeckt von einer ins Geisterhafte vergrößerten Aufnahme aus dem Krieg, von einem Hügel mit erfrorenen oder erschossenen Soldaten, auf die es schneit, aus der Schneewand ragen weiße Pappkartonhände mit brennenden Kerzen, aber die Erfrorenen bleiben erfroren, und die Erschossenen schlafen weiter.

und was steht auf diesen Tafeln?

Gedichte von Slowatzky und (?); der Student übersetzt mir Bruchstücke davon, aber wie einer Nachdichtung ist meinen Notizen nicht zu trauen:

... ich habe mich entschlossen, an den Himmel zu pochen ...

ich bin Polen geworden, ... meine Lungen brennen, ich komme nicht mehr zurück ...

der Todesengel pocht mir mit immer rascheren Schlägen gegen die Brust ...

die Seufzer stöhnen, bis die Choräle der Revolution ...

und die Verzweiflung des Volkes ist schwarzer Rauch, der durch die Fenster weht ...
aber der Glaube wird zu einem Regiment, die Trauerschleier werden sich lichten ...

(zehn Jahre später könnte ich vor der Figurengruppe eines polnischen Künstlers zu stehen vermeinen, wenn ich nicht wüßte, mich in Venedig in einer Tinguely-Ausstellung zu befinden:
den aus Eisenstangen, Eisendrähten und Dosen bestehenden Körpern, in schwarze Schleier gehüllt, sitzen die nackten Schädel von Hunden, Schafen oder Rindern auf, mysteriös und unheimlich, daß die Ober- und Unterkiefer sich ständig bewegen, unterschiedlich von Figur zu Figur und trotzdem mechanisch — was ihm zusetzt, muß einer unentwegt wiederkäuen, ein anderer schreit stumm seinen Schmerz hinaus, hebt dabei den Kopf gegen Himmel wie ein heulender Wolf, ein anderer in schwarzen Schleiern brüllt viele Male auf, bis für eine kleine Schmerzenspause sein Maul kräftig zuschnappt; sein Nachbar, des Trauerns müde, gähnt und gähnt, ein anderer Unterkiefer, tief unter dem Schädel montiert, schiebt sich so weit nach vorne, daß dies wie innig bittend geschlossene Hände sich ausnimmt, als das Händeringen einer Opernsängerin, die nur diese eine Geste beherrscht, wie hochdramatisch sie auch singt; einer malmt mit den Zähnen, aber die Kiefersperre ist nicht zu lösen, sein Nachbar beißt die Zähne zusammen, bis ihm das Hinuntergewürgte den Rachen aufreißt,
und inmitten dieser Gruppe eine weißverschleierte Braut: sie steht unter solch einem Schock, daß sie in kleinen Rukken unwillkürlichen Aufschluchzens — oder wäre dies ein Schluckauf? — den Kopf hochreißt, bis sich ihr endlich der kleine Schrei entringt!)

ich verstehe dich leider nicht!
aber das kleine Mädchen (—der Notsatz: ›nie rozumiem po polsku!‹ fällt mir nicht ein—) wiederholt noch zwei Mal, was es gesagt hat, Geheimnis bleibendes Geheimnis — es hält eine Milchflasche in der Hand, und die Vesperglocken läuten.
am Morgen schneit es, es läuten die Glocken, und viele Männer umstehen in einem Park einen Pavillon, in welchem von zwei Mädchen mit Mehlspeishäubchen Bier ausgeschenkt wird; in den Schneefall schauend, trinken sie dem Schnee zu, so hoch wie der Schaum in ihren Gläsern ist das frische Tischtuch aus Schnee auf einem Eisentisch

WEIHNACHTSMUSIKANT
VOR DEM MAILÄNDER DOM

am Rücken ist ihm, Trommelwagerl und vorgespannter Esel in einem, mit Rucksackriemen eine große Trommel angeschnallt, der, mit einer Federung zusammengeschlossen, ein Tschinellenpaar aufsitzt; den Unterarmen, als wären sie geschient, je ein Trommelschlegel entlanggeführt, wobei die Schlagkugel etwa eine Handlänge über den Ellbogen hinausreicht; am linken Schuh, in ein Mittelding aus Fußeisen und Steigbügel geschlüpft, ist ein Möbelpacker-Traggurt festgemacht, dessen anderes Ende in der Höhe des Nackens den Tschinellen verbunden ist und das, längs des Rückens geführt, wie ein locker gelassener Zügel so lange durchhängt, bis er, in den schweren Bauernhänden hält er ein Blasinstrument mit langem Hals und großem Trichter, nach dreimaligem Luftholen wie sogleich um die Wette tauchende Kinder mit einem Ruck zu einem Weihnachtstrio wird, das einen mitleidig stimmt wie einstens ein Tanzbär und einen zugleich lachen machte wie die in Spielzeugauslagen elektrisch gelenkten Orchester musizierend auf- und niederhüpfender Plüschaffen und Stoffhasen, wäre nicht so viel angestrengte Würde in seinem runden Bauerngesicht —
wie um sich warm zu machen, nebeliger Dezemberabend, schlägt er, die Trommelschlegel kraftvoll bedienend, die abgewinkelten Arme gegen die Rippen,
bläst, bald hochrot im Gesicht, aus kräftig pumpenden Backen in seine Flötentrompete, hält sie dabei fest umklammert, als könnte sie ihm entrissen werden (in Wahrheit, weil die auch die Hände in kleinen Drehbewegungen mitbewegenden Trommelschläge es ihm erschweren, daß Mund und Mundstück zusammenbleiben und die Finger nicht von den Klappen rutschen),
zieht mit dem scheinbar linkisch abgewinkelten Fuß an dem Tschinellenseil und reißt es vorwärts, als ob er Glasscherben

wegstoßen, gegen jemanden treten wollte, nein: als ob er, immer zorniger über den Mißerfolg, Schwung holte, um hartnäckig an seinen Schuhsohlen Haftendes, Kuhmist oder Kaugummi, wegzuscheuern, und bei der die Leine wieder locker lassenden Bewegung des Fußes nach hinten, mißglückter Kratzfuß, schlägt er zuletzt wie ein Pferd aus, strampfend wie mancher Pianist, der sein Bein gleich wieder zum Pedal zurückschwingen wird (schaut man von den Füßen schnell zu ihm hinauf, so nimmt die Trommelbewegung der Arme als Zornmut erzeugende Übung sich aus, so kräftig schlägt er, die Trommel meinend, auf sich ein wie vor Kampfgeist und Selbstgefühl sich gegen die Brust trommelnde Affen)
von seiner Trompete tropft es, als wäre es Schweiß, eine kleine Lacke zu seinen Füßen, in die er, über den aus dem Fellwams hängenden Bauch hinweg, beschämt hinuntersieht, sooft er nach einigen Strophen des Weihnachts-Hirtenliedes für einige Atemzüge pausiert (— beschämt vielleicht davon, daß er die einzelnen Strophen nur bei sich mitsingen kann und daher für die meisten Zuhörer ein kleines Lied mehrmals wiederholt —),
scheint, gekräftigt laut von vorne beginnend (— nun statt mit der Trompete mit einem Dudelsack —), die Freitreppe vor dem Dom wie ein Platzhirsch seine Herde, wie eine Amsel ihr Revier gegen potentielle Konkurrenten zu verteidigen
(zwei zarte Flötenspieler wagen sich erst dann aus einer Seitengasse herbei, als er nach tapfer ausgefochtenem Abwehrkampf gegen eine vom anderen Ende des Platzes per Lautsprecher attackierende Beat-Musik sich von seinem Trio in ein Wirtshaus begleiten läßt,
aus größerer Entfernung so wässerig die Trompetenstimme, als liefe ihm schon auf dem Weg dorthin das Wasser im Mund zusammen, und so dumpf die Trommel, als wäre sie ihm, einem der wenigen seit dem Spätherbst aus einem süditalienischen Bauernland nordwärts ziehenden Zugvögel, ja doch auch ein Rucksack, mit Brot und Käse gefüllt)

im Windschatten eines frisch geteerten Frachters sitzen an vier kleineren Holztischen, vielleicht ausrangierten Küchentischen, etwa zehn ältere und alte Fisch- und Fischersfrauen, scheinen, von weitem beobachtet, Dünngeschnittenes einzusalzen oder, da sie die Bahnen nicht regelmäßig bestreuen, Teigblätter mit Gewürzen oder Kristallzucker zu verschönern,

sitzen aber bei ihrem Sonntagsvergnügen, denn warm angezogen (— eine hat drei Strickjacken an, eine über den Mantel ein Schultertuch umgelegt, es ist ja auch schon Mitte Dezember —) spielen sie einen Nachmittag lang ihr Lieblingsspiel, Lotto —

die vor ihnen liegenden Pappkartontafeln (mit Bleistift in Felder unterteilt und die nicht mit Zahlen beschrifteten mit Blumenverzierung als leer markiert) sind an den Ecken mit Steinen beschwert (— je nach Kapital oder Wendigkeit der Augen haben sie eine, zwei oder auch mehrere wie Lose gezogen —), neben jeder rechten Hand liegt eine Handvoll Sand aufgehäuft, und davon nehmen sie eine erste Prise auf, sobald die, welche von einem Katzentisch aus das Spiel ansagt und lenkt, die neue Runde eröffnet:

sie greift in ein in ihrem Schoß liegendes Säckchen, holt einen der kleinen, mit je einer eingekratzten Zahl gekennzeichneten Steine heraus, ruft diese (— allerdings mit französisch anmutendem Lied-Akzent die Endsilben lyrisch verschwebend —) wie am Markt ihre Fische laut (und davon bald auch heiser) in die Luft, damit nicht der Wind ihre Stimme verträgt oder das klatschende Wasser die Verlautbarung überdeckt, setzt ihn, damit im Streitfall nachgeprüft werden kann, auf ein die Zahlenreihe von 1 bis 100 enthaltendes Brett,

und kaum daß sie die jeweilige Zahl genannt hat, streuen die, welche sie auf ihren Tafeln finden (— oft mehrmals in einer einzigen Rubrik —), diesen Streusand flink und so geschickt darauf, daß trotz Wind und auch Windstößen aus verschie-

denen Richtungen nur dieses eine kleine Feld zugedeckt wird, als rieselte Sand in einer Sanduhr auf es nieder, rasch geht es weiter, Zahl folgt auf Zahl, konzentriert wird aus größter Nähe, nachdenklich aus größerer Höhe gestreut, aber auch mit einer wegwerfenden Handbewegung der Sand über einige Felder hinweg ins richtige Feld geworfen (was das Glücksspiel um die Kunst des Gegen-den-Wind-Spuckens bereichert), und welche als erste alle Zahlen einer Tafel zugeschneit hat, hat den kleinen Einsatz aller gewonnen —
der Sand wird weggeschüttet und weggeblasen, die Tafeln eingesammelt, eine andere ist an der Reihe, den Glückssäckel zu verwalten.
tritt man einige Schritte zurück, so nimmt dies Bestreuen winziger Felder wie rituelles Besamen, Begrasen, wie Brot-Aussäen unter einem Segensspruch sich aus,
wegen der Vergänglichkeit der frischgelegten Spuren möchte einem dies Sand-wie-Asche-Streuen zu einem Sonntag für Sonntag erneuerten Allerseelengedenken für die Verstorbenen des Ortes werden —
nicht in alle Winde wird die Erinnerung an sie davongetragen, nur was sie Böses getan haben, soll, da dies nicht leicht zu vergessen ist, mit immer frischer Verzeihung überschüttet werden, damit langsam Gras darüber wächst; damit es einmal ja doch im Gedächtnis erlischt wie ein Wort unter Streusand, wie eine in Sand gedrückte Kerzenflamme,
anhand kleiner Straßenskizzen und Friedhofspläne scheint auf ihre Namen und Grabbetten Weihwasser gesprengt zu werden von denen, die auch zu Erde werden werden, gute-Nacht-Gruß, der ihnen einen ruhigen Schlaf verheißt wie der Sandmann den Kindern, die, ängstlich dem Sand die Augen verschließend, auch schon eingeschlafen sind
(so poetisch will ihr Verfahren sich einem deuten, als hätte nicht bloß Genügsamkeit sie dazu inspiriert, sondern Ehrfurcht vor allem Bestehenden, die auch Gerechtigkeit und Menschenliebe ist:

nicht einmal abstrakte Zeichen wollen sie auf Diktat ankreuzen auf einer Liste, nicht das Geringste für immer wertlos machen,
ihre Kennzeichnungen wollen als bloß Zufälliges nicht Urteile sein, wollen, wie Staub beim Abstauben von dem sogleich nicht mehr Gekennzeichneten zu nehmen, nicht einmal von der Zeitlichkeit sein einer bereut sogleich getilgten Schuld,
nicht einmal memento-mori-Aschenkreuze dürfen sein, solange es auch von ihnen Schlechtgelittene gibt,
den Staub von ihren Feldern blasend, stellen sie die Unschuld vor dem Kainszeichen wieder her, und da sie nur die Auslöschung des auf die Tafeln Geschriebenen zum Verschwinden bringen, betreiben sie auch keine damnatio memoriae)
manche Zahlen werden in der Umschreibung durch ein Wort ausgerufen, das nur versteht, wer vor längerem hier aufgewachsen ist, mit Belustigung wird den beiden als Zuschauer zugelassenen Fremden, die nicht einmal ordentlich bis hundert zählen können, die eine und andere Chiffre erklärt, zum Beispiel daß ..., Name einer Gasse des Nachbarortes, 71 bedeute, weil dies nach dem Krieg die Hausnummer eines Bordells gewesen sei; einige andere Zahlen werden (— sei es, um das Spiel durch rasches Rückübersetzen zu erschweren, sei es, um die Intimität innerhalb der Alt-Frauen-Runde zu stärken und den Stammtischunterhaltungen ihrer Männer nur gehörig nachzustehen —) mit einem Wort bezeichnet, das magisch ihr Eheleben evoziert, zum Beispiel als ›Schlüssel‹ oder als ›Schloß‹, aber keine der Zahlen ist darunter, welche in altmodischen Zeiten die jugendliche Phantasie beflügelt hat als graphische Darstellung einer Liebesposition.
ganz selbstverständlich spielt mit eine ältere Dame (Nerzmantel, schöner Schmuck und korrekte Sprache), die vielleicht, ohne sich ihrer Herkunft zu schämen, durch Heirat aufgestiegen ist, vielleicht im Nachbarort ein Geschäft hat und den zu Hause arm Gebliebenen mit solchen Sonntagsvisiten wohltut — daß sie im Unterschied zu den anderen im

Spielen steht, nicht im Sand, sondern auf einem Kistenbrett, macht den Standesunterschied nur deshalb sichtbar, weil sie zarte Krokodillederschuhe trägt, aber es fiele ihr nicht ein, ihre Zigarettenasche woandershin als unter den Tisch zu stäuben.
eine alte Frau mit nur einem Zahn ruft, wohl auch, um uns zu belustigen, drohend mit der um viel Sand geballten Faust: ›vincere o morire!‹ gegen Himmel,
Schwur, dem sie, den Sand von den Händen reibend, mit den meisten Siegen dankt

Zimmermädchen. das Hotel sei unterbelegt, daher nehme sich das vermutlich sehr junge Zimmermädchen die Zeit, sich und auch dich Unbekannten mit einem kleinen Zeitvertreib aufzuheitern, während der dir von ihr, der dir bis zuletzt Unbekannten, in deiner Abwesenheit abgestatteten Abendvisite — schon in der ersten Nacht ist nicht bloß, zu einem guten Schlaf einladend, die Bettdecke zurückgeschlagen, ich sehe mich auch in Gestalt meines Pyjamas an die zwei übereinandergeschobenen Pölster geschmiegt, sie im Schlaf umarmend, vielleicht weil ich ihr so leid tu, mutterseelenallein ein so schönes Doppelbett zu bewohnen,

Zimmermädchensprache, die, da ich mich nun einmal sie zu deuten eingelassen habe, von Abend zu Abend beredter aus meinem Pyjama zu mir spricht:

mit ausschwingenden Armen in eine Hampelmannhocke gelegt, sehe ich mich in der nächsten Nacht von ihr gefragt, ob ich denn etwa zu denen gehörte, die, statt den besten Schlaf zu nutzen, noch um Mitternacht am Hotelpool zu blödsinniger Schlagermusik herumhüpfen; den Abend darauf viel früher auf mein Zimmer gegangen, halte ich ein nie zuvor gesehenes Spitzentuch an meine Brust, und daß ich es nicht behalte, sondern an die Türschnalle hänge, kommt mir vierundzwanzig Stunden später heim, denn nun sehe ich mich, das Zurückgewiesene könnte ihr Schürzchen gewesen sein, nichtswürdig in eine Zwangsjacke gesteckt, mit ausgedrehten Armen liege ich da, ein Bein ans andere geknotet — wie sie versöhnen? am besten mit einer ihr schon jetzt auf den Nachttisch gelegten Banknote, damit nicht in meiner letzten Nacht ein mir aufs Pyjama gedrückter Polster mich bis zum Ersticken stickt!

Serbokroatisch. nach vergeblichen Wortversuchen nun mit der Handkante mehrmals kurz und schnell auf die andere Hand zu schlagen und dir dann an die Augen zu greifen, wie um Tränen wegzunehmen — die alte Bäuerin kann aber auch *das* nicht in die Frage übersetzen, ob sie nicht für unsere Campingküche eine Zwiebel zu spendieren hätte

(wie wohltuend daher an Italien, daß man sich dort für den alltäglichen Sprachgebrauch der Opernsprachen bedienen kann, auch einer zweihundert Jahre alten, indem man zum Beispiel Mozarts Figaro einem Arzt erklären läßt, daß und wie man sich den Fuß verstaucht habe: nicht bloß wegen der Schmerzen wird man für die gewählten Worte nicht ausgelacht!)

Ostia antica. den morgens kühlen Ziegelmauern entlangzugehen als sein eigener Schatten, angeweht von der kräftigen Stimme eines, der jenseits der Mauern, ein Geschiebe ist herüberzuhören, durch die Gräberlandschaft führt — es könnte eine Schafherde sein, zu besseren Weideplätzen unterwegs, da er hin und wieder dreimal kurz pfeift und daraufhin das träge Geschiebe unter eiligem Getrampel sich zusammenballt.
was er aber sagt, kehrt wie ein geträumtes Echo wieder, ein wenig leiser und ferner mit einer nun weiblichen Stimme, und seinen und ihren weiterfließenden Worten verbindet sich, fast wortwörtlich gleich, als zweites Echo, als ein Echo seines Echos, eine dritte Stimme, aber so verzögert, als hätten sich deren Worte über das römische Freilichttheater an der Schallmauer der Ewigkeit gebrochen
(ganz anders die Erklärungen einer griechischen Fremdenführerin in Delphi: die am Morgen einer Schulklasse in allzu vielen Details erzählte und vielfach gedeutete Ödipus-Sage strafft sich von Führung zu Führung, noch mehr von Fremdsprache zu Fremdsprache, immer weniger Verästelungen, Abzweigungen, Stammbaum und Los der Nachkommenschaft, immer rascheres Sprechen, auch auf griechisch, damit niemandem auffällt, was längst alles fehlt, bis die letzte Gruppe, arme Russen!, bei Sonnenuntergang nicht einmal mehr etwas von der auf deutsch noch »in mancher Weise unglückseligen Hochzeit mit einer gewissen Jokaste« erfährt)
unterm Arc de Triomphe. als ein zwitschernder Vogel kommt ein kleines Mädchen angehüpft, hält wippend vor einer der in den Steinboden gravierten Inschriften ein, liest stockend mit heller Stimme:
on-ze No-vem-bre mil-neuf-cent-dix-huit
Re-tour de L'Al-sa-ce et de la Lor-rai-ne à la France

dem Stein ab und flattert wi-wi-wi zwitschernd davon, als wäre dies eine kleine Szene gewesen aus einem alten französischen Film!

Abschiede, sagt sie sich, gibt es, nach welchen Liebende nicht auseinander gehen dürften, wie liebevoll das letzte Wort und der letzte Blick auch gewesen sein mag, keinesfalls aber weiter als bis zum nächsten Telephon, will man nicht, überhaupt wenn ein gemeinsamer Aufbruch in ein Ausnahmeglück vorgesehen war, an sich oder am anderen irre werden aus Liebesungerechtigkeit!,
und fährt doch an die Bahn, in Italien wenigstens auch die österreichische Weihnachtslieblichkeit zu versäumen.
es sei besser, hatte er ihr gesagt, einer von uns fährt als keiner, ich an deiner Stelle würde auch fahren, es werde ihr guttun —
Vernunft, du der Liebe Fernstes, denn um wie viel lieber bliebe auch ich zu Hause, besser, wir sähen oder sprächen uns jeden Tag ein wenig als für zehn Tage gar nicht, welch rücksichtsvolle Lieblosigkeit, mich lieber dort zu wissen, wo wir miteinander sein wollten, als die kleine Beschwernis hinzunehmen, daß in meinem Mich-fügen in alles das, was gestern und heute und morgen mißlingt, noch eine feste Hoffnung auf eine *uns* gehörende Zukunft ist!,
und so schreibt sie ihm vor der Abfahrt des Zuges noch schnell eine Karte, um sich mit Hilfe der Beteuerung, wie sehr sie sich schon auf sein Rom freue, um wie viel mehr zugleich aber auch schon auf das Wiedersehen, mit den Skrupeln zu versöhnen, alles das, was an Schönem und Neuem sie beleben werde, statt daß sie blind hindurch ginge, würde ihr heimkommen als nicht bestandene Liebesprobe und als Aufkommen einer Vernunft, welche, auch in den Alltag eingelassen, ihr raten müßte, sie solle, des Wartens müde, sich besser in einem anderen Leben einrichten, nicht mehr lange sei dazu Zeit.
in Rom soll kein Seufzer des Herzens wie: ›wenigstens diese Minuten solltest du mit mir sein!‹ einen Vorwurf enthalten,

gedankenlos möchte sie ihm verbunden bleiben, begleitet weder von seinem Licht- noch von seinem Schattenbild, unterschätzt aber die Anstrengung, sich seiner auf noch so kurze Zeit zu begeben, auch wenn sie, einstmals im Reisen erfahren und nun gestärkt von dem Wunsch, sich den Fortbestand ihrer Selbständigkeit zu beweisen, Vorkehrungen trifft, nicht in das Gespenster-Ich zu geraten, welches, bald durchscheinend vor Heimweh und in vieler Weise desorientiert, durch fremde Gassen und fremdsprachige Gespräche ginge:

da ihr zu reisen auch als eine Vorahnung der Freude vergnüglich ist, mit welcher sie Wochen oder auch Monate nachher im Portemonnaie oder in einer Manteltasche auf Relikte der Reise wie ausländische Münzen und Fahrkarten stoßen wird, durchsucht sie noch in der Eisenbahn ihre Sachen, um nicht mitten in Rom in verspäteter Verstörung, wirklich ohne ihn gefahren zu sein, plötzlich ein Indiz dafür in der Hand zu haben, eben erst jetzt vor einem Jahr in einem Warschauer Autobus zu fahren, ja damit sie nur ja nicht mit dem Wunsch, einmal auch mit ihm in Dänemark zu sein, eine dänische Münze in einen römischen Brunnen werfen kann, solch ein Tun müßte, wenn sie dabei beobachtet würde, scheinbar ihre Identität verschleiernd ihr Ich-Gefühl gefährden, auch ihm zur Strafe, daß er sie in seiner Familie hin und wieder zu einer lästigen Geschäftsreise macht, Verräterisches auf der gemeinsamen Heimfahrt zerreißt und sie dann, von dem mit ihr Unternommenen ›ich‹-erzählend, in Worten (und vor lauter Vorsicht vielleicht nicht nur in Worten) von ich-du-Erinnerungsbildern schneidet,

will nur gut ausgeschlafen das Hotelzimmer verlassen, regelmäßig essen, häufig die Uhrzeit kontrollieren, damit sie ihr nicht wie Kranken abhanden kommt, immer den Stadtplan bei sich haben (und zur Vermeidung der geringsten Verwirrung darauf eingerichtet sein, daß Autobuschauffeure manchmal das Kopfschild zu wenden vergessen), sich in viele

Spiegel schauen, das unvermutet ältere Reisegesicht müßte sie diesmal besonders befremden —
aber allein daß der Vorsatz, ohne jede Zwiesprache mit ihm im Kopf und im Herzen äußere Bilder sich einfließen zu lassen, sie dann wirklich dazu befähigt, mit der ansonsten nur der Liebe eigenen Hingabe und Selbstvergessenheit aus sich zu treten, für ein Aufatmen in bewegend Schönes einzugehen und so für eine kleine Weile lebendig tot zu sein wie einer im Zustand der Erleuchtung, dies nimmt ihr, ihm nun erst fern, die Resistenz dagegen, sich so fremd zu werden, wie vertraut ihr nun erscheint, was an Fremdem auf sie einströmt,
kurzes Glück des Vergessens, denn bald stellt mit erschöpfter Aufmerksamkeit und allzu früher Reisemüdigkeit eine Leere sich ein, verwandt der Kopf- und Herzensleere nach einem Tod, welchen man aus Schmerzangst nicht wahrhaben kann oder will.
da sie schon am ersten Abend an sich halten muß, nicht mit dem nächsten Nachtzug zurückzufahren (dies getan zu haben könnte sie ihm nicht sogleich verzeihen), und die Angespanntheit in Muskelkrämpfen spürt, verschafft sie sich die Illusion, zu Hause zu sein, durch einen Besuch der Oper —
als sie einige Tage später (— der Vorsicht vergessen, mit der sie in Rom jede Straße und jeden Platz durch halblautes Gemurmel in ihrem Stadtplan verankert hatte —) in einer schlecht beleuchtet zum Meer führenden Gasse von Sorrent sich nicht recht gegen den Eindruck wehren kann, in Wahrheit in Böhmisch-Krumau zu sein, wird sie von der Besorgtheit über ihren Geisteszustand, diesmal hätte er sie nicht allein fahren lassen dürfen, durch ein verspätetes Lachen befreit:
der durchs Opernglas beobachtete Boris Godunowsche Prinz hatte, über die Landkarte des Russischen Reiches gebeugt und von Astrachan singend, mit dem Finger auf das Prag einer verkehrt gehaltenen Landkarte Mitteleuropas gezeigt!
in den Vatikanischen Sammlungen (— einige wenige Bilder machen sie aus der Düsternis aufwachen und versetzen sie

für Augenblicke auf eine glückliche Insel —) geht ihr vor allem ein kleines Kind zu Herzen, welches schlafend (und von ihr um seinen Schlaf beneidet) von den Eltern durch die Jahrhunderte getragen wird, beinahe göttlich in seiner nichtswissenden Ohnmacht und nicht einmal von dem vielsprachigen Maschinenlärm in der Sixtinischen Kapelle aufgeweckt — hätte sie das richtige Lebensgefühl, wenn sie Photographien kennte, auf welchen sie als Rucksack-Baby Abgründe entlanggeht und Gletscherspalten übersetzt?
im Garten des Thermen-Museums inmitten der Grabsteine und Sarkophage eine zerbrochene Schallplatte — hat hier ein zu Tode gesungenes Lied, hat hier eine lang über ihren Tod hinaus weiterzusingen verurteilte Stimme ihre ewige Ruhe gefunden oder einer eine zur Lüge gewordene, lange wahr gewesene Wahrheit zerbrochen?
ein jüngerer Mann, der, von einer großen Menschenmenge umringt, vor der Stazione Termini eine feierliche Rede hält, andächtig ruht eines jeden Blick zu seinen Füßen, denn vor seinen Schuhspitzen liegt ein Hühnerei — Demonstrationsobjekt einer neuen Heilslehre, weil sogleich vor den Augen der zu seiner Tinktur oder zu seinem Rezept Bekehrten das Ei sich selber ausbrüten und die Liebesbotschaft in den kalten Himmel auffliegen wird, die Hartherzigen zu erweichen? oder wird er sofort mit dem Schuh in dies Dünnschalige stoßen, damit ein jeder sähe, welcher Roheit mancher fähig ist gegenüber den Zerbrechlichsten?
der Kettenhund, den sie vom Hotelfenster im Garten eine Grube graben und dann wieder zuschütten sieht, viele Male, wird ihr die Warnung, sie solle die Aussichten ihrer Liebe nicht genauer betrachten als daheim, wo sie immer nur dem nächsten Wiedersehen entgegensieht —
trotz der sofort abgewürgten Überlegung, ob er alles darangesetzt habe, mit ihr zu kommen, steigt ihr Neid auf angesichts der vielen Paare, die, auf Denkmalsockeln und Freitreppen in der Sonne sitzend, Nüsse aufschlagen und dann

die Hälften teilen wie eine frohe Zukunft, Hoffnungslosigkeit aber aus dem Lachen alter Ehepaare, die offenbar sicheres Glück schöpfen aus der seit Jahrzehnten sich bewahrheitenden und bewährenden Zusammengehörigkeit.
die Auswahl, die ihre Aufmerksamkeit unter dem vielen trifft, das zu beobachten wäre; der Zwang, mit den Augen Wahrgenommenes auf die Liebe zu beziehen, und sei es vor dem Sarkophag eines spätrömischen Ehepaares zu begreifen, daß sie beide auch nicht miteinander begraben sein werden, schenkt aber auch unvermutete Tröstung: aus den kopflosen Statuen eines Mannes und einer Frau, ihre Halsgruben sind voll Regenwasser, trinken zwei Tauben, fliegen dann Flügel an Flügel davon wie zwei Seelen, und so sind die beiden wieder vereint, denen es nicht mehr gegönnt ist, sich in ihren Bildern anzusehen (der Gedanke aber, ob ihrer Liebe in ihrer allzuoft durchgestandenen Alleingelassenheit etwas Ernstes zugestoßen sei, wann etwa er und sie aus Ängstlichkeit und aus Anstand gegenüber den vor ihr Dagewesenen es für immer versäumt hätten, ihre zweierlei Leben unerschrocken in eine Bahn zusammenzuführen, rührt sie nur gestaltlos an in der nimmermüden Neigung, stellvertretend wiederherzustellen oder zu bewahren, was vielleicht nicht mehr zu retten ist: da hat einer seine Autotür nicht gut geschlossen, da ist im Gedränge einem Hund der Herr abhanden gekommen und bedarf ihrer Hilfe, da hat einer etwas liegen lassen oder verloren, da schwankt eine alte Frau totenblaß dahin, da ist ein Blumenstock am Verdursten, da aus einer durchhängenden Plane das Regenwasser zu kippen, ja und auf dem Forum sind unaufmerksame Touristen vor scheinbar nur bettelnden Kindern zu warnen, wie gern *sie* sich von diesen in die Tasche greifen ließe, um mit der Fahrkarte, dem Geld und den Papieren diese Tage los zu werden und ihm wiedergegeben zu sein durch die Sorge, wie sie nun wohl nach Hause käme)
manchmal schließt sie mit sich kleine Verträge: wenn ich während der Überquerung des Petersplatzes nicht an ihn

denke und auch nicht das Bedürfnis danach niederhalten muß, dann wird die Zeit ohne ihn gleich viel schneller vergehen!,
aber als sie in einer kleinen Bar vom Kellner zum Telephon geholt wird, ja, *sie* werde am Telephon verlangt, und gegen alle Vernunft die Freude sie durchbebt, er habe der Reihe nach und auf gut Glück Cafés, Restaurants und Bars angerufen (sie hatte sich von der Theke eine Zeitung genommen, ohne zu wissen, daß diese zu bezahlen sei), wird ihr Rom unerträglich als die Stadt, von der erzählend sie ihm Bilder beschwören müßte von den Aufenthalten mit seiner Frau,
und so fährt sie tags darauf lieber in einen Ort, wo sie beide noch nicht gewesen sind, daher auch nicht mit jemand anderem, in ein kleines Dorf in der Nähe von Neapel.
weiterhin, obwohl es die Weihnachtstage sind, Frühlingswärme und Herbstsonne, mit ihm aber wäre Nebel und Regen — als erstes habe sie beide das Wetterglück verlassen, tapferes Bemühen, der Regenverhangenheit ihrer wenigen Tage pro Jahr mit Heiterkeit entgegenzusehen, um sich der nächsten würdig zu erweisen (seit einem vorschnellen Kofferpacken hatte sie ein jedes Mal aus Angst, es käme im letzten Moment nicht dazu, ihre Vorfreude klein gehalten, dem Glück erst getraut, als der Zug endlich fuhr und kein Lautsprecher mehr ihn von ihrer Seite reißen konnte; und dann wegen des Anspruchs, die endlich wahrgewordenen Tage dürften nicht durch das geringste Absacken aus der Hochstimmung getrübt sein (und sei es wegen ihrer Gezähltheit), der heimliche Wunsch, sie mögen als glücklich bis zuletzt schon zu Ende gegangen sein)
die südliche Landschaft, die Steinhäuser, die Orangenplantagen, das Blaugrün der Olivenhaine, die leichte Luft und das Dezembermeer —
ihr sei durch die Liebe die Kraft abhandengekommen, ungewohnten Eindrücken standzuhalten, oder drückt sich einem, wenn man liebt, alles das tiefer und auch schmerzhaft ein,

was in seiner Wirkung nicht zu regulieren ist durch gemeinsames Entzücken, einen stärkenden Händedruck oder durch ein das zu Schöne halbierende Wort?
Überempfänglichkeit, die endlich mit Dumpfheit abwehrt, was Liebende, auf sich allein gestellt, sich als halbiert empfinden läßt! (aber gleich wieder strahlt wie schmerzendes Licht auf sie ein, was von der ihn und sie umschließenden Luft gedämpft und gefiltert würde)
sobald er ihr in den auf Zeit seine Existenz leugnenden Aktivitäten als eine Mangelerscheinung allohnmächtig gegenwärtig ist (ihre Absicht, sich zu zerstreuen, eher etwas wie Widerstand gegen Alter und Tod als eine Feindseligkeit gegen ihre Liebe), soll er nicht länger von dieser Reise ausgeschlossen sein, durch unwürdige Ablenkungsmanöver von ihrer Traurigkeit nicht länger totgeschwiegen werden in ihrem Herzen wie ein unterwegs verlorengegangener Glaube —
auf Spaziergängen sich nun vorzustellen, was alles sie anders wahrnähme, wenn er wirklich da wäre, beschert ihr in geisterhafter Eintracht mit ihm und ihrer Liebe glückhaft erhellte Augenblicke, auch wenn es ihr ohne seine Hilfe nur für wenige Schritte gelingt, die Gassen, die Buchten, die Meereshimmel und Olivenhänge denen anzugleichen, zu welchen sie ihnen von selbst würden; oder sie sucht dies und das mit seinen Augen zu sehen, bis sie, da in südlichen Ländern vieles sowohl zu Herzen gehend als auch abstoßend armselig ist, ihn gut zu kennen (und daher auch: mit ihm eines Sinnes zu sein) bezweifeln muß, dahin die Übereinstimmung, auch die mit ihrer Liebe
(in einer Umkehrung dieses Spieles versenkt sie sich dann in sein Bild von ihr, um herauszufinden, vor welchen Einzelheiten er früher wüßte als sie, was ihr nach längerer Betrachtung besonders gut gefiele, oder sucht zu erraten, mit welchen Worten er dem, was vermutlich auch an seiner Seite sie kalt ließe, ihre Zuneigung zu verschaffen wüßte, tröstliches Trai-

ning dies auch der lebensnotwendigen Einfühlsamkeit in Unabänderliches anhand von Schönem.)
je länger aber die Benommenheit über das Von-ihm-getrennt-sein in kleinen Zwiegesprächen und Phantomübereinstimmungen aufgelöst bleibt, desto unheimlicher wird es ihr auch, gleichzeitig oder abwechselnd als er und sie zu fühlen, als funktionierte das nur, wenn der Herbeigewünschte nur noch im Herzen lebendig zu machen wäre — so wählt sie dann den ja und nein von ihm distanzierenden Umweg, alles möglichst genau zu beobachten, um es ihm so genau zu erzählen, daß er wenigstens im nachhinein ein wenig dabei gewesen wäre, aber da Dörfer und Landschaften und Meeresfarben schwer zu erzählen sind, verliert sie schnell die Zuversicht, daß es jemals dazu käme.
fremde Naturschönheit sei immer nur augenblicksweise ohne Traurigkeit zu ertragen, sagt sie sich dann, längst hätte uns ein Verlangen nach italienischem Kaffee in den Ort zurückgeführt, und so verbringt sie dann zwei Tage so, wie ihr jeder ohne ihn hinzubringende Urlaub leichter geworden ist:
auf dem Markt und in Geschäften kleine Geschenke für ihn auszusuchen, seine Haarfarbe und seine Vorlieben zu beschreiben (aber auch freundlich Anteilnehmenden sein Bild zu zeigen und herzerleichternd einzugestehen, wie beschwerlich dieser Aufenthalt ohne ihn sei); sich von Einheimischen des Nachbarortes für den Sommer ein ruhiges Hotel am Strand empfehlen zu lassen (und dank dessen auch für die Glücklichen gültiger Wintersperre mit mehr Zuversicht an einen guten Sommer zu glauben); mit Autobussen und Booten unterwegs zu sein, kleine Berg- und Inselwanderungen zu machen (und so mit Magie einen gemeinsamen Urlaub vorzubereiten), und sie ist mit Frieden gestillt, bis ihr plötzlich schwant, in was für eine Taktik sie sich da eingelassen habe —
den wahren Grund sich verheimlichend, hätte sie zu freundlichen Menschen vor allem deshalb so viel von ihm ge-

sprochen, auf Hotelbriefpapier ihm geschrieben und ihm Geschicktes in Papier mit dem Aufdruck des Geschäftes verpackt, damit er für den Fall, daß ihr auf dieser Reise etwas zustieße wie der Tod, Spuren gelegt fände, ihr auf ihre letzte Reise nachzufolgen,
und so will sie dann, damit er kein einziges Mal ihr Photo vergeblich vorzeigen müßte, nur noch solche Grüße hinterlassen, welche, unabhängig von der Vermittlung durch einen dritten, nur ihres und seines Vertrauens in *die* Liebe bedürften, welche die ihre gewesen ist:
überall dort, wo ihr nun der Gedanke an ihn so schwer wird, daß sie stehenbleiben und ihr Auge in der Landschaft rasten lassen muß, würde auch er stehenbleiben, seinen Blick dem ihren folgen lassen und in ihm ruhen, als stünde sie hinter ihm; die Bootshauswand, an die er sich lehnen würde, von seiner Trauer so schwindelig geworden wie sie vom Hin- und Herschwanken der rostigen Möwenstege, versieht sie in der Höhe seiner Wangen und seiner wohl wie immer am Rücken verschränkten Hände mit je einem der Liebesgeheimzeichen, die sie einander in Staub und Schnee geschrieben haben; in der Aussichtskanzel, von der aus man einen Felsbogen im Meer am besten photographiert, legt sie ihre Hände aufs Geländer, damit er die seinen auf sie lege, er würde schon wissen, daß sie, von ihm verlassen, zu schwach gewesen sei, solcher Verbrüderung mit vergangenen und zukünftigen Touristen zu widerstehen,
und während sie einem Blatt der Agave, vor welcher ihr beider einzige, kränkelnd in einem österreichischen Gasthausgarten, zurückkommt als eine Wiedererweckung der anfangs heiteren Heimlichkeiten, seine und ihre Initialen einkratzt, hofft sie, die gleiche Erinnerung möge ihm das Taschenmesser führen und sogleich ihre vernarbten Zeichen freigelegt haben, Augenblick, welcher, aus der Zeit gefallen, seine Trauer und ihre Traurigkeit als Gleiches zusammenführte und sie beide noch einmal eins werden ließe (hilfreich diesem

Gelingen, daß sie nun mit Fahrten nach Amalfi und Capri seine erste Italienreise erneuert, um ihn schon damals gekannt und geliebt zu haben)
der kleinen Grußzettel eingedenk, die er ihr so oft vor dem Weggehen heimlich unter den Kopfpolster geschoben hat, sammelt sie nun auf Spaziergängen und Ausflügen Blätter, Fruchtkapseln, Kiesel und Rinden, rekapituliert während einer Autobusfahrt eine Steilküste hinan, wo jedes Stück her ist, denn durchs Fenster ins Meer hinunterschauend, ist sie der Heimkehr wieder ganz sicher, obwohl der Chauffeur seine aufgeregten Selbstgespräche auf der gefährlich ausgesetzten Straße fortsetzt,
nur als das Bergdorf sicher erreicht ist, nimmt ihr der Gedanke den Geliebten wieder, sie habe vor dem Verlassen der Wohnung gegen ihre Gewohnheit ihr Frühstücksgeschirr abgewaschen, den Aschenbecher ausgeleert und ihr Bett zugemacht, damit er sie nicht in solchen Relikten scheinlebendig fände und sich ein letztes Mal in ihr Bett legen müßte —
als einziger benachrichtigt (statt eines Ausweises trägt sie eine an ihn adressierte Karte bei sich), würde er unter dem Schock des Geschehenen dergleichen bei ihr gefundene Naturdinge nicht als zufällig zu letzten Grüßen gewordene Grüße verstehen, sondern als dem Ende ohne Abschied doch noch abgerungene Botschaften deuten müssen: was nur bedeutet, würde er sich fragen, ein Orangenblatt zwischen zwei Kastanienblättern, was hat Korkrinde, in ein Taschentuch gewikkelt, mit unserer Liebe zu tun, worauf spielt ein kleiner Olivenzweig in einem Reiseführer an, wollen mir die in einem Kuvert gesammelten Kieselsteine sagen, daß es Briefe gibt, in denen ungeschrieben alles das geschrieben steht, was man einander jemals an Liebem gesagt hat und was man beschwerten Herzens einmal noch gesagt bekommen und sagen möchte, damit auch dem anderen leichter wird, soll ich, dieses Taschentuch als ein Erkennungszeichen in der Hand, auf das uns für die Dauer eines vom Baum fallenden Eichenblat-

tes gegönnte Wiedererkennen warten und sie dann in einem Olivenbaum zum Abschied umarmen?,

und so legt sie diese Reiseandenken lieber ab, in eine Wiese.

zwischen ihr verblassenden Farben durch ein sich verengendes Gesichtsfeld dahingehend, sagt sie sich, so ähnlich würde das Leben beschaffen sein, wenn einer von uns, so oder so, den andern verließe — würde er sich schneller abfinden können als sie, hat die Zeit ohne dich schon begonnen?

einer Gedenktafel für eine tödlich verunglückte Frau dankt sie dafür, sie zuerst als Verbotstafel mit Strafandrohung gelesen zu haben, erst recht jedem Gestrüpp und jeder Mauer, die sie umzukehren zwingen, und auch wenn ihr in Capri die nach Meeresgottheiten, Seefahrern, Meerestieren, berühmten Schiffen und Klippen, nie aber nach dem Meer selber benannten Villen ein Gleichnis dafür sind, daß das, was zu denken man meiden möchte, in immer mehr Anspielungen sich meldet, sieht sie in ihren Todesahnungen plötzlich nur eine Überhöhung der toten Saison, verschuldet von der Kleingläubigkeit ihrer Liebe:

die Türen der meisten Hotels mit Brettern zugenagelt wie bis zur Wiedereröffnung am Jüngsten Tag, die Holzjalousien dem Toten zugedrückte Augen; der Badestrand, eine Einöde von Abfällen und Möwenmist, ist von Badegästen belebt genauso wenig vorzustellen wie ihre Rückkehr, da und dort werden Boote geteert wie zur Verwendung als Notsärge, und die auch in besseren Zeiten nekrophil anmutenden Andenkenläden deprimierend durch schrumpelige Luftmatratzen, Wasserbälle und angestaubte Badetrikots, in einem Winkel übereinandergehäuft,

aber was hilft es, davon abzusehen: selbst die südliche Weihnachtsbuntheit (— mit Glühbirnenketten geschmückte Ölbäume und Palmen, Sterne von Bethlehem mit blutrotem Kometenschweif an jeder Hauswand, in Vergnügungsparks und in Geschäftsstraßen hektisch aufleuchtende und zuckend ver-

löschende Buon-Natale-Inschriften—) erweckt inmitten einer Vorfrühlingslandschaft den Anschein kindlichen Beharrens auf der Geburt eines, dessen Tod unmittelbar bevorsteht, und so erscheinen ihr auch die Hirten der selbst in Bars und vor Tankstellen aufgebauten, oft lebensgroßen Weihnachtskrippen als die Jünger des Ölbergs oder der Grablegung, ja die auf einer Landstraße kilometerweit mit Hilfe ihnen übergestülpter Kartoffelsäcke aufgehobenen Verkehrszeichen könnten die in der Karwoche verhüllten Kreuze sein, Brauch gewordenes Bedürfnis, daß in der Nähe des Todes nichts an den Tod erinnern soll, und überall dort, wo Zypressen stehen, könnte ein Friedhof als ein Wald getarnt sein,
und dann noch das Hotel! in der Halle schlägt die betagte Seniorchefin die Zeit tot an einem Flipper-Automaten, die etwa neunzig Tische des Speisesaales werden täglich frisch gedeckt, als ob das gegen die Ausgestorbenheit etwas vermöchte —
nur ein schwerhöriges deutsches Ehepaar geht, einander stützend, abends die Tische ab, wie wenn es erst einen freien Tisch suchen müßte, läßt sich dann, von einem Spiegel verdoppelt, am anderen Ende des Saales schwer nieder, um vom sechsten und letzten der Kellner, die trübselig in einer Reihe vor einer Wand stehen und die Bestellung wie beim Stille-Post-Spiel flüsternd weitergeben, die traurige Mitteilung zu erhalten, es gäbe auch diesen Abend leider nur Nudelsuppe und Mozzarella (alles übrige, möchte sie, sich zu ermuntern, den beiden zurufen, sei schon aus). an einem weiß Gott aus welchem Norden herantransportierten Fichtenbaum stattlicher Größe hängen, in buntes Papier gewickelt, lauter leere Schachteln, ausgestorbene Schneckenhäuser und winzige Kenotaphe; deren eine in eine Pendelbewegung stoßend, erzählt ihr eines der Hotelierskinder von dem Brauch, daß am Allerseelenmorgen nach Geschenken der verstorbenen Verwandten gesucht wird (—würde er an einem beliebigen Morgen: ›heute nacht hat es geschneit, weil vor ... Jahren unser erster

Wintertag gewesen ist!‹ denken und getröstet sie um sich fühlen? —),
und so wird bis zur Ankunft von zweihundert Delegierten einer amerikanischen Endzeit-Sekte an ihrem letzten Tag einzig von einem der Hotellifte Leben vorgetäuscht: pausenlos ist er unterwegs, öffnet sich in jedem Stockwerk mehrere Male.
aber es gibt auch Lichtblicke — mitten auf einer Landstraße steht ein himmelblauer Sessel (da weit und breit kein Haus zu sehen ist, kann er nicht einem, der nicht mehr heimkommen soll, vor die Tür gestellt worden sein); in einem Weingarten übt ein alter Bauer mit seinem Enkel Kopfrechnen (da der Kleine vor jeder Antwort lange nachdenkt, kann sie die Fragen zu Befragungen der Zukunft abändern: viele gemeinsame Urlaubstage, viele gute Jahre werden ihr mit ihm verheißen, immer nur wenige Stunden und Tage werden ohne ihn hinzubringen sein). oder als Bauernburschen zum Schutz der Blüten um jeweils zwei Zitronenbäume aus Strohmatten kleine Häuser zusammensetzen, sieht sie die Sonnenterrasse der Lungenheilstätte vor sich, in welcher sie beide zum Lohn für all die in Trennungszeiten gerauchten Zigaretten bald miteinander wohnen würden, in einem isolierten Privatpavillon, Wiedergutmachung dies Bild für das Bergdorf, zu dem hinüberschauend sie: ›in solch einer Einöde wollte ich nicht einmal mit dir leben!‹ gedacht hatte und das dann ein Friedhof war. und wie im Hotelbadezimmer die Warnung: ›Wegen unserer eigentümlichen elektrischen Veranstaltungen muß der Kontakt nur zum Rasieren erbraucht werden!‹ sie lachen macht, wer weiß, warum es gut ist, daß er nicht da ist!, tröstet sie in Neapel die deutsche Version zur Bedienung des interurbanen Telephons als die Anleitung, wie man einen aus der Agonie zurückholt, rasch dafür, daß mit ihm keine Verbindung herzustellen ist: ›Wenn das rote Augenflimmern erscheint, schnell eine Münze einstecken!‹
die Heimreise. als sie, in Rom mit großer Verspätung ange-

kommen, den Anschlußzug doch noch erreicht, letzter Fernzug vor einem mehrtägigen Eisenbahner-Streik, statt Erleichterung eine Übelkeit, die sich, solange Italien ist, durch Dösen und ein Starren auf die immer blassere Reisetasche still halten läßt, die sie aber, bald nach der Staatsgrenze zu Totenübelkeit angeschwollen, durch den schwankenden Korridor zu wanken zwingt, es schneit durch die Fenster herein, und schweißbedeckt wollte sie sich am liebsten durch die Tür hinausfallen lassen in das kühle und weiche Schneebett; zu schwach, um zu stehen, kniet sie dann angeschneit vor der Klosettmuschel und erbricht all die Italienbilder, die ihr das Herz zusammengezogen haben vor Heimweh,

und was trotzdem in ihr zurückbleibt an Liebesbeschwernis, das schläft sie in den letzten zwei Stunden in einem Erschöpfungsschlaf aus sich hinaus, bei der Ankunft von einem kräftigen Ruck in die Freude geweckt, er klopfe schon an ihr Fenster.

REGENSCHAUER

Markusplatz. das Losbrechen eines Platzregens ohne seine Ankündigung in schweren Tropfen macht die Touristen hinwegspritzen, gleich sind sie unter die Arkaden verjagt,
aber wenig später gemahnt die von ihnen wie von Abfällen gereinigte Piazza an eine durch Regenfälle zum Leben erweckte Wüste —
zuerst vereinzelt, dann auch zu zweit, zu mehreren, tauchen da und dort in grün-, rosa-, blau- und rotglänzende Plastikpelerinen gehüllte Menschen auf, auch Kinder, denen die Zuckerl-Cellophanhüllen bis zu den Füßen reichen und die sie, rudernd mit überlangen Albatros-Armen, als kleine Schleppen hinter sich herziehen,
beinahe so rasch, wie er sich geleert hatte, füllt sich der Platz, in einen regenverhangenen Blumengarten, in ein Aquarium, von bunten Fischen durchschwommen, schaut man hinaus,
Metamorphose, die sich für zweitausend Lire so rasch vollzieht, wie man eben in die neue Haut schlüpft: der Jüngste Tag scheint angebrochen zu sein und nach einem kathartischen Tauf- oder Bußbad *das* hoch oben über den Wolken vor sich zu gehen, was man dank einer Wasser- und Luftspiegelung mit eigenen Augen auf dem regennassen Platz zu sehen vermeint: transfigurierte Mönche sind es, so licht- und luftdurchlässig, daß man durch ihre Kapuzen und Kutten hindurchsieht

Arena von Verona. inmitten von anderen dichtgedrängt Sitzenden in die von Menschen erfüllte Weite hinaus- und hinunterzuschauen, aus dem aufgeheizten Stein in das Flimmern, und die Bezeichnung ›Platzangst‹ ist richtig als ein Sowohl-als-auch, Vervielfachung des Unbehagens, wenn man in einem Kunstkabinett mit einer voluminösen Statue plötzlich allein ist, an die Wand gedrückt von der Übermacht des

toten Fleisches, und Vermehrung des Unwohlseins in schneebedeckten Hochebenen, wenn kein Eis und kein Fels und kein Wald einem die Freiheit, in jede beliebige Richtung abzufahren, ins Erträgliche einschränkt. die Dämmerung nimmt gnädig die Weite fort und die Enge, der Talkessel ist bewohnt, denn da und dort geht ein Licht auf, Allerseelennacht auf einem Friedhof.
die Opernabende, an denen die Natur in die Kunst eingreift — wie Schilder drehen die Solisten ihre Mäntel mit dem Sturm, um in deren Windschatten weiterzusingen, bald aber hebt er Lucias Hochmoor aus und schleudert es als einen fliegenden Teppich ins Orchester, anderes brandet als Wanderdünen ins Publikum. nach einer vom Regen erzwungenen Pause kehrt ein mit Sonderapplaus gefeiertes Straßenkehrer-Sextett die Regenlacken in den Orchestergraben (— als erstes waren, dafür ausgepfiffen, die Streicher geflüchtet —), die Sitzpölster im Parkett werden mit Stoffbahnen trockengelegt, die Abendkleider finden sich wieder ein, auch ihnen wird applaudiert, glitzernde Nachtschmetterlinge die Damen nun oder exotische Fische, in knittrige bauschige Wasserblasen gehüllt.
oder ›Schwanensee‹, verhängnisvolle Wahl ein paar Jahre später. schon zu Mittag zieht der Wolkenmeister die schönsten Gewitterwolken über der Stadt zusammen, zentriert sie genau über der Arena, gibt eine Stunde vor Vorstellungsbeginn sein Einsatzzeichen, begnügt sich aber mit einem zweistündigen Konzert und läßt es still verklingen, da die Tänzer auf der nassen Bühne ohnehin nicht tanzen können. nach längerem Zuwarten, mit den Tänzern wird weiterverhandelt, gehörst du zu denen, die klein beigeben,
Kleingläubigkeit, die du um drei Uhr früh in deinem Hotelbett bereust, denn nun hörst du einige der fürs Ausharren Belohnten dies und das aus ›Schwanensee‹ singend und pfeifend nach Hause gehen (erst nach Mitternacht, erzählt beim Frühstück die Padrona, hätten die letzten Enthusiasten auf-

gegeben; wie schade, daß du sie nicht, vom Wein gelöst ihre Glieder, zu ihrem Hotel tanzen sehen hast durch die engen Gassen!)

die alte Frau, in Vertretung der Padrona und des noch beurlaubten Stubenmädchens zur Betreuung von uns paar Urlaubern nach langem wieder aus einem Hinterzimmer der Pension hervorgeholt, hat es mir während meiner drei Tage Spätwinter-Venedig nicht leicht gemacht, sie nicht für minutenweise verwirrt, wenn nicht überhaupt für verrückt zu halten, war auch an solchen Befürchtungen vor allem mein Ehrgeiz schuld, die mir von ihr anvertraute Skandal- oder Unglücksgeschichte von allein zu verstehen, statt von einem der gut Italienisch sprechenden Pensionsgäste Dolmetschdienste zu erbitten —
die Vertrautheit mit Sprachgrenzen ganz anderer Art, das heißt das in zwei slawischen Ländern erworbene Vertrauen in die Erfahrung, ein in der diesseitigen wie in der jenseitigen Sprache übliches Fremd- oder Lehnwort finde sich so gut wie immer und lasse sich, die jeweilige Situation sogleich erhellend, über die Mauer des Einander-nicht-verstehen-Könnens dem anderen zuwerfen, hat mir in diesem Fall fast so wenig geholfen, wie wenn ich die in romanischen Ländern, vor allem in Italien, ansonsten meist hilfreiche Bitte, der um eine Auskunft Gefragte möge etwas langsamer sprechen (und langsamer sprechend mich eines seiner altehrwürdigen Alltagswörter in einem Fremdwort deutschsprachiger Gebildeter erkennen lassen), in Polen oder gar in Ungarn vorbringen wollte, da die alte Frau schwerhörig war, obwohl sie zugleich durch ihre Schwerhörigkeit meiner Angewiesenheit auf Rücksichtnahme auf meine geringen Italienischkenntnisse entgegengekommen ist, Erschwernis und Erleichterung, von der sie aber nichts weiß:
sind andere Pensionsgäste in Hörweite, spreche ich aus Geniertheit für mein lateinisch inspiriertes Minimal-Italienisch nicht angemessen laut zu ihr, und da sie dann die verformten und verfärbten Wörter kaum als die beabsichtigten identifi-

zieren kann, entmutigt sie mich (— in dem Irrtum befangen, daß meine Sätze noch fehlerhafter seien, als sie es sind —), mich in ihrer Muttersprache zu versuchen; zugleich aber erleichtert ihr Gebrechen unsere Verständigung insofern, als sie durch deutliches, ja überdeutliches Sprechen phonetisch viel besser als der höflichste Italiener zu verstehen ist, indem sie, eine Karikatur der Lehrerstimmen aus Italienisch-Anfängerkursen des Rundfunks, vielleicht auch aufgrund ihrer manchen Lauten widrigen Zahnlosigkeit die einzelnen Wörter in Silben auseinanderhackt (was manchmal allerdings deren Gestalt zu erkennen erschwert) und die üblicherweise im Sprechen aufgehobenen Abstände zwischen den einzelnen Wörtern zu kleinen Pausen vergrößert, die isolierten Silben und Wörter aber auch in einer Art von skandierendem Sprechgesang zu Sinneinheiten verbindet —
die ersten Male, die sie so zu mir spricht, frage ich mich, ob sie sich dies singende Sprechen oder sprechende Singen in der Kirche mit der Absicht zugelegt habe, dem gedankenlosen Herunterleiern der Litaneien Einhalt zu gebieten und, im Namen der weniger konzentrierten Gläubigen jedes Gebetswort feierlich mit Glauben erfüllend, Gottes Hilfe eindringlicher zu beschwören; ob ihre Sprechweise eher den realistischen Grund hat, daß sie sich selbst seit langem nicht mehr sprechen hört und daher, immer noch aushorchend nach ihrer Stimme, mit dem eigenen Sprechrhythmus auch den Rhythmus der italienischen Alltagssprache verloren hat, ja daß sie die Art, auf die auf ihre Schwerhörigkeit Rücksicht Nehmende zu ihr reden, längst für die übliche hält
(die extremen Schwankungen ihrer Tonhöhe könnten aber auch ein Indiz dafür sein, daß sie seit einem Schlaganfall oder einer schweren Krankheit mit ihrer Stimme, einem Instrument mit seither verstimmten und gerissenen Saiten, nicht mehr richtig umgehen kann — da ich sie immer nur mit Nichtitalienern sprechen höre, kann sich nicht herausstellen,

daß sie vielleicht nur mit Ausländern, Katzen oder unfolgsamen Kindern in dieser Weise spricht)
der Wortdeutlichkeit und noch mehr der Gewohnheit der alten Frau, manch soeben Gesagtes wie einen Refrain zu wiederholen (so reden vielleicht die Ihren zu ihr, damit sie nicht nachfragen muß), habe ich es zu danken, Bruchstücke dessen, was sie mir erzählt, ganz gut zu verstehen, aber dies läßt sich kaum für ein Verstehen dessen nützen, worauf es ankommt:
sooft sie eine Zwischenfrage nicht versteht, nämlich nicht verstehen kann, da das, was ich sage, genauso wenig Italienisch wie Portugiesisch ist, vermutet sie die Schuld bei sich, wohl von dem wenigen, das sie versteht, nämlich als tauglich adaptierte Phrasen aus dem Sprachführer verstehen muß, zu einer beträchtlichen Überschätzung meiner Italienisch-Kenntnisse irregeführt, und sagt das soeben Gesagte noch langsamer, noch eindringlicher und noch lauter, statt es in einem einfacheren Wortlaut zu umschreiben oder wenigstens die eine und die andere ausgefallene Vokabel, zu der sich im Lateinischen nichts Analoges finden läßt, durch eine andere zu ersetzen —
wie nur soll ich ihr verständlich machen, daß mein Fall anders und schwieriger sei als der ihre; wie ihr sagen, daß ich nicht im geringsten bezweifelte, daß das, was sie mir da erzählt, wahr und traurig oder schrecklich sei; daß meine Zwischenfragen nur *mir* dies und das klären helfen sollten, ich sie aber gewiß nicht in Widersprüche verstricken wolle, wie auch meinem Gesicht nur Ratlosigkeit, nicht aber Ungläubigkeit abzulesen sei: mein Lachen sei nichts als Verlegenheit, daß sie sich umsonst so viel Mühe mache, sie möge die Gesten des Bedauerns nicht als lahme Anteilnahme mißdeuten, ich könne nichts dafür, daß ich die Vorgeschichte ihrer Gemütsbewegung nicht verstünde!
sobald ein vermutlich als: ›so ist das halt, da kann man nichts machen!‹ mißdeutetes Achselzucken sie zu einer fast gereiz-

ten Erneuerung ihrer Klagen bewegt, welche mir mit wohl besonders dramatischen Schilderungen von Details ihrer Rätselgeschichte die Verstocktheit austreiben und mich in das sehnlich erwartete Entsetzen lancieren sollen, und sobald auch erwiesen ist, daß sie mir die für die Lösung des Schauerrätsels entscheidenden Wörter nicht erklären kann, beschränke ich mich darauf, ihre Zustimmung zu dem einzuholen, was ich immerhin verstanden habe, indem ich, als ob ich das Furchtbare nicht fassen könnte, die mir verständlichen Wortgruppen in Fragen verwandle (»o Dio — *tre* bambini?«) oder, um sie zu beruhigen und von mir abzulassen zu bewegen, wahrhaft hilflos und scheinbar anteilnehmend »si, Signora, molto terribile!« wiederhole.
immerhin dürfte ich von dem Ganzen mehr verstanden haben, als ich damals dachte, wie sonst hätte ich, was ich scheinbar längst vergessen hatte, eineinhalb Jahre später in einem anderen Bericht sofort wiedererkannt, auch mit Bedauern darüber, die nun gleichsam rehabilitierte Frau bis zuletzt für nicht ganz zurechnungsfähig gehalten zu haben, wenngleich ihr Betragen, eine Bestätigung des Klischees ›typische alte Italienerin aus dem aussterbenden Dienstbotenmilieu‹, den Verdacht nahegelegt hatte, kinder- und katzenliebend, theatralisch und mit den Heiligen auf gutem Fuß wie ihresgleichen in italienischen Romanen und Filmen, phantasiere sie sich etwas zusammen aus irgendwann einmal geschehenen und geträumten Unglücken, um ihrem Bedürfnis nach Aufregung und Schrecken (durch Händeringen, Heiligenanrufungen und Tränen wohldosiert zu steigern und auch zu besänftigen) so oft wie möglich (und am besten vor Publikum) nachzukommen — Deutung, welcher jedoch allein schon ihre fleischlose Erscheinung und ihr Gesicht, eines greisen Propheten würdig, widersprechen hätte müssen, erst recht die zornige, von sentimentalen Tränen weit entfernte Heftigkeit.

als sie mich, einen Koffer in der Hand, mit dem Freund, den zu treffen ich nach Venedig gefahren war, unschlüssig vor der laut Auskunft auf einer Tafel bis zum Abend geschlossenen Pension stehen sieht, holt sie uns, uns hinter der Glastür klopfend und uns herbeiwinkend, sogleich hinein, weil es so regne und weil wir so jung seien (sie selber vermutlich gar nicht so alt, wie sie mir aufgrund ihrer Rückgratverkrümmung, ihrer gichtigen Hände und ihrer Kleidung erscheint), reibt mir wie einem Kind die Hände, läßt auch noch schnell, was die Padrona nicht wissen dürfe, einige durchnäßte Katzen ein, der heilige So-und-so könne es mit dem Regen genug sein lassen, und ist dann in der Rezeption sowohl geschäftlich-sachlich und wohlinformiert als auch devot, nämlich dies nach der Abwicklung der Formalitäten so sehr, daß mich beim Abschied vor der Abreise ihr Kniefall und Handkuß für das Trinkgeld nicht überraschen wird, auch wenn ich dies, anders wohl als ihr Pfarrer, abzuwehren suche.
keine Widerrede duldend, schleift sie den Koffer über zwei Stiegen zum Zimmer, macht sich in diesem, während ich mir die Hände wasche, da und dort zu schaffen, entschuldigt sich offenbar für ein verrutschtes Tischtuch, preist mir die Zentralheizung und das Fließwasser, bringt mir aus einem anderen Zimmer noch zwei Decken und fragt mich, ob ich mit der Eisenbahn gekommen sei, dankt dem lieben Gott, daß er die Kinder und Katzen der ganzen Stadt vor Autos bewahre, wenn sie denke, was unlängst in Bologna ..., aber für die Kleinen seien die Kanäle gefährlich genug, letzten Herbst ..., und führt mich dann in einer plötzlichen Vertrauensseligkeit zum Dachboden, wo sie mir den den Katzen heimlich gewährten Unterschlupf zeigt, die Padrona würde, wenn ... (vieles von all dem verstehe ich nur, weil der in der Tür lehnende Freund leise übersetzt; er souffliert mir auch, was mir nach seinem Weggehen heimkommt, die eine und andere Antwort)
als ich sie, da ich den mit etwas Familiengeschichte verbun-

denen Erklärungen, für welche Kinder sie trotz ihrem Alter noch arbeiten müsse, in meiner Müdigkeit nicht folgen kann oder nicht folgen will, während des Kofferauspackens à-propos bambini frage, wo das nächste Spielwarengeschäft sei, antwortet sie mit einer Apostoli Pietro- e Paolo-, Maria della- und Santo- oder Angelo So-und-so-Litanei, also der Beschreibung ihrer täglichen Kirchen-, Kapellen- und Klosterroute, welche, wie sich später herausstellt, tatsächlich zu einem bekannten Warenhaus mit einer großen Kinderabteilung führt, und erkundigt sich sogleich mit einem mitleidigen Ausdruck, mit der Schürze sich die wohl nur entzündeten Augen reibend, ob ich Kinder hätte: ich solle froh sein, daß nicht, denn sonst müßte ich immer befürchten, daß ihnen Schlimmes zustoßen werde (sie streicht dabei wie über ein Kinderbett über den Koffer), jeden Tag geschehe etwas, was es früher nicht gegeben habe, sie wolle am liebsten keine Zeitung mehr lesen, wie nur der liebe Gott es zulassen könne, daß unschuldigen Kindern ein so schreckliches Unglück geschehe, während tausend und tausend alte und unglückliche Menschen nicht sterben dürften; sie würde, wenn ihr ein Kind genommen würde, keinen Tag länger leben (soviel versteht der nun in einem Fauteuil auf dem Gang zeitunglesende Freund; während ich mich umkleide, wird sie ihm dann, nachdem sie bei mir mit einer schrecklichen Neuigkeit über irgendwelche Kinder auf Unverständnis gestoßen ist, eilig anvertrauen, sie müsse, so alt sie auch sei, noch immer arbeiten, um den armen Kindern ihres als einziger übriggebliebenen Bruders zu helfen, wobei sie vermutlich die Generationen verwechselt und seine Enkel meint, ihn selbst habe sie hinausgeworfen, er sei ein Falott)
am Abend fragt sie mich, ob ich das Geschäft gefunden hätte (ihr Gedächtnis reicht also zumindest für einen Tag), und sagt dann wieder etwas von ›unschuldigen Kindern‹ und einem ›schrecklichen Schicksal‹ — hat sie selbst vor vielen Jahren, welche ihr vielleicht mit dem Gedanken an den eigenen

Tod nahegerückt sind, durch eine Unaufmerksamkeit ein Kind verloren oder, vom Kindesvater im Stich gelassen, ihr einziges vor eine fremde Tür gelegt, was ihr heimkomme, sooft Hilflosen etwas angetan wird und Katzen keine Heimstatt haben?
dann macht sie die schreckliche Neuigkeit noch schlimmer durch die Hinzufügung einer auf immer verzweifelten Großmutter —
gerät ihr jedes traurige Unlängst mit einem ähnlich traurigen Vor-langem durcheinander, also auch die Großmutter, die sie längst sein könnte, mit irgendwelchen Großmüttern, denen, wenn Eltern ein Kind stirbt, das Enkelkind genommen wird; ist eines ihrer Geschwister durch ein Verschulden der Großmutter umgekommen und sieht sie in jeder älteren Frau, die mit einem Kind auf ein Vaporetto steigt, die Katastrophe wiederkehren?
bei meinem ersten Frühstück fragt sie mich nach einem Blick auf die vor mir liegende Zeitung, ob ich schon von dem Unglück gelesen hätte —
wird ihr alles, was Zeitungen an tragischen oder gräßlichen Ereignissen melden (keine Überschrift auf der Titelseite berichtet von einem Autobusunglück, einem Großbrand oder dergleichen), zu einem furchtbaren Unglück für die mittelbar betroffenen Kinder, da ihr Mitleid außer bestimmten Katzen nur Kindern gilt, betreut sie in den Katzen der Umgebung und den dreien, die nun unter ihrer Nähmaschine wohnen, vor allem die Kinder, die, unbeschützt von der für sie arbeitenden Großmutter oder Großtante, räudig an Seele und Leib durch die Heimatstadt streunen?
die Vermutung, sie bringe die Bedrohtheit ihrer Katzen durch die strenge Padrona mit dem traurigen Los der Kinder in den von Kriegen heimgesuchten Ländern durcheinander oder erfahre in ihrer Senilität mit der Übernahme der Zeitungen täglich von neuem die seit mehr als fünfzig Jahren unfaßbare Nachricht, ihr Kind sei mit den Nachbarkindern ums Leben

gekommen, widerlegt die alte Frau überzeugend dadurch, daß sie einer französischen Familie den Betrag, der für soundso viele Tage und diese und jene Extraleistungen zu bezahlen sei, ganz schnell im Kopf ausrechnet, und so frage ich sie, als wir allein sind (und nun guten Willens, an ein von ihr am Vortag im Radio gehörtes Unglück zu glauben), was mit der Großmutter der unschuldigen Kinder gewesen sei —

sie holt eine andere Zeitung herbei, kann den einen Artikel nicht finden oder vergißt ihn zu suchen, während sie, wie mir vorkommt, die Klagen über die alten Leute, die nicht sterben dürfen, wieder aufnimmt.

sobald sie dann wieder auf die Großmutter zu sprechen kommt, offenbar endlich begreifend, daß ich noch immer nicht begriffen habe, kopfschüttelnd sich mit den Fingern gegen die Ohren tippt, mit geschlossenen Augen den geneigten Kopf in eine Hand legt und nach einigen Sätzen, die mit drei Kindern beginnen und mit Tod und Anschuldigungen gegen den lieben Gott enden, jetzt auf den Friedhof gehen zu müssen mir mitteilt, halte ich es für gleich wahrscheinlich, daß sie an dem Begräbnis der Kinder teilnehmen will, die, da die Großmutter das schwere Atmen im Nebenzimmer verschlafen habe, an einer Vergiftung durch Rauchgas gestorben seien, oder daß sie den Jahrestag des wegen ihrer im Schlaf zu Taubheit vergrößerten Schwerhörigkeit von ihr nicht verhinderten Unglücks (drei Kinder könnten, vergeblich um Hilfe rufend, in einem Schuppen umgebracht worden sein) vor deren Gräbern begehen wird.

aber als sie mich am nächsten Morgen noch einmal fragt, ob ich von dem schrecklichen Unglück schon gehört hätte (— verwechselt sie uns paar Pensionsgäste, weil ihr alle jemals von ihr betreuten durcheinanderkommen, oder liest sie meiner ungerührten Frage nach Zucker ab, daß sie mir davon noch nichts gesagt haben kann? —), zugleich, eine mir unbekannte Katze auf dem Arm, einen Quader in der Größe eines kleinen Tisches in die Luft zeichnet, Bewegungen des Um-

sichschlagens andeutet, sich an den Hals greifend ein Röcheln imitiert und gegen den Plafond zeigt, will ich noch einmal vermuten, daß die tre bambini, denen das Unheil widerfahren ist, drei junge Katzen waren, im Auftrag der Padrona, während sie schlief, auf dem Dachboden in einer Kiste erwürgt, oder daß schreckliche Kinder die Katzen malträtiert und halbtot und wimmernd in einen Kasten gesperrt hätten, mag auch der gegen den Plafond weisende Finger weniger die Stätte des Unglücks in einem der Obergeschosse lokalisieren als vielmehr den lieben Gott mahnen, die Täter bald zu bestrafen.
da aber kurz darauf fünf Katzen da sind und die alte Frau sie ohne jede Gemütsbewegung aus dem Frühstücksraum weist, überlege ich, was drei Kindern auf engstem Raum in der Nähe der schlafenden Großmutter geschehen sein könnte:
Mord scheidet aus, da ich das Wort für ›Mörder‹ oder ›Verbrecher‹ verstanden hätte, daher sind sie nicht erwürgt worden, haben sich vielleicht beim Spielen stranguliert oder sind erstickt —
vielleicht ertrunken in dem von der Großmutter zugesperrten, plötzlich überschwemmten Keller, vielleicht hat ihr Bett Feuer gefangen, vielleicht sind sie von einem einstürzenden Haus verschüttet worden, haben vielleicht zündelnd in einem winzigen Zimmer eine Explosion herbeigeführt, sind vielleicht in den Zwinger von Bluthunden gestiegen oder in einen Kamin geklettert!
»und was ist mit dem Vater der Kinder?« (den hatte sie zwei Mal erwähnt, in einer Weise, als wäre er an dem Unglück unschuldig-mitschuldig schuld als dessen Anlaß)
»der arme Vater ist noch im Spital«
dann sind also nicht, weil er die Autoschlüssel stecken lassen hat, die ins Auto gestiegenen Kinder in der Garage durch Abgase umgekommen, eher ist er während der Fahrt zur Großmutter am Volant eingeschlafen, das Auto hat zu brennen begonnen oder ist in ein Wasser gestürzt — es muß ein Tod

gewesen sein, dessen Umschreibung in einem Märchen ›durch eine Falltür in eine Löwengrube fallen‹, dessen Wiedergabe in einem Traum ›hinter Faschingsmasken ersticken‹ lauten könnte.

eineinhalb Jahre später schlage ich in einem Wartezimmer eine illustrierte Zeitschrift auf, mein Blick fällt auf einen altmodischen Reisekoffer, der gewölbte Deckel ist aufgeklappt, und nichts mehr als dieses nichtssagend-mysteriöse Bild vor mir, weiß ich, daß ich sogleich wissen werde, was den drei Kindern zugestoßen ist (an eine mit ihnen ins Meer hinaustreibende Schiffskiste hätte ich eher gedacht), das Erscheinungsdatum der Zeitschrift gibt mir recht.
berichtet wird von dem tödlichen Unfall dreier Kinder im Alter von sieben, fünf und vier Jahren, geschehen in einem süditalienischen Dorf:
ihr Vater liegt seit längerem im Bezirksspital, bevor ihn seine Frau besuchen fährt, bringt sie die Kinder zur Großmutter.
als sich diese an einem dieser Tage zu einem kleinen Nachmittagsschlaf niedergelegt hat, steigen die Kinder auf den Dachboden, klettern in den Koffer, schließen den Deckel über ihren Köpfen und sitzen in der stockfinsteren Falle — das Schloß ist eingeschnappt, vergeblich ihre Hilferufe und Bemühungen, den Deckel aufzudrücken, wie eine andere Photographie beweist: Schrammen und Wunden an den Knien und Innenflächen der Hände der zwei Größeren.
mehrere Tage lang werden sie von den Gendarmen und Dorfbewohnern auch in der Umgebung des Dorfes gesucht, dann erst entdeckt ein Polizeihund ihren Sarg.
auf einem Bild drückt ein Onkel als Stellvertreter des Vaters dem Mädchen die Augen zu, auf dem letzten liegen sie da in drei kleinen Särgen, die über den Tod hinaus angehockten Knie nun endlich gestreckt.
»wie furchtbar!«, antworte ich der alten Frau als verspätetes Echo ihres Entsetzens.

eines ist sicher: ich gehe auf einem Parkplatz, auf einem der Parkplätze der Berg- und Pilgerstadt, nämlich auf dem oberhalb der letzten Serpentine Franz von Assisis Assisi gegenüberliegenden Parkplatz in der Spätabendsonne so perplex und zugleich gefaßt auf und ab, als ginge mir soeben auf, daß ich seit vielen Jahren insgeheim weiß, es würde sich einmal auf einem schön wie ein Bergfriedhof gelegenen Parkplatz entscheiden, ob mir das, was sich scheinbar wieder nur als eine mir von drei Auslandsreisen vertraute und auch diesmal nicht frecher unterstützte Unterbrechung meiner selbst angelassen hat, zu etwas Unwiderruflichem werden solle, samt dem ohne jeden Abschiedsgruß nicht ernst gemeinten Abschied auf immer —
solange ich auf diesem Parkplatz auf und ab gehe und die Autobusstation nicht aus den Augen lasse wie ein unberechenbares Tier, kann doch noch ein Autobus kommen, den versäumten angeblich letzten nach Perugia gutzumachen, und dann wird mir der Parkplatz nicht länger eine Umfriedung meiner Ich-Schwäche sein: nicht länger würde ich (— statt längst wie in ähnlicher Angewiesenheit auf fremde Hilfe einen der Autofahrer mich mitzunehmen gebeten haben —) in dem Mann, der suchend durch die Reihen der abgestellten Autos geht, die Seele bedauern, die nicht und nicht in ihren für ein kleines Abenteuer verlassenen, aber von außen unkenntlichen Körper finden kann, nicht länger in den geparkten Autos die allzu früh geräumte Haut beklagen und daher auch nicht länger in jedem, der in sein Auto steigt, einen veränderten Geist in sein zu lange sich selbst überlassenes Gehäuse zurückkehren sehen, unbedachte Untreue, nach welcher Liebe und Gegenliebe einander verloren bleiben.
genauso sicher weiß ich, wie ich es zu diesem Assisi habe kommen lassen: eines erst wenige Tage zurückliegenden

Morgens war ich aus heiterem Himmel mit den Worten: ›nun bin ich sie los!‹ erleichtert aufgewacht, als wäre die Liebe, die mir alles leicht gemacht hat, eine Beschwernis gewesen, hatte von einer Stunde auf die andere, um einer zu Rückfälligkeit inklinierenden Herzensödnis vorzubeugen, dem Wunsch nach einem kräftigenden Italien nachgegeben und war am Abend (— die Entschlossenheit, auf das schmerzfrei Abgebrochene nicht mehr zurückzukommen, von den gegen die Fahrtrichtung dahinjagenden Ölbäumen und in Rudeln flüchtenden Zypressen so benommen wie der Gleichgewichtssinn irritiert von beiderlei Bäumen Versuchen, in meinem innere Bilder abwehrenden Blick einen Halt zu finden —) in Arezzo aus einem Personenzug gestiegen, aus südlicher Richtung kommend, da ich mich, vom Fernzug rasch an Arezzo vorbeigeführt wie an einem Abgrund, unversehens in einem Chiusi gefunden hatte.
auf dem Bahnhofsplatz von Arezzo wird mir vor einer Litfaßsäule mit handgeschriebenen Parten von neuem schwindelig, da die Spatzen auf dem Laubbaum zu meiner Linken lauter als auf dem Nadelbaum zu meiner Rechten schreien, und so will ich mich zu der Kirche mit den gesammelt in sich ruhenden Piero-Fresken beeilen, komme aber zu der Ankunft der Königin von Saba am Hof König Salomons nicht zurecht —
den Kunstführer in der Hand, gehe ich mehrmals um die Kirche herum, uneins mit mir, hinter welcher Mauer die nun wie der Sieg aufgeschobene siegreiche Schlacht Konstantins an der Milvischen Brücke stattfinde,
wie nur heißt Konstantins Rivale?, frage ich mich wie bei einer geträumten Prüfung viele Male, immer wieder drängt der Ortsname ›Chiusi‹ sich vor, Klausur, wieso haben so viele Sprachen das Wort für ›schließen‹ von den Griechen, ›Klutsch‹ heißt bei den Russen ›Schlüssel‹!
der Konstantins Schlafträume bewachende Wächter kann meiner Ausgesperrtheit, excludere, nicht eine gute Nacht ver-

heißen (seine Wiedergabe oberhalb meines Bettes gehört als Abbild der Fürsorglichkeit, der ich über Nacht entwachsen bin, gleich nach der Heimkehr gegen eine Aussicht auf einen frischen Morgen ausgetauscht!), so gehe ich müde und durstig einer Leuchtschrift ›Albergo Stella‹ nach —
kaum daß ich an einer Straßenecke, wenige Meter von dem Albergo entfernt, einen merkwürdig gekleideten Mann stehen sehe, schleppen zwei Burschen auf einer Tragbahre eine Hochzeitstorte an mir vorbei.
wieso nur ist das Zimmer so billig, wenn es so gut ausgestattet ist?, und trete ans Fenster: unter einer Straßenlaterne steht mit umgehängtem Feldstecher der merkwürdig glänzende Mann, schon auf den ersten Blick als ›Mann in Gold‹ wahrgenommen, denn nicht erst im Einschlafen glänzen Hut, Windjacke und Schuhe golden,
und während er den Kopf zu meinem Fenster hebt, fährt mit lauten Sirenen ein Rettungswagen durch die Gasse.
zeitig am Morgen verlasse ich das Haus, wieder steht mir der Geistesabwesende im Weg, schaut aber, obwohl ich ihn fixiere, über mich hinweg — bis auf sein optisches Instrument ist alles, was er an sich hat, mit Goldfarbe lackiert, selbst der Ölzweig in seiner Hand, als ob er inmitten von Holzfiguren ein Goldbad genommen hätte,
und diesmal fährt ein Polizeiauto mit Blaulicht an ihm vorüber, ich warte auf einen hochgezogenen Schrei.
eine enge und steile Gasse hinangehend, drehe ich mich nach ihm um, ein Motorrad streift mich, und er bleibt bis in die Kirche vergessen:
erst als ich die Ölbäume hinter der Königin von Saba durchs Fensterglas betrachte (— sie abzuwandern macht mich so schwindelig, wie wenn ich gegen die Fahrtrichtung in die Hintergrundlandschaften der Renaissance schaue —), will mir die Frage, was wohl wäre, wenn er und ich das Instrument gleichzeitig aufeinander richteten und gleich schnell scharfstellen würden, Unbehagen machen, aber glücklicher-

weise fällt mir endlich ein, daß Maxentius gegen Piero, also gegen den mir nun entfallenden anderen gekämpft hat, an der nämlichen Brücke, und daß ›Chiusi‹ auch ›Schleuse‹ bedeuten kann, was meinem Gefühlsleben statt Aussperrung oder Ersticken den Übergang in ein höheres oder tieferes Flußbett verspricht.

in einer Seitenkapelle kniet eine rosa gekleidete Dame auf dem Trauungsschemel vor einem Priester, sogar ihr Hut hat einen rosa Schleier und ihre Wangen rosa Kreise, als wollte sie mir liebereich die Nachwirkung der goldenen Farbe austarieren —

daß ich genau gewußt habe, wie die Königin von Saba aussieht und an welcher Wand sie anzutreffen wäre, ist gewiß keine Hellseherei, wenn doch Piero della Francesca einer meiner Lieblingsmaler ist,

nur wie kann mir angesichts dieser mir eben noch ganz Unbekannten immer mehr so sein, ich hätte in der Absicht, die gewiß auch nie zuvor Geträumte knieend wiederzusehen, so früh das Bett, ja Wien verlassen, und wie nur kann ihr Kopfputz über die unzureichende Verschleierung des Leichtsinns mich lachen (und ihr zulachen) machen, mit welchem sie diese Ferntrauung mit wem auch immer für nichtig erklären wird, neu eingekleidet als eine ganz andere entgegenlebend der nächsten, vielleicht schon jetzt, wo sie zu mir zurücklacht, stattfindenden Häutung?

die traumhafte Gewißheit zu erproben, daß sie mir überall dorthin nachfolgen müsse, wohin ich dem Kunstführer folgen würde, nehme ich schon nach kurzem Flanieren durch die Altstadt den nächstbesten Zug nach Perugia, miete mich wieder in einem ›Albergo Stella‹, Stella könnte sie heißen, am Rand der Altstadt ein,

folge dem Pfeil ›Senso unico‹, da ich vor Übernächtigkeit das internationale Zeichen nicht erkenne, zu einer Kirche des ›einigen Geistes‹, finde an ihrer Statt einen kleinen Autobusbahnhof vor und entschließe mich für einen Tagesausflug

nach Assisi, obwohl in der zugehörigen Bar nur ein Franziskaner anzutreffen ist und der vom Kellner italienisch als ›Aschenbrödel‹, wenn nicht gar ›Aschenhain‹, erbetene Aschenbecher mir bedeutet, ich sollte lieber etwas essen und mich dann schlafen legen.
nach der Ankunft in Assisi, die Heiratswillige ist nicht mitgekommen, aber wenigstens auch der Angefärbelte nicht, erkundige ich mich auf dem Parkplatz, auf dem ich nun festsitze, mehrfach, wann der letzte Linienbus nach Perugia fahre, aber inmitten anderer Touristen zur Altstadt unterwegs, will es mir nicht recht eingehen, wieso ich nicht erst in Perugia sei, wo ich doch, mich von dem im Aufwachen losgewordenen Leben zu erholen und einem Schock über solche Plötzlichkeit Geruhsamkeit entgegenzusetzen, ein paar Tage in Arezzo bleiben wollte.
in San Francesco vertrage ich, von Atembeschwerden abgesehen, das Gold der Unterkirche recht gut, indem ich, statt rückwärtsgebeugt die die Kurven der Apenninenstrecke erneuernden Deckenlandschaften zu betrachten, mit halbgeschlossenen Augen die Bilderpause der Tunelle wiederherstelle.
in Santa Chiara, sicherlich hat die heilige Klara mit Franz von Assisi mehr gemein als Rosa mit Gold, stehe ich so gleichgültig vor der seit etwa siebenhundertfünfzig Jahren in einem Schneewittchen-Sarg aufgebahrten heiligen Klara, deren zu groß gewordene Mulattenhaut, lederig geworfen, den fleischlosen Schädel verhüllt, wie mich eine Clarissin mit Abscheu erfüllt, die, einen schwarzen Schleier so vor dem Gesicht, daß er alle Mundbewegungen mitmacht, aus einer vergitterten Nische heraus wie ein allmählich zum Stillstand kommender Automat nun zu deutschen Klosterfrauen spricht, mit ersterbender Stimme ihren Bericht aushaucht und dann eine wohleinstudiert schüchterne, aber gesunde Hand durchs Gitter schiebt —
dieser Gruseleffekt im Dienst des Tourismus mag die deut-

schen Schwestern (— auch sie suchen verwirrt nach weiteren Hundertlirestücken, da die Hand sie noch immer nicht freigibt —) an einen Künstler gemahnen, der ungebeten anderen Künstlern ein Autogramm gibt, mich aber macht er wenig später für Minuten den während der ganzen Reise vergeblich geleugneten Eindruck vergessen, in mir nicht mehr recht zu Hause zu sein und mir Abgestorbenes mit mir herumzuschleppen:

ein kleiner Bub muß das Gesicht an ihr Käfiggitter drücken und sich von ihr ein Kreuz machen lassen auf Stirn und Mund, mein Gespenster›hu-uuu!‹ tut ihm so wohl, wie es mich erleichtert, ihm: ›die ist nicht ganz bei Trost!‹ zu deuten.

wieder auf mich allein gestellt, glaube ich vor einer Maria Magdalena, die einem vom Kreuz Genommenen die Zehen küßt, aus Erklärungen auf spanisch herauszuhören, sie lächle, weil sie, vor Schmerz zerstreut, das Jesuskind auf die Hand zu küssen vermeine —

in Arezzo, schießt es mir durch den Kopf, hätte ich die rosa Person aus der Traukapelle zu dem Schlachtenbild geleiten sollen, damit sie den sogleich enthaupteten Krieger küsse, der ganz so aussieht wie ich als schlafendes Kind, dann wäre sein Mund der meine geblieben und ich fühlte ihn nicht schrumpfen zu dem lippenlosen Strichmund des Goldlackierten.

draußen im Freien, in einem Rotkreuz-Wagen gleich neben dem Portal, spielen zwei Sanitäter Karten, winkt mir und nickt mir zu eine blonde Frau in einem hellroten Mantel, was kümmert's mich: Touristen treffen oft aufeinander.

aus einem Buschen Luftballons (sie zerren, wie Wasserpflanzen an ihren Wurzeln, am Griff eines Eisenbügeleisens) suche ich mir einen gelben aus, wollte trotzdem am liebsten ihrer aller robusten Aufgeblasenheit, die Bedrohtheit vorgibt und an eines Mitleid rühren will wie in einen Käfig gesperrte Nachtigallen, mit einem Krummschwert die Stengel durch-

mähen und die flüchtenden Blasen dann zu meiner Erfrischung am Himmel explodieren lassen, feuernd wie in Kindheitsträumen mit einem Ketten von Glühbirnen in einem Zug zu löschen gewohnten Colt!
kein Kind ist da, dem ich den meinen schenken könnte, so lasse ich ihn aus, und da fliegt mir mit ihm mehr von mir davon als das, was ich eben noch an einem Faden an mich gezogen habe —
an die unverrückbare Kirchenmauer gelehnt, möchte ich meinem Höhenschwindel einen Halt geben, ziehe den Anorak aus, um mich daraufzusetzen, aber kaum daß er vor mir auf dem Steinboden liegt, habe ich eine wichtige Schicht von mir genommen (so sehr wirkt ein kürzlich gesehenes Fresko nach, auf dem ein heiliger Franz, eine Trennung zu besiegeln und ein anderer zu werden, nackt vor dem Vater steht und den diesem vor die Füße geworfenen Kleidern):
wie auf etwas, das von dem, was ich gewesen bin, übriggeblieben ist, schaue ich auf ihn hinunter, und ihn so ausgetrocknet und verkrümmt wie nach einem Aschenregen daliegen zu sehen mit von mir ausgebeulten Ellbogen, macht mir vor meiner Zukunft Bange, zumal ihn schnell wieder an mich zu nehmen mir unmöglich wäre wie die Aneignung eines Fundes — zwar könnte ich ihn in einem Verhör anhand des mit Büroklammern zugeklemmten Risses und der Vorgeschichte der Schmutzflecken als den meinen identifizieren, bleibe mir aber als sein Eigentümer so wenig glaubhaft wie der heilige So-und-so, der nach den Behauptungen eines Franziskaners in einer Vitrine ausgestellte Hautfetzen als Mantel getragen habe,
nur dieses Kleidungsstück, getragen auf unseren Bergen und auf gemeinsamen Reisen, hat mich noch zusammengehalten, wie was bloß mit dir für sieben Jahre?
so möchte ich, wie man in Gewittern Metallgegenstände von sich wirft, den Anorak weggelegt haben, um der Geistesverwandtschaft mit dem Selbstvergolder zu entgehen, einer Or-

densgemeinschaft der goldigen Brüder, und sei es, daß ich ihm das ausgeschossene Braun als Ersatzopfer ausgelegt hätte wie einen Köder,
oder sollte ich ihn (— manchmal hast auch du ihn auf unseren Wanderungen angehabt, hast, von ihm zugedeckt, neben mir in der Wiese geschlafen —) als Uniform einer über Nacht aufgelösten Einheit von mir gerissen haben, um nicht im Traum als ein Deserteur gejagt zu werden?
eine Belustigung, mir vorzustellen, ich hätte, um die mit dem rosa und die mit dem schwarzen Schleier in eine zusammenzuführen, zu jener vor der Kirchentür: ›halte bitte einen Augenblick meinen Mantel, ich bin gleich wieder da!‹ gesagt, denn sobald die Hochzeitsblumen in ihrer Hand welk wären, würde sie als alsbald so schwarz Verschleierte, daß sie mich nach der Rückkehr nicht mehr erkennte, besser die Braut des anderen Herrn geworden sein!
auf dem Rückweg zum Parkplatz (— als er erreicht ist, fährt mein Bus leer ab —) macht mir die Mühe, nicht zu früh zu einem ihm ähnlichen Bergfriedhof abzubiegen, den Leichtsinn klar, in welchem ich die letzten drei Tage verlebt habe —
von dichtgedrängten Engeln ließ ich Vogelfedern auf mich herunterschneien wie auf einen Fassadenheiligen, in lautes Kirchenglockenläuten habe ich mich wie unter eine Erinnerungen wegschwemmende Dusche gestellt, rücksichtslos hat ein unsere Reisen zersetzendes Spiel mein alteingesessenes Ich zurückgedrängt, indem es mir zur Erlangung des Traumunbehagens: ›wieso kenne ich den?‹, ›wann bin ich schon hier gewesen?‹ ein Seelenkitzel war, die physiognomische Ähnlichkeit zwischen den mir durch dich auf Reproduktionen vertraut Gewordenen und lebenden Einheimischen so weit zu treiben, daß mir der Auferstandene von San Sepolcro bald nur mehr ein Kellner war und deine Engel das, was mit Ölbergjüngern hinter einer Kirche Fußball spielte, Akt der Verleugnung unserer Liebe und deren Zerstörung.
oder in Arezzo und Perugia so konzentriert unbedacht in be-

liebige Gassen abzubiegen und Durchhäuser zu passieren, bis ich mich in einem ganz woanders vermuteten Stadtteil zum zweiten oder dritten Mal befand oder, von den einander ähnlichen Stiegen und Bögen irregeführt, das, wo ich noch nicht gewesen war, als kurz zuvor betreten wiederzuerkennen glaubte, im Herumirren als vor langem Ausgewanderter oder Verstorbener durch die ihm fremd gewordene Stadt von dem Irrtum belebt, wir wären einmal hier gewesen und dies wäre sogleich, wie alles mit dir Gewesene, für immer vergessen.

und dann noch in einem Phantasie-Italienisch um die Auskunft zu fragen, ob es ein spezielles Hotel gäbe, in welchem aus der Liebe Aufgewachte allein oder mit einer lebenslänglich Konfusen ihre Konfusion wegschlafen könnten; welche Sehenswürdigkeiten solch einen so zu Tode langweilen würden, daß das Herz bald eine Attacke ritte gegen das nächstbeste Ziel — dem ratlosen Gesicht des jeweils Gefragten war abzulesen, daß, wer nicht-mehr-liebend weit zurückfällt, wieder kindliches Gelalle ist, oder er wandte sich wie von einer Sinnestäuschung von mir ab, von der zerronnenen Liebe ganz schattenhaft geworden.

um nicht länger mit solcher Gottsverlassenheit allein zu sein und mich langsamer an die Gemeinschaft mit dem vertrocknenden Herzen zu gewöhnen, habe ich mich dann, der beiden gedenkend, als welche wir uns in geistesabwesendem Liebesentzücken durch Fremdes und Vertrautes geführt hatten, in ein erbärmliches Schein-du und Schein-ich geteilt, das Stimmen hört (›hier haben wir uns, meinst du nicht auch?, nach links gewendet‹),

habe dann aber doch die unterschiedliche Handhabung österreichischer und italienischer Flaschenöffner und Ticket-Automaten absichtlich so lange mißachtet, bis ich wußte, wie es ist, nicht einmal mehr das zu bewerkstelligen, was sein Lebtag ein wie im Schlaf vorgenommener Handgriff gewesen war — altersblöd ein schwachsinniges Kind zu sein, was sonst wäre dies als die gerechte Strafe, dich von heute auf morgen aus der Geborgenheit in der Liebe entfernt zu haben!

dem Parkplatz schon ganz nahe, haste ich zu einem falschen Bus, sehe im Umkehren den meinen seelenruhig abfahren und will es nicht wahrhaben wie erst dort auch unser Ende nicht —

im Auf- und Abgehen von den widerstreitenden Meinungen der Anteilnehmenden, daß keinesfalls mehr, daß gewiß noch einer käme, weil für die letzten Stunden der Sommerzeit ein anderer Fahrplan gelte, so schwindelig geworden wie als Kind auf der Schaukel, setze ich mich auf die den Parkplatz begrenzende Mauer,

und kaum daß ich mich gesetzt habe, ist die Rastlosigkeit der letzten Tage dahin und die während längerer Auslandsaufenthalte gegen ein Wurzelschlagen wirksame Abwehr: ›es ist aber ganz unwahrscheinlich, daß mich die Freude, Fischnetze aufbreitend und Weinreben beschneidend in ein fremdes Leben einzutauchen, hier festhalten wird!‹ so aufgebraucht, wie wir vor langem im hintersten Hinterland und in tiefer Nacht wie im Märchen darauf vertraut haben, daß noch etwas käme und uns mitnähme —

kaum daß ich auf der Mauer sitze, ist vergessen, daß ich mich eben erst für eine kurze Rast gesetzt habe, denn mich gesetzt habend erscheint mir das Ziel aller Reisen erreicht zu sein, sitze da als einer, welchen ein nie endender Augenblick wie ein Schnappschuß auf der Mauer sitzend für immer festhalten wird.

der Reiseübelkeit vor einer ganz stillen Reise vorzubeugen, schaue ich in die Fahrtrichtung zur Franziskus-Basilika hinüber, lasse vorsichtig den Blick in die dahinter liegende Piero-Landschaft steigen, von diesem Seelenfrieden ist aneinander zu lehnen gewesen,

und damit es mir nicht noch einmal schwarz vor den Augen wird wie vor den Erinnerungsbildern in Tunellen, atme ich

die ätherischen Gerüche der Zypressen auf den Hügeln als ein Schlafmittel ein:
kein Wolkenbruch wird niedergehen, mich aus dem Einfließen in die im Abendlicht zu ihrem Bild gewordene Bergstadt aufzuscheuchen, und mich mit einem Abschiedsbrief zurückzuholen ist es zu spät, seit mir der weltferne Ernst Piero'scher Engel vorschwebt als Seelenlage geistesabwesender Gottesnähe, und so werde ich blind die blendende Nähe dessen ertragen, dessen goldenem Stern ich seit Arezzo aus mir gefolgt bin in so leichte Ummauerung —
dreimal bin ich ins Ausland gefahren, um mich (— mit der schal gewordenen Liebe auch meiner überdrüssig als eines Relikts mit weggeschnittenen Höhen und Tiefen —) dem Höhenrausch des Aus-mir-Geratens auszusetzen, während nun nach unserem Ende und dem Stillestehen unserer Zeit ein In-mir-gesammelt-werden ist,
aber schon auf diesen drei Reisen hat mich, aus dem Zeitablauf gefallen und entmündigt seit der Preisgabe der Muttersprache, dies Jetzt aus der Ferne gegrüßt, immer schon ist mir, wenn ein Abschied drohte, die selbstvergessene Eintracht der Bettler mit der Kirchenmauer, an welcher sie lehnen, erstrebenswert erschienen, aber erst die im Schlaf gesprengte Liebe hat mich ihnen nachzueifern befähigt:
statt mich, aus der Bahn geraten, am Bahnhofskiosk von Chiusi mit Hilfe von Weltneuigkeiten an das allgemeingültige Raum/Zeit-Achsenkreuz zu binden und Fremdes als fremd wahrzunehmen, habe ich, mit der Entfernung von dir mir fremd geworden, den Tod der auf den ausgehängten Parten in kraftvoller Gesundheit Abgebildeten als das bestaunt, was rasch die Liebe antritt,
habe in Arezzo, statt im Albergo durch eine reguläre Anmeldung und die Deponierung des Passes für eine Vorhandenheit im Bewußtsein der Wirtin zu sorgen und so meinen Ich-Schwund zu stoppen, mich so lange innerhalb einer australischen Reisegruppe aufgehalten, bis mir deren Aus-

gangspunkt ein mögliches Ziel war und auch *mir* die Zimmernummer auf englisch mitgeteilt wurde: wenn ich nicht zurückfände, würde mein Koffer mit ihrem Gepäck weggeschafft und ich als ein Additionsfehler in der Übernachtungsliste ins Nicht-Sein korrigiert werden.

wohl wissend, daß jedes neue Bett nur eine Initiationsnacht lang ein fremdes Bett ist (selbst in Särgen schlafende Ordensleute schlafen bald nur mehr in einem extravaganten Bett), bin ich nur eine Nacht in Arezzo geblieben, Absicht, dies weiterhin so zu halten, damit in jedem einmal beschlafen preisgegebenen Bett ein Traum-Ich zurückbleibe und, mich verringernd, eine erste nächste Nacht das Bett mit jemand Fremdem teile,

ja und damit scheinbar beziehungsvoll Befremdliches sich nicht aufkläre, habe ich mich nicht erkundigt, ob der goldgelackte Alte ein stiller Narr, ein Künstler, ein eingebürgerter Amerikaner sei, habe vielmehr in Assisi die vielerlei, in fast allen Geschäften zum Kauf angebotenen Besen als Aufruf gedeutet zu einem Kehraus des bisher gelebten Lebens und als Symbol der Franziskaner, die werktätig gefährlicher Verinnerlichung entgegenarbeiten, gleich wurde der von mir überquerte Platz nicht wegen eines bevorstehenden Feiertages gespritzt, sondern weil von mir Berührtes desinfiziert werden müsse.

und nun sitze ich da, und zu denken, ich könnte immer noch umkehren und bei dir anrufen, hält mich fest auf einem fernen Stern — würde von einer so lange Zeit vertrauten Stimme ein: ›*wer* spricht?‹ zu mir dringen, wäre auch hierher zurückzufinden versäumt.

nicht weit von mir beginnen die Händler ihre Buden abzuräumen: Rosenkränze, Franziskusstatuen, an Wollfäden baumelnde Clarissen wären noch zu haben, vielleicht mag noch ein Autofahrer das Heckfenster in eine Andachtsstätte verwandeln, warme Kleidungsstücke und Süßigkeiten sind schon weggepackt —

wer sollte noch kommen, wissen die Händler, wenn mit dem baldigen Ende der Sommerzeit alles die Heiligen verläßt, ein Auto nach dem anderen, wer kauft schon bald nur noch im Schein der Petroleumlampen glänzende Gewänder, und wer wird in der rascher als eine Krankheit fortschreitenden Dunkelheit eine im Kauern bald unkenntlich gewordene Gestalt von einer Mauer herunterholen, er könnte des Kirchenraubes bezichtigt werden, keiner wird, um mich aus dem Vergoldetwerden aufzustören, seine Scheinwerfer als ein Fernglas auf mich richten!
ein Händler dreht an einem seiner Ansichtskartenständer —
meint er, ich würde Ansichtskarten schreibend mich von dem alle Unruhe einschläfernden Blick auf San Francesco, in goldenes Abendlicht getaucht, loskaufen wollen? solange ich ihn Kirchen, Kirchtürme, Stadtteile und Zypressenland wie eine Gebetsmühle drehen sehe, weiß ich noch, wie es ist, mit einander durchdringenden Kopfbildern aus Italien heimzukehren, und danke dem, der diese Kirchen und Landschaften verkleinert hat, im Namen der Touristen, die, ungläubiger als der heilige Thomas, erst dann mit Gewißheit für eine kleine Weile fortgewesen sind, wenn sie zu Hause ihre später als sie angelangten Ansichtskarten lesen.
viele Menschen sind heute bei uns gewesen und haben die schönsten Ausblicke auf unsere Stadt mitgenommen, denn blinde Fenster drehen sich mit — was uns aber überreich geblieben ist, sind in der Dunkelkammer zu dunkelhäutig geratene heilige Claras, wann endlich nimmt einer sie fort?
und ich sitze noch immer auf der Mauer —
je mehr sich die Dämmerung vertieft und der Parkplatz sich leert, desto weniger wollte ich nach Perugia zurückgebracht werden, die auf dem Holztisch gestapelten winzigen Särge mit lauter heiligen Claras vertreiben mir den Wunsch nach einem eigenen Bett und den Schlaf,
und so innig der Mauer anzugehören, ist zu begreifen, dazu

ausersehen zu sein, ja diese Mauer könnte gebaut worden sein, damit ich dereinst ihr aufsäße und, tagsüber blind wie ein Uhu bei Tag, mit dem vom nächtlichen Anblick der beiden Kirchen erfüllten Blick die Ankömmlinge darauf hinwiese, daß der Gnadenort schon auf dem Parkplatz beginnt,

Bannkreis, den ich so lange noch verlassen könnte, als bald auch von den an Schnüren baumelnden Nonnenpüppchen verlassen zu werden mir noch Bange macht; als das Startgeräusch jedes der letzten Autos mir ein Zweifel an meiner Berufung ist und das Segelknattern der Budenbespannung Heimweh nach unseren Seen.

mit den ersten Lichtern in den Dörfern werden die Zypressen in meinem Rücken ruhiger, ich spüre keine Erschütterung mehr, als die Glocken der Franziskus-Basilika schwerer läuten als die von Santa Chiara, voll ausgeleuchtet balanciert diese das im Dunkel bleibende schwere Läuten aus, kein Seekrankheitssturm, der die Bergstadt schwanken macht wie ein kleines Schiff unter einem schaukelnden Mond, denn gleichmäßig und fest wie der Lichtstrahl eines Leuchtturms rückt mein Blick den Höhenzug der Stadt entlang, und Fledermäuse ziehen ihre Kreise immer enger um mich.

ein Auto, das vorletzte, richtet fragend seinen Scheinwerfer auf mich, ich lasse es den Berg hinuntersinken.

ein Reiseautobus, einer der wenigen, die noch da sind, mahnt mit einem dreifachen Hupen diejenigen, für deren Rückkehr es höchste Zeit ist, ängstlich kommen sie angelaufen: Rompilger sind es, die sich meiner gewiß annehmen würden. der Chauffeur, zu wenig noch bin ich ihm mit dem Ort verwachsen, fragt mich nach der nächsten Tankstelle, und so muß (— ich rühre mich nicht und ich antworte nicht —) das für mich freigehaltene Bett von neuem vergessen werden —

ein: ›nun gibt es kein Zurück mehr!‹ soll mich nicht erschrekken, sobald die vor den letzten Buden flatternden Tücher nicht mehr flattern, ›Seemann in Not‹, ›Festung zur Überga-

be bereit‹ und schließlich: ›Gipfel bezwungen‹ könnte ihr rosa Flattern im goldenen Abendlicht bedeuten.
die Fenster der Basilika erlöschen, und da beginnt die Händlerin, die mir einen Autobus falsch prophezeit hat, mit einem mit einem Greifer versehenen Stock alles das Stück für Stück herunterzuholen, was sich wie Rauch bewirtschafteter Hütten im Abendhimmel bewegt hat, ihre Hantierungen gemahnen an den Mesner, der mit einem Löschhorn eine Kerze nach der anderen erstickt, aber es sind noch Sterne da, wem auch immer wohin heimzuleuchten (mit jeder kleinen Clara aber, die zu dem Haufen ganz gleicher in eine Schachtel geworfen wird, werde ich wie von meinem alten Spielzeug verlassen)
eine Autotür schlägt zu, eine Amsel zetert laut — bevor sie sich dem Schlaf anheimgeben, müssen sie Todesangst sich aus der Seele schreien.
die Glocken von Santa Chiara — daß mein Herz sie noch hören darf!
und das als ein Goldregen nun auf San Francesco niedergehende Scheinwerferlicht der Wunsch, in seinen Glanz einzugehen.
und ich sitze auf der Mauer, mit eingeschlafenen Armen und Beinen schon ganz mit der abgebrochenen Zukunft angefreundet wie die Toten mit der sie von den Angehörigen fernhaltenden Mauer, und warte auf den Augenblick, in welchem ich hier zu sitzen nicht mehr spüren und nicht mehr wissen würde, aber insgeheim vertraue ich zugleich darauf, daß ich noch Zeit hätte, mich zu entscheiden, nämlich so, wie man als ein Leser den vorhersehbaren Tod einer Romanfigur nicht zuläßt, indem man zur rechten Zeit das Buch zuschlägt.
ein Autobus hält vor mir, will mir die Aussicht auf Assisi nehmen, mich ein wenig verkrümmend will ich durch seine Fenster hindurchschauen, ›sind Sie nicht ...?‹ wird auf deutsch mir zugerufen, und da bin ich auch schon, obwohl ich es

nicht bin, diesem Ordnungsruf gehorchend, eingestiegen (und lasse mir das Assisi, in dessen Dunkelheit ich schon verschwunden war, zu einer goldgerandeten Ansichtskarte mit rosa Abendwolken schrumpfen) zuzutrauen wäre es ihm, daß er die (von welchem Maler nur der Spätrenaissance auf die Straße geholte und dort ins selbstbewußt Kindliche mißratene) junge Frau oder Jungfrau Maria gar nicht selbst aufs Pflaster gezeichnet, sondern sich einfach bei ihr eingenistet hat als einer Herrenlosen (— vielleicht von *dem* frisch verlassen, dem sie mit ihren stumpfen Unschuldsaugen und der zur Hälfte aus dem Kleid geschlüpften Brust genug Geld fürs nächste Wirtshaus eingebracht hat —), um sie nun ein wenig für ihn arbeiten zu lassen, der er sie als ihr Leibwächter vor fremden Tritten schützt in jedem Strich —

den Kopf in eine Hand gestützt, lungert er neben ihr wie in einer Wiese, zieht da und dort mit einem Kreidestummel eine Linie nach, als ob er sie, damit sie lachend sich ihm zukehre und ihn aus seinem Dösen hole, mit einem Grashalm kitzelte, berührt mit kleine Kreise beschreibenden Fingerkuppen ihre wohl ganz kühle Haut, was ihm offenbar mehr Wohlgefühl bereitet, als an ihrem verworrenen Schleier herumzufingern, nickt während solch tastenden Herumgeschmieres wie ein Säugling ein oder Greis, nimmt, wenn Passanten näherkommen, mit den Fingerspitzen ihre Lippenschminke weg, um sie stärker zu schminken und, letzte Feinarbeit vortäuschend, mit Hilfe kunstvoll verzögerter Vollendung (und sei es, daß er mit einem Sacktuch an ihrem Kleid etwas weggwischt) Zeit für Einkünfte aus künstlerische Tätigkeit vorgebendem Nichtstun zu gewinnen,

fährt ihr über die Augenwinkel, als säßen dort Tränen, beugt sich tiefer über sie wie über sein eigenes Bild, denn er streicht sich dabei eine Strähne aus dem Gesicht, Zufall wohl, daß er ihr ins Gesicht raucht, als an ihnen vorbeigegangen wird, ohne daß einer fürs Zuschauen-dürfen etwas springen lassen hätte.

wird ihnen Geld zugeworfen (am liebsten in ihren Schoß, als

wäre dies ein Brunnen), macht er sich, vor Hingabe scheinbar nichts davon bemerkend, eifriger an seinem Geschöpf zu schaffen oder richtet sich auf, um die, in welche er eben noch versunken war, mit fremden Augen zu betrachten (kleines Unbehagen, als er während solch eines taxierenden Blicks nach seinen Hosenknöpfen greift, um dann ja doch nur seine Taschen nach Zigaretten abzustieren und sich eine aus Tabakresten zu drehen —
um die Kreideschachtel, in welche man einen Goldregen prasseln lassen soll, ist die deutsche Inschrift ›Student auf Studienreise‹ gelegt, gerahmt von so stümperhaft gezeichneten Blumen, daß trotz der Batterie leergetrunkener Bierflaschen ja wohl nur eine Studienreise in kostspielige Substanzen gemeint sein kann)
zuletzt trägt er ihr, für ihn zu dünnhäutig, eine dickere Haut auf, mit weißer Kreide (was sie in ihrer Üppigkeit aber nicht kreideweiß, sondern teigig macht, wie ein in die Breite gewalzter Mehlteig liegt sie da), und fächelt ihr mit einer Zeitung Luft zu, in der Absicht, sie mit diesem Staubwedel aus dem trägen Brüten aufzuscheuchen —
da dies nichts bewirkt, schlägt er wie mit einer Fliegenklatsche auf sie ein, gleich fliegt sie, in roten, blauen und weißen Schmetterlingsstaub gehüllt, aus ihrem Bild davon,
nur ihre Umrisse, ihre Augen und ihr Mund bleiben zurück, damit wer auch immer ihre Erschaffung nicht ganz von vorne beginnen muß,
wie ein Sanitäter ist er, jetzt erst recht posierend, um die ohnmächtig auf dem Straßenpflaster Liegende bemüht, holt sie mit frischen und farbigen Strichen aus der Gespenster-Schattenhaftigkeit, gleich schlägt sie die Augen auf

ganz anders, ganz selbstvergessen die Zartheit, mit welcher zwei Gassen weiter ein alter Mann in einem in die Hauswand gemauerten Auslagenfenster weibliche Unterwäsche arrangiert:

indem er die eben noch zittrigen Hände und die armen Augen (— er hat dicke Augengläser auf —) ganz ruhig an die Objekte heranführt, wie wenn sein Gesicht, in wundertätigen Quellen Heilung zu suchen, in Hauchzartes, zart wie ein Lufthauch, eintauchen wollte, dreht er die Spitzen und Rüschen wie vollaufgeblüht ansonsten sogleich sich entblätternde Rosen in die richtige Perspektive, hält dies und das, mit zurückgenommenem Kopf das Stilleben gustierend (— und vielleicht sich auch besinnend, was er da in seinen vertrockneten Händen hält —), an die dahinterliegende Tapetenwand, so als setzte er aus dem Nest gefallene Schwalben in ihr Nest zurück, nimmt eine Stecknadel aus dem vor Stecknadeln starren Mund und heftet sie mit einem winzigen Hammer so an, daß er nur in große Poren sticht (und dies nur dann, wenn es nicht eines der Gebilde ist, die an Trägern schweben gemacht werden können; und kehrt er, kurz innehaltend, das Gesicht ab, so aus Rücksicht, weil ihm nach Sich-räuspern und Hüsteln ist),
gibt Schlaffem und Faltigem Spannkraft durch kunstvoll gespannte Zugfäden, in den Mauerecken festgemacht wie die Strahlen eines Spinnennetzes (und denkt sich wohl auch, dies und das aufschüttelnd und es bauschend, luftige Körperlichkeit hinzu)

den Kopf im Nacken wie bei starkem Nasenbluten (— und vielleicht von dieser Haltung stärker desorientiert als von der Rundwanderung der Augen —) aus dem wie ein Weinkeller kalten, die Dimensionen des Gebäudes verschleiernden Halbdunkel hinaufzuschauen ins Zentrum der Kuppel, in den von einem Kreisring gefaßten Himmel,
und, verwundert wie vor vielen Jahren, von neuem zu entdekken, daß dieser Himmel deshalb von einem so reinen Blau ist (und daß dieses Blau trotz seiner Helligkeit seine wahre Tiefe deutlicher fühlbar macht als ein gewölbt das Sonntagsblau des Himmelsgewölbes vortäuschendes Deckenfresko, in dessen oberflächlich tiefblauen Himmel durch die kleinen Fenster der Laterne aus allen Himmelsrichtungen gefiltertes Himmelslicht fließt), weil er wahrhaftig er selber ist, körperloses Himmelsblau, von einem Steinring gefaßt wie ein Springbrunnen oder ein Vergißmeinnicht-Rondeau,
von keiner Verglasung aus späterer Zeit gebrochen, fließt durch ein ihm lebendigem (und nur wie dieser Himmel blauem) Himmel bei Tag und bei Nacht weitoffenstehendes, weil ihm nicht einmal als einem Unwetterhimmel verschließbares Fenster Licht herein aus dem in sich gesammelt darüberschwebenden Blau, strömt frische Himmelsluft in den Modergeruch herab wie an Regentagen Regen,
Himmelslicht und Himmelsblau, welches, da seiner luftigen Wölbung die innerste Wölbung der Kuppel ausgespart vorbehalten geblieben ist, bald als ein (nicht-metaphorisches) Auge *des* Himmels auf dir ruht, der der reine, von Gottesvorstellungen und Ewigkeit ungetrübte Himmel ist —
inmitten eines leeren Tempels zu stehen und zu begreifen, daß er ein Grabmal für all die Götter ist, an deren nicht einen zu seiner Entstehungszeit die Vernunft noch geglaubt hat, und man wird von den Ausmaßen des Hohlraumes, riesige Luftblase, in die Schutzlosigkeit auf einem ungedeckten Platz

gedrängt, wenn auch zugleich von den ihn umschließenden Mauern, die mit einem sich mitdrehen, beengt,
und schaut man dann (— beinahe vergessend, daß dieser erste Kuppelbau bald an die zweitausend Jahre gehalten und immer nur Staunende, auch Michelangelo, festgehalten hat —) in den Himmel hinauf, als würde man ansonsten von der stickigen Gruft erstickt, so wird er, von ringsum zustrebenden Mauern wie ein sogleich platzender Luftballon zusammengequetscht, zu dem vielleicht himmelwärts fahrenden Seelen den rechten Weg weisenden, nicht aber von noch Lebendigen erreichbaren Ausstieg in Licht und Luft, denn tief unter Tag steht man nach Luft ringend da, starrt, benommen wie von dem Sturz in einen Brunnenschacht, in das Stück freien Himmels hinauf, aus einer Totenstille, in welche gleich Erdmassen niederprasseln werden, holt Luft in einem Bombenkeller, in dessen Gewölbe es ein Loch gerissen hat, gleich wird flutendes Meerblau sich in es ergießen und auch das Unbehagen ertränken,
Aug in Auge mit dem wasserblauen Bullauge des wässerig blauen Himmels will es dich hinaufziehen aus der Beklommenheit der in Bergwerken, der in gesunkenen Schiffen Eingeschlossenen, und da beginnen auch noch die Stützmauern dem Luftloch entgegenzuwachsen, einziges Wasserloch, das es gleich zueisen wird,
als eine luftige Last scheint der Himmel auf die Kuppel zu drücken, und da du leicht hin- und herschwankst, während du hinaufstarrst, kommt deinem labilen Gleichgewicht auch noch der Sinn für ›oben‹ und ›unten‹ abhanden, starrst hinaufstarrend auch in einen Krater hinunter, den es durch die Erdkugel gerissen hat.
endlich aber fühlst du eine Höhenströmung, die dich, weil du sie tief atmend herunterholst, wachsen macht wie Keimlinge, die man unter einem darübergestülpten Blumentopf in Winterruhe gehalten hat und zu denen plötzlich Frühlingslicht dringt,

diesem Himmelslicht, dieser Himmelsluft tief atmend dich weitend, wirst du dir, wird dir immer leichter, siehst in der Mitte einer sternlosen Nacht einen vollmondrunden Himmel aufgehen, aus welchem, es scheint dich ein wenig vom Steinboden zu heben, mildes Licht wie Schnee herniederrieselt und den Modergeruch des unter Wasserflecken abblätternden Gesteins aufhellt,

wie durch Wasser hindurch dringen einzelne Lichtbündel in die Dämmerung, sie tasten sich als wässerig bewegte Ellipsen langsam die Wände hinunter, immer näher rückend dem schwarzen Grund der Zisterne,

ins Leben, in die Jetzt-Zeit schaust du hinauf, so rasch ist die Beklommenheit weggeatmet, in einen hellen Berghimmel, über den jedoch wie eine Gemütsverschattung eine dunkle Wolke kommt, ein Schwindelgefühl wird sie dir über ein sich bewölkendes Malerbild, denn bewölkt beginnt die Kuppel sich zu verschieben, aber du stehst auf festem Grund, und so haben sich die Wolken gleich wieder verzogen,

immer leichter wird dir das durchlichtete Gemäuer, mit Himmelsfrische füllt die Stickigkeit sich auf und mit Sonnenwärme die Kälte, denn was Schwere von Mauern gewesen ist und Verschalung mit Steinplatten, wird nun eine Nebeldecke, die zwar noch bis an den Horizont reicht, aber schon ganz dünn ist und den Blick freigibt auf schönes frisches Morgenhimmel-Blau, Lichtblick, welcher einen düsteren Tag aufheitert, blauer, immer mehr sich durchlichtender Himmel, und inmitten Mauern bleibender Mauern verzieht sich wie Wolken, was dich bedrückt hat,

weit zurückgelehnt bleibst du in dem schönen Bild, seiner Betrachtung in der schon so vertrauten Körperhaltung hingegeben, daß du vor einem besonders schönen Bild zu stehen vermeintest, vor einem Fenster an der gegenüberliegenden Wand, wären nicht die kleinen Schwankungen deines Körpers und des zurückgelehnt mitpendelnden Kopfes —

wie Gischt springt mitten im Blau aus blauer Luft Milchiges

auf, verdichtet sich in Drehungen (— auch davon schwankst du in kleinen Kreisen hin und her —) zu einem um einen Gipfel, zu einem über einen See dahintreibenden Nebel, in feinste Seelenregungen des Himmels siehst du hinauf und teilst sie, denn genauso schnell wie ein grundloser Anflug von Schwermut löst die Trübung des Himmels sich auf,
an deinem Fenster zum Himmel, schönes Rundgemälde, schwimmen träge Wolken vorbei durch den Himmel, als überraschende Flächenverschiebungen innerhalb der Farben Blau und Weiß hören Himmel und Wolken Himmel und Wolken zu sein auf, ein wolkenweißes, körperlos-körperliches Weiß wie nur das weißer Schönwetterwolken vertieft das himmelsblaue Blau, an welchem es Spielball der Lüfte haftet, angesichts dieser zarten Himmelsbrandung schwindelt es dich von neuem, als sähest du von einem Steilfelsen in eine Meeresbrandung hinab, hältst ganz still,
entstehend-vergehend spricht jeder Nebelhauch in unauflösbaren Wasserzeichen eines Geist-Vaters zu dir vom Himmel herab, und zugleich macht die Verwunderung über sein von hellem Blau sogleich aufgesaugtes Zerfließen die Mauern, die es umschließen, zu unerlöster Beständigkeit, doppelt schwer,
aber als du dann den Blick, noch von Himmelslicht erfüllt und ganz Leichtes zu berühren geübt, ins Gewölbe tauchst, wird die Schale der Kuppel zu der milchigen Dämmerung einer allmählich zurückweichenden Nacht, und nun um dich schauend in das Mauerrund, beginnt, was unverrückbare Mauern ist, um dich zu kreisen, aber da siehst du die kleine Tür offenstehen, durch welche du lang vor der Besuchszeit hineingeschlüpft warst, und gehst gerade auf sie zu, trittst hinaus in eine Mauern und Dunkelheit aufsaugende Sonne

inmitten von zu Stroh gewordenen Wiesen und selber aufgeheizt wie die Steine an einem Tisch zu sitzen unter einem verdorrten Baum und in das Staub- und Ascheland, eins mit deinem ausgebrannten Hirn und vertrockneten Herzen, zu starren, bis unversehens einer, der drinnen in der Bar vielleicht in seinem Teller umrührt, dich mit einem Gruß aus einem ganz anderen Sommerland anrührt und dich nach einem Schluck Kaffee befähigt, dich mit wenigen Ruder- oder Flügelschlägen dorthin davonzumachen —
mit dem Kaffeelöffel, wie eine Zigarette hältst du ihn zwischen den Fingern, gegen die Innenwand der Kaffeetasse zu schlagen, ganz leicht, und eine Kuh kehrt auf einer grünen Alm sich dir zu,
mit noch leichteren Bewegungen der Hand, sowohl scheuchend als auch beschwichtigend, weil zugleich auch die Erinnerung an das Bachstelzenwippen an Frühlingsbächen und nach Sommerregen belebend, diese Berührung von Ton und Metall zu wiederholen, und die Kuh läßt sich an solch einem frischen Berglandmorgen in ihrem kontemplativen Blumenlesen von deiner Gegenwart nicht stören,
ein gemächliches Perpendikel-Ausschwingen des Löffels hin und her, so gemächlich, wie selbstvergessen die Haarbüschel der Rinderschwänze auch winters pendeln, und ein Jungvieh kommt nickend auf dich zugegangen,
in einer rascheren, Milchzentrifugen nachempfundenen Schraubenbewegung sich vergrößernder Wellenkreise des zuerst senkrecht in die Tasse gehaltenen Löffels das Porzellan mit einmal stärkerem, mit abgebremst und abgelenkt einmal schwächerem Anschlag zu erklingen zu bringen, und das Almvieh rupft, längs eines Baches zu dir heraufsteigend, Sumpfdotterblumen aus, denn der löffelförmige Kuhglockenschwengel in deiner Hand ist auch der Almstock, mit welchem du, in der Nacht hat es weit heruntergeschneit, gegen

Fels schlägst, damit aus einer Quelle ein Schmelzwasser-Wasserfallbach ins Tal wächst,
ein paar Mal den Löffel unregelmäßig schnell und stark gegen den Schalen- und Glockenmantel ausschlagen zu lassen, zum Beispiel mit Hilfe des mit ausfahrenden Buchstaben vom Löffel in den Hohlraum der Tasse geschriebenen Schriftzuges ›Narzissenwiese‹, und heftiges Kuhglockengeläute unterstützt das eine Biene scheuchende Kopfgeschüttel und Muskelzucken,
zartes Rühren auf dem Grund (— der Zucker hat sich aufgelöst, aber in den schattigen Senken sind Schneeflecken liegen geblieben —), damit das weidend sein Weiden mit zartem Glockengebimmel begleitende Almvieh dir die kühle Almluft zuträgt und du, zum Gletscher aufschauend, die Almwiesen und Latschen auch riechst,
das Nicken der Rinder zu ihrem Eintracht mit der Welt herstellenden Gebimmel, auch von anderen Almen trägt es es her, macht die süditalienische Mittagshitze zu einem Hochgebirgsabend,
immer leiser ihre Glocken läutend (— statt eines Anschlagens nur mehr ein Tupfen —), läßt du sie, Zeit des Almabtriebes, durch moorige Wiesen hinuntersteigen, ehe du, von dem Herbsteln in den Lärchen und von der Herbstluft erfrischt, in die flimmernde sengende Einöde zurückspringst

BLICK DURCHS FLUGZEUGFENSTER AUF STROMBOLI

kaum daß man den schiefergrauen Inselberg, auf dessen Kuppe kleine Luft- oder Rauchwolken zu erkennen sind und der die ganze Insel ist, auf dem von einem meerblauen Himmel begrenzten Meer daliegen sieht, vom Wasser lappig gerandet, schwimmt er auch schon als eine Flunder mit trägen Bewegungen durchs Weltall, aber die Verwandlung wird noch schlimmer: man hat vor sich den kahlen Flügel eines vielleicht an einem Felsen zerschellten Vogels, unübersehbar im Hinunterschauen, daß die Zerstörung schon eingesetzt hat:

was kleine Häuser gewesen ist, sitzt als Fliegen in den Fleischrissen und Hautfalten, und dort, wo der Flügel vom Rumpf gebrochen ist, sind zwei weiße Flaumfedern, zart wie Wolken, an dem gestockten Blut kleben geblieben oder nebeln Gase der Verwesung die Fleischwunde ein —

auf die Rückverwandlung in eine vulkanische Insel läßt im Darüberhinwegfliegen hoffen die mildere Auslegung, man betrachte durch ein Mikroskop einen vertrockneten Insektenflügel, habe auf blauem Samt einen pelzigen Nachtschmetterling vor sich liegen, denn dieser könnte zu dem morschen Baumschwamm werden, der, sobald er sich in dem Wasser vollgesogen hat, von der Oberfläche verschwunden sein wird wie eine in die Luft geflogene Insel,

Schwanzflosse eines Seeteufels, dessen Körper schon in die Tiefsee hinabgetaucht ist

entgegenwartend den Pferden, deren je eines einen Wagen (der Bauart nach ein zweirädriger Fuhrwerkskarren, eine Karosse aber dank dem reichen Schnitzwerk und der Bemalung der Seitenwände, etwa mit Szenen aus der Mythologie und der Landesgeschichte; selbst den eckigen Speichen der stattlichen Holzräder sitzen buntlackierte Figuren auf), deren je eines, in bunte Festtagstracht gekleidet und festlich geschirrt, eine carrozza durch die schattige Festzugsgasse ziehen wird, der Kutschbock und die Bänke auf der Ladefläche vollbesetzt von Musikanten in Landestracht (manche haben dann auch doppelte Zipfelmützen auf wie die Bauern in der Cavalleria rusticana),
an die zwanzig reich geschmückte Wagen werden (Abstand haltend, um die Musik und das Singen auf den anderen nicht zu stören) an dem Festzug teilhaben, und trotzdem wird er, verhüllend die karge Wirklichkeit mit Historie gewordener Sonntagspracht, momentweise ja doch auch einen Troß Ausgewanderter und marktfahrende Bauern sichtbar machen,
aushorchend nach Pferden hörst du als erstes eine Schattenmusik aus Maultrommeln und scharfen Flöten, siehst du als erstes in dem einen Stadttor aus den Köpfen der dort schaulustig Wartenden einen und gleich noch einen großen Blumenstrauß auftauchen, es könnten dem besonderen Fest zu Ehren an den jüngsten Knospen am reichsten blühende Gladiolen sein oder Palmzweige, deren Enden man mit Rosenblüten geschmückt hat,
und diese Blumensträuße, scheinbar dem ersten Pferdewagen vorausgetragen, werden unter Pferdegetrappel zu Federbuschen, je einer auf einem langgestielten Sockel dem Pferdekopf aufgebunden (und ein gleicher anstatt eines Reiters dem Pferderücken aufsitzend auf einem Federblütenkissen),
zu Riesenbuschen aus Fasanenfedern, und diesen hat man

(— vielleicht auch damit sie unter ganz leichtem Übergewicht als die wippenden Schwanzfedern, die sie ja geblieben sind, auseinander und zueinander federn —) papageiengrün, kanarigelb und papageienrot gefärbte Daunenfedern aufgebunden, kleine Federn, die an den Fasanenzweigen wie Pfauenaugen haften, aber auch wie sich begattende Schmetterlinge flattern —
unwiderstehlich das kokette Nicken der Pferde, während welchem ihr Kopfputz weit sich fächert und wie Wassergarben auseinanderfällt,
unwiderstehlich die Drehbewegung des Kopfes, welche die leichteste Last der Welt in einen flügelschwingenden Balztanz versetzt,
unwiderstehlich die Kopf- und Körperbewegung, durch welche Kopf- und Rückenfedern, Pfauenräder schlagend, sich wie Palmenwipfel zueinanderneigen,
unwiderstehlich erst recht die tiefen Verbeugungen der Pferde vor den Touristen, als wüßten auch sie von dem zu ihren Häupten dadurch erzielten Effekt eines mit einem Sensenhieb durchhauenen Farnbuschen, eines ganz langsam aufschießenden Feuerwerks,
und das Entzücken an all den miteinander tanzenden108 Badersträußen, manchmal wie Mikadostäbchen gegeneinander gedreht, macht die schweren Ackergäule leicht und sie lautlos näherkommen,
hinweggenommen von dem stummen Schleierflossenspiel da oben das ächzende Rollen der Karren und das Klirren der Eisen, selbst das Gepfeife der Flöten und die Vibrationen der Maultrommeln könnte, solange man nur für die Pferde Augen hat, der Wind in ihrem Gefieder sein, ein Rauschen in ihren Kronen:
wie mit einem Teleobjektiv herangeholte Kamele, vor denen die Wüstenluft flimmert, kommen sie in verlangsamten Bewegungen schwerelos näher, aber was an ihnen wie Wasser- und Luftspiegelungen zittert, sind kleine Spiegel, aufgenäht

ihren buntgestickten Trachtenmänteln (manche bodenlang wie Abendkleider, manche, nur aus zwei Bordüren gemacht, kurz wie Miniröcke), und der Eindruck kraftvollen Schwebens kommt von dem Geschick, mit welchem sie das Rutschen der Eisen auf dem glatten Stein in ein schleifendes Tanzschrittgleiten treiben:
von jedem Schub der überladen in einem prekären Gleichgewicht befindlichen Fuhre, scheinbar luftgebremst von den aufgerichteten Federn, lassen sie sich in ein gleich ruhiges Gleiten schieben, manches tut nur einen kleinen Wechselschritt, um den nächsten Schub voll zu nützen für ein neues Gleiten.
eine Stunde nach dem Festzug, auch für die Photographierenden ist viele Male angehalten worden, lehnen die Karren, gekippt wie Scheibtruhen, als sollte Schotter die schiefe Ebene hinunterrollen, zwischen Autos auf dem Parkplatz, die Sonntagsornate der Pferde sind in Truhen getan worden und werden auf Lastautos verladen,
sie selbst sind wieder Ackergäule, haben die Köpfe in Hafersäcken,
ihre Bauern singen und tanzen hinter einem Autobuswrack auf ihrem eigenen Fest,
und das Schönste von allem die der Parkplatzmauer aufgesetzten, sich selbst überlassenen Federkronen: schaut man hinauf, sieht man vor dem meerblauen Himmel das Unterwasserwehen von riesigen Seeanemonen, Paradiesvögel balzen und Edelfasane, und hätte man sie nicht aus der Nähe gesehen, sähe man bloß besonders schöne Oleander- und Ginsterbüsche im Wind sich bewegen!

gute Freunde (— nicht einmal in der ärgsten Niedergeschlagenheit werden wir sie verdächtigen, sie hätten uns beide plötzlich unerträglicher Weltabgeschiedenheit wo sonst als in einer österreichischen Einöde aussetzen wollen —)
empfehlen uns für eine Ferienwoche, die einzige nach einem dreimonatigen Getrenntsein, ein an einem Gebirgssee gelegenes, um die Jahrhundertwende erbautes Hotel, dessen altmodisches Interieur uns gefallen müßte, natürlich koste umständlich gewordener Luxus einiges Geld,
dafür seid ihr dort ungestört wie die Kaiserin auf einer ihrer Inseln, wer weiß, wie lange es so nahe zur Grenze eine solche Stille noch gibt, ein paar Kilometer dahinter beginnt der Touristenrummel!
wir erörtern, was vermutlich für, was vielleicht gegen dieses Urlaubsziel spricht, vorsichtig darauf bedacht, von den Tagen, um deretwillen wir vieles hingenommen haben und die uns für lange eine Stärkung sein müssen, vorhersehbare Widrigkeiten fernzuhalten,
nie wollten wir es der durch unser Beieinandersein zugleich gesteigerten wie auch gedämpften Empfänglichkeit zumuten, uns etwa in Oststaaten von Betrüblichkeiten abzuschirmen, niemals soll die zwischen uns aufspringende Heiterkeit düstere Quartiere und fröstelige Wirtsstuben aufhellen müssen, selbst ihre Kraft könnte begrenzt sein,
oder wäre dann an der Seite des anderen zu frieren und die gewohnte Bequemlichkeit herbeizuwünschen etwas viel anderes, als sich von ihm weg ins andere Leben zurückzuwünschen?
immerhin sind wir seit einem besonders glücklichen Urlaub in einer bescheidenen italienischen Kleinstadt nach bis dahin knapp bemessenen Städtereisen über die Angst hinaus, tagaus-tagein dem Schicksal eine Stunde abzujagen (und so miteinander auf einer Flucht zu sein, auf welcher es immer nur

eine kleine Rast gibt), sei uns so sehr zu einer zweiten Natur geworden, daß wir inmitten plötzlich frei verfügbarer Zeit argwöhnen müßten, in Wahrheit hätten wir, beide von einem ähnlichen Liebestemperament, solch eine Liebe uns ausgesucht, welche die für ihre Lebensfähigkeit nötigen Erschwernisse in sich trage,

und so trauen wir es uns endlich zu, ohne Akklimatisierung des Zeitgefühls an die lange Weile (— durch touristische Aktivitäten etwa, welche das auf Pausen konditionierte, nun aber durch nichts unterbrochene Glück in vielerlei Zeitspannen zerteilen würden —) aus der Erd-Zeit in ihr Stillestehen zu tauchen, durch die relativ lange Anreise werde dieser Sprung aus der Zeit ein Niederschweben in Zeitlupe sein auf einen milden Stern,

und sollte es an dem Gebirgssee, es wird Ende August sein, immerzu regnen, so würden wir uns die Atemlosigkeit des letzten Jahres wegschlafen, miteinander auf den verregneten See hinausschauend, die vor Beschaulichkeit zeitlos gewordene Frist bedanken, jeder für sich lesend oder schreibend vielleicht auch erfahren, wie es wäre, seit längerem verheiratet zu sein.

entgegen der Gewohnheit, erst kurz vor dem Wegfahren telephonisch Quartier zu bestellen, schreibe ich sogleich an die dem See nächste Ortschaft um die Adresse des für sich allein an der Spitze des Sees gelegenen Hotels (unseren Freunden war sein Name entschwunden), und wirklich kann uns dann im Hotel See-Ende ein Appartement mit Balkon »noch« reserviert werden —

anheimelnd der altmodische Briefkopf und die von heutigem Geschäftssinn unberührte Honorigkeit, mit der den »Herrschaften« zu bedenken gegeben wird, daß die Zimmer kein Fließwasser hätten: wie wohltuend, daß die Sorte Gäste fehlen wird, welche die nicht-museale Errettung überall sonst schon versunkenen Kulturgutes beanstandet!

(belustigt, daß einer der Freunde für seine plebejische Frage

nach dem Fernsehzimmer von einer Kellnerin zurechtgewiesen worden war — »so etwas hat es in diesem Haus nie gegeben, meinen nicht etwa das Bridgezimmer?« —, antworte ich, wie sehr wir uns schon auf den Aufenthalt in der Urgroßelternzeit freuten)
dann sind wir per Bahn einen Tag lang unterwegs —
im Schnellzug lassen wir uns aneinanderlehnend in eine Müdigkeit tragen, die die Anspannung der letzten Wochen löst, dösend freuen wir uns auf das wehmütige Wiedererstehen der Kindheitssommerfrischen in einem Marmorwaschtisch und seinen Porzellankrügen,
auch die zwei Stunden in einem gemächlichen Personenzug sind eine Erholung,
doch die stockende Fahrt in der Schmalspurbahn (— nach dem schwülen Sommertag sind in der nun gebirgigen Gegend abkühlende Gewitter niedergegangen, kalt ist es in den kleinen Waggons auf nackten Holzbänken sitzen —) muß uns auch in tieferen Schichten unbehaglich gewesen sein, denn trotz unserem Bedürfnis nach Ruhe reden wir von schnellen Autofahrten nach Italien, von italienischem Strandtreiben und von einer Woche am Mittelmeer im nächsten Jahr:
diese Fahrt, bald viel länger dauernd, als sie dauert, scheint unseren Tagen immer mehr Zeit wegzustehlen, in Mäandern fährt die Bahn das Grenzland ab, viele Male wird der Waggon der von Österreich nach Österreich Reisenden abgesperrt, lange wird gehalten und worauf immer gewartet, und kaum ist sie wieder angefahren, halten wir schon wieder in einer Station mit einem Namen wie von einer geträumten Irrfahrt aus der Welt hinaus.
daß uns die kindliche Freude abhanden ist, innerhalb kurzer Zeit viele Male in einem anderen Land zu sein, daran sind wohl meine Ohrenschmerzen schuld, du merkst sie mir an — während der vielen, in der Dunkelheit nicht mehr zu überwachenden Drehungen um immer noch einen Berg, die uns be-

zweifeln lassen könnten, noch zu unserem Ziel unterwegs zu sein, versichern wir uns umso eifriger, als erstes würden wir ein heißes Bad nehmen, vielleicht wird uns schon jetzt eines der bauchigen Zinkgefäße ins bald gut vorgewärmte Bett geschoben, in erinnerndem Wohlgefühl eingeschlafen, würden wir dann in *eine* Kindheit zusammenrücken! (unsere warmen Kleidungsstücke befinden sich im plombierten Gepäckswaggon)
in R. kommen wir mit Verspätung als einzige an, im Freien ist es nun viel wärmer. der letzte Autobus ist, wie befürchtet, längst abgefahren, zu unserem Hotel gäbe es überhaupt keinen. und als wir auf die Straße treten, sperrt ein Eisenbahner hinter uns den Bahnhof zu, was uns, jedem für sich, unangemessen zusetzt, erst viel später sprechen wir davon —
in diesem Ausgesperrt-werden dürfte uns der Unstern dieses Urlaubs aufgegangen sein; und zu dem Eisenbahner zurückschauend, wollte mir beinahe so sein, er habe uns beiden unsre Liebe vor die Tür gesetzt, sie an unser Statt hinausgestoßen in die Nacht.
das Hotel aber hat ein Telephon, auch der Taxiunternehmer ist in einem Gasthaus zu finden und vom Kartenspiel wegzubitten (auf den meisten Tischen stehen schon die Sessel, dafür hängen verblaßte Faschingsgirlanden von den Wänden), und so werden wir in dieser Nacht, die ja doch erst der späte Abend ist, nicht vor versperrten Türen stehen, wie sehr die Taxifahrt sich auch zieht. sobald jedoch mit den letzten Häusern am Südufer des also doch hier befindlichen Sees die Straßenbeleuchtung endet, denkst wohl auch du, ich hätte im Fieber das aberwitzigste Quartier ausgesucht.
auf den umliegenden Hängen nicht einmal mehr das Licht eines Bauernhauses, und da sagst du: mit einem kranken Kind wollte ich da nicht sein!, wie muß erst dir zumute sein — aber noch ehe ich dir die gestörten Nächte der in ganz andere Einöden gerufenen Landärzte als ihr tägliches Brot ausmale, sind wir da.

von dem Hotel ist nicht viel auszunehmen, außer daß es mehr auf dem Wasser als am Wasser zu liegen scheint; in dem offenstehenden Fenster einer Veranda spiegelt sich der Nachthimmel.
in der Halle wird es licht, auch vor dem Eingang, eine Dame in Trauerkleidung kommt uns über eine Steintreppe entgegen (— müssen fremde Gäste kondolieren? —), ist aber, im Namen des Hoteliers und seiner Familie uns willkommen heißend, nicht seine Witwe, sondern die in eine schwarzglänzende Bluse und Schoß gekleidete Empfangschefin.
ein Hausknecht trägt unser Gepäck ins Haus, eine der Köchinnen habe selbstverständlich auf die Herrschaften gewartet (fast mitten in der Nacht wird sie für uns ein warmes Nachtmahl zubereiten), ein Kellner findet sich ein, und ein Stubenmädchen begleitet uns in den ersten Stock — welch eine Vormitternachtsüberraschung die herzliche Obsorge durch die, welche in jedem anderen Hotel längst schliefen!, endlich lachen wir uns wieder an.
dann stehen wir etwas verdattert in unserem Appartement (— es ist ein sehr großes Zimmer, in das man durch eine Doppeltür gelangt —), mit einem ›danke, sehr schön!‹-Gemurmel eine Vernichtetheit so lange verhüllend, bis die Kleine mit dem weißen Stirnbandhäubchen die Türen hinter uns geschlossen hat wie vor ihr der Eisenbahner —
neben den manches der alten Pracht ersetzenden Stehlampen, Sesseln und Fenstervorhängen aus den frühen fünfziger Jahren ist das aufgeschundene Kanapee, sind die verschlissenen Teppiche heimelig, ein großes weißlackiertes Möbelstück mit zugeklapptem Deckel gibt sich als ein Waschtisch zu erkennen, das also bedeutet: Kein Fließwasser!, und hier muß nun eine Nacht lang geblieben werden.
inmitten der dicken, nach Feuchtigkeit riechenden Mauern fällt mir ein, daß die Großmutter frigid gewesen sein soll, aber der große Spiegel ist, wie von Eisblumen überwachsen, so trüb, daß sich unsere Blicke nicht in ihm treffen müssen.

hoch oben am Plafond eine die Düsternis vertiefende Lampe, schmiedeeiserne Laternen sind oberhalb richtiger Nachtkastel angebracht, und sogleich hat ein noch gar nicht recht gefaßter Argwohn sich bestätigt: zumindest in einem steht ein Nachttopf — gewiß ist er in der guten alten Zeit ein Teil des Hochzeitsnacht-Grauens gewesen.
einschüchternd auch, wie massiges Chorgestühl, die Bettgestelle. so betrachten wir lieber die von Flecken versehrten Bilder der Jahrhundertwende (— ein Lichtblick, daß sie uns mit Zahnradbahnen, Bergpartien und übers Wasser geruderten Jagdgesellschaften hinaus ins Freie führen —) und die Wandmalerei, welche allein das Wasser gemalt hat.
um die Nelkenseife der Großmutter wieder zu riechen, öffne ich den Waschtisch, wie in den Kasten und Laden liegen auch hier Dachbodenluft und Modergeruch unvermischt nebeneinander —
entgegen dem sonstigen Bedürfnis, uns sofort mit allen Habseligkeiten einzuleben (und sei es für nur eine Nacht) und die Koffer uns aus den Augen zu schaffen, ist diesmal an ein Auspacken nicht zu denken: dies könnte uns in der Notunterkunft zu bleiben verpflichten.
damit endlich etwas getan wird, beginne ich von den Betten die voluminösen Pölster und Tuchenten Schicht nach Schicht abzutragen; trotzdem schwankt, als ich mich auf den Rand des Bettes setze, das Ganze wie ein Schinakel (die drei Lagen Matratzen müssen aber bleiben, sonst steigt man in es hinab wie in eine Truhe)
gehen wir etwas essen, morgen werden wir weitersehen!
hier ist das Bad!, sagt ein anderes Zimmermädchen, das auf dem Korridor, kümmerlich wie ein Luftschutzstollen beleuchtet, auf uns gewartet hat, und zeigt dabei auf eine Tür, auf der in Urkundenschrift ›Klosett‹ steht, wir folgen ihr über die Stiegen zum Restaurant hinunter (wie uns zur Warnung, daß einzelne Stufen unter den Teppichen verrutscht seien, knurren sie) —

hätten wir merken müssen (— wann hätte uns dergleichen gestört, wäre es uns überhaupt aufgefallen? —), uns wie ein Ehepaar zu betragen, das sein Ungenügen aneinander auf Nebensächlichkeiten abschiebt?

nach dem Nachtessen (— welch eine Plage muß es für die Mädchen der Dienstbotenzeit gewesen sein, die schweren Porzellankrüge mit heißem Wasser in die Zimmer zu schleppen —) fragen wir, ob wir nicht etwas warmes Wasser mithinaufnehmen könnten — heißes Wasser sei uns in der Zwischenzeit aus dem Badezimmer ins Zimmer gebracht worden. daß es dieses wirklich gibt (geheizter Badofen, Eisenwanne), darüber sind wir so erleichtert, als setzte ein Zimmer ohne Bad eine nie zuvor erprobte Intimität voraus — nun würde es uns gleich nichts mehr ausmachen, hinter dem Quastenvorhang gegenüber dem Bett eine aufgerichtete Mäusefalle zu entdecken.

im Schlafengehen rufen wir uns einige der desolaten Quartiere zurück, in denen wir schadlos übernachtet haben, vermutlich hätten unsere Freunde doch ein anderes Hotel gemeint, und beieinanderliegend erheitern wir uns mit Beschreibungen der Garderobe, mit welcher ausgestattet wir ins alte Österreich gefahren sind, um beim Souper mit den feinen Gästen mithalten zu können (— das Restaurant hat sich aber im Halbdunkel sehr angenehm ausgenommen —), die plausibelsten Beweggründe für eine dringliche Abreise wollen wir erst am Morgen überlegen, das Zimmer soll zuvor dem oft Wunder wirkenden Tageslicht anvertraut werden.

dann schleiche ich aber doch noch in die Halle hinunter, nach einem Fahrplan auszuschauen; die Eingangstür ist nicht zugesperrt, und unter freiem Himmel erfüllen sich im Licht des Feuerzeugs meine heimlichen Hoffnungen: wenige Schritte vom Hotel befindet sich eine Autobushaltestelle, in beide Richtungen gibt es wochentags mehrere Busse, und eine Straßentafel tut einen nur wenige Kilometer entfernten Grenzübergang kund.

wir können ruhig schlafen, sage ich dann, der Eisenbahner hätte es sich sparen können, uns mit seinem Schlüssel einen Schreck einzujagen, in aller Herrgottsfrüh wird uns ein Lieferwagen wecken, hier gibt es frische Frühstückssemmeln!
lange horche ich hinaus, um wenigstens *ein* Auto hinterm Haus vorbeifahren zu hören — wie leicht wäre einzuschlafen, wenn von der Uferstraße nur ein Scheinwerfer unser Fenster streifte, aber wer außer einem zu einem Kranken gerufenen Arzt sollte jetzt noch unterwegs sein, vielleicht erst wieder, sobald es Tag wird, ein Zöllner oder Eisenbahner.
und dann ziehe ich wieder mit einem Rucksack, voll mit Proviant, durch spanische und skandinavische Unwegsamkeiten, wenn nur endlich ein Fuhrwerk mich zu einer Behausung mitnähme!, erstes Mal, daß mir im Halbschlaf oder im Schlaf solche Bilder aus der Zeit lang vor uns neben dir zurückkommen.
aber nicht nur ich sorge mich in einem Haus, in dem einem in der Nacht auf Silber serviert wird, um unser Wohlergehen, denn früh am Morgen führst du mich lachend ans Stiegenhausfenster, damit auch ich einen Campingplatz und Kiosk vor uns liegen sähe, gleich scheint die Sonne ins Zimmer herein —
unter unserem Balkon erstreckt sich ein grüner, ganz klarer See, unberührt wie ein Fjord liegt er da zwischen Almen mit schönen Nadelbäumen, kein einziges häßliches Haus, ja, diesen Bergsee verdanken wir unseren Freunden!
und dann noch zu sehen, daß es einen Hotelbus gibt, und uns wird so wohlig müde, daß wir das Frühstück aufschieben und noch einmal schlafen gehen, einschlafend auch in die Wohligkeit gehüllt, daß das Hotel belegt ist (im Morgengrauen hatte ich, das kann keine Täuschung gewesen sein, im Stockwerk ober uns und auf den Stiegen so viele Schritte gehört, daß der Plafond und der Zimmerboden geschwungen haben wie Tanzböden), soll der Eisenbahner den Bahnhof absperren, sooft er will,

und dann fahren auch schon Autos vorbei, wohl auch Lastwagen, weil das Haus viele Male erzittert, Lastwagenchauffeure nehmen einen gerne mit, also wenn wir einen Ausflug machen wollen oder gerade kein Autobus kommt!
die Frühstücksveranda (— genauso wie der unsere hätte der Frühstückstisch der kaiserlichen Familie gedeckt sein können —) dürfte wirklich dem See aufliegen, in Wellen kommt das Tanzbodenschwanken über sie, aber das macht nichts: es durchbebt einen nur so lange, als man durch die dicken welligen Glasscheiben aufs Wasser hinausschaut, nach ein paar Schluck Kaffee ist unter dem aufgespreizten Fenster der Schwindel vorbei (falls das Geschlurfe frühmorgens nicht doch bloß Einbildung war, sind die vielen Nächtiger eilig weitergefahren — das unberührt gebliebene Geschirr wird von den anderen Tischen weggetragen nach der Bitte eines Kellners, die Störung zu entschuldigen)
auf der Seepromenade zeigt es sich, wie früh die Nachsaison begonnen hat: der Parkplatz unweit des Hotels ist leer, der Campingplatz bis auf ein kleines Zelt und ein großes, das von Pfadfindern abgebaut wird, nur noch an Gräberreihen gemahnende ausgebleichte Wiesenflecken, die Standeln am Ufer geräumt, kein einziges Boot auf dem See, und auf der Liegewiese des Strandbades liegt nur ein Hund — eine jähe und überschwengliche Freude, als wären wir erst nun miteinander allein; endlich wieder festen Boden unter den Füßen zu haben, in der frischen Luft und in der Sonne ist alles gut.
ist dir sehr schwindelig gewesen?
hinterm See ein Stück die grüne Alm hinauf; kein Jungvieh, verfallene Almhütten und ein leer stehendes Bauernhaus — könnte in diesem Grenzland ein Atomkraftwerk projektiert sein, oder werden die Einheimischen auch aus künftigen Naturparks umgesiedelt?
nach einem Umweg über den Campingplatz (im Kiosk gibt es nur mehr zwei Flaschen Wacholderschnaps und einige Tafeln Schokolade; in allen Feldern des Ansichtskartenständers

stecken vergilbte Zettel mit der Aufschrift ›Ausverkauft‹) kehren wir ins Hotel zurück und gehen es dann aufmerksamer als am Morgen ab —

unerklärlich und deprimierend, daß der wirtschaftliche Aufschwung der letzten Jahrzehnte an diesem einstmals gutbürgerlichen Haus vorübergegangen ist; ein schlechter Pächter kann nicht schuld sein, es ist, wie die dem Silberbesteck eingravierten und die den Servietten eingestickten Namen beweisen, seit Generationen im Besitz der Familie, das Restaurant gut geführt und mit Recht teuer, nie hätte man im eigentlichen Hotel solche Schäden sich ansammeln lassen dürfen: für einfache Gäste kostet es zu viel, für gutsituierte die Ausstattung der Zimmer und die sanitären Einrichtungen eine Zumutung (wie sollte die inwendig mit Sumpfdotterblumen verzierte Panama-Klosettmuschel gutmachen, daß nach dem Ziehen an der wohl von einem Kunstschmied angefertigten Kette Wasserbehälter und Rohr heftig tremolieren und von oben sich Wasser verschüttet wie aus einem Brunnen) —

vielleicht leistet sich der Besitzer seinen Großeltern zu Ehren dieses Haus als ein Kuriosum, er hat ja noch zwei andere Hotels! (in der Halle hängen deren farbige Prospekte und machen vielleicht dem unseren die letzten Interessenten abspenstig)

die Hotelgänge und Zimmertüren ein graugrüner Ölanstrich, längs des Plafonds dicke Rohre, die, an den Wänden in dünne Rohre sich verzweigend und wie Schlingpflanzen um die Türstöcke geführt, am Ende des Ganges in ein ganz dikkes Rohr münden, das den Fußboden durchstößt, auch ihr Anstrich blättert ab und die Gabelungen sind durchgerostet — wozu dies alles, wenn die Zimmer kein Fließwasser und keine Zentralheizung haben?,

und besser nicht in der Nacht da heraustreten müssen und dann wie in einem Angsttraum durch tote Heizhäuser und alte Strafanstalten irren, undenkbar, daß ein Rentnerverband mit diesem Haus einen Vertrag abschließt,

und dann gleicht es vor allem einem Schiff:
im Fußboden tut sich eine Falltür auf (und eine Kochmütze taucht auf), eine zweite wird von einer Frauenhand aufgeklappt (und so entdecken wir, daß zwei eiserne Wendeltreppen Keller und Waschküche beziehungsweise Küche mit unserem Stockwerk verbinden), in den Oberstock und den Dachboden führen an Strickleitern gemahnende Holzsprossen, die man in der Dunkelheit erst sieht, wenn einer der Bediensteten sie hinansteigt und eine Luke im Plafond aufstößt, gleich ist er hinter dem wieder blinden Fenster verschwunden.
am mittleren Nachmittag ist es, als wäre Land in Sicht, denn immer mehr Türken und Kroaten in weißen Ruderleiberln, so groß ist Altösterreich gewesen, kommen die Wendeltreppen heraufgeklirrt und klettern ins Dachgeschoß wie auf Masten, noch welche werden aus dem Küchen- und Kellergefängnis entlassen, auch jüngere Frauen, deren grau-weißen Anstaltskitteln und nackten Waden nachgestiegen wird wie in eine Zirkuskuppel, türkische, serbokroatische Rufe und auch Lachen, und das Dröhnen anlaufender Maschinen erschüttert das noch im Hafen liegende Schiff — oder wird auf diese Art aus dem lecken Schiffsbauch durch Notausstiege ans Himmelslicht zu flüchten trainiert?
da in unserem Zimmer drei jugoslawische Mädchen mit dem Aufräumen beschäftigt sind (— sie polieren die Porzellankübel, waschen auch die Bilderrahmen und überziehen frisch die Betten, obwohl das am Morgen schon zwei andere besorgt haben —), setzen wir uns auf den Balkon —
aus den Fenstern der Mansarden hängen, wie Schwalben aus ihnen zu klein gewordenen Nestern, schwarzhaarige Burschen heraus und lachen und reden zu den tiefer gelegenen Frauenfenstern hinunter — das Hotel ist aber nicht ein Erholungsheim für Gastarbeiter, es sind hier bloß (— nur wenige Zimmer werden für die Sommerfrischler freigehalten —) die Angestellten der drei Hotels untergebracht, allein in diesem

Haus sind dreißig Leute beschäftigt, denn hier wird, vor allem für die zwei anderen, gebacken, eingekocht und Wäsche gewaschen.
der orientalische Singsang kommt aus der Mehlspeisküche (dauert dort einmal bis in die Nacht fort, vielleicht damit während der Überwachung heikler Backvorgänge nicht eingeschlafen wird), die mehrstimmigen Balkanlieder aus dem Bügelzimmer, ausgestattet mit altmodischen Wäscherollen.
trotz der Rührung über diese, in Lebenden Bildern die frühindustrielle Epoche erneuernden Idyllen (— Rührung, die vielleicht der äußeren Genügsamkeit unserer Liebe entspringt, ihrer die Welt stabilisierenden Beständigkeit und Begabung zu Kontemplation —) bleibt fühlbar überall sonst ein Fatalismus, der gewiß nicht erst mit den Arbeitskräften aus den Ländern des Ostens hier eingezogen ist (und sich so ausnimmt, als wollte man eine schwere Krankheit durch angestrengtes Von-ihr-absehen kurieren):
obwohl außer uns und drei geistlichen Schwestern, die auf dem Campingplatz wohnen, die ganze Woche hier niemand zu Abend essen und frühstücken wird, wird jeder Tisch zweimal täglich umgedeckt, von den Kellnern durch die Fenster nach einem Schiff ausgeschaut, das, voll mit Gästen, heute wie gestern nicht kommt, besonders mitleiderregend, daß der Besitzer jeden Morgen frischgepflückte Alpenblumen auf die Tische stellt; im Lesezimmer (— es liegen mehr ausländische Zeitungen auf als in Wiener Stadtcafés —) sind untertags die Stehlampen und drei Elektrostrahler eingeschaltet, obwohl das Aufziehen der Vorhänge und ein Öffnen der Fenster dem unbekannten Leser, der hier wann immer sitzen wird, ausreichend Licht und Wärme verschaffen könnte (»beim Lesen darf es nicht ungemütlich sein!«, antwortet uns die Empfangschefin, die in der Halle auf und ab geht und uns zum zweiten Mal zu einer Beschwerde ermuntern will). und so sind auch lang vor Sonnenuntergang Speisesaal und Ne-

benräume mit Kristallustern erleuchtet, bloß weil die Sonne am frühen Nachmittag auf die andere Seite des Sees wandert und es daher hier schattig wäre, auf jedem Tischchen der Veranda ein von einem Kranz Glühbirnen durchstrahlter roter Lampenschirm —

welch schöner Anblick muß das in der Dämmerung von einem Boot aus sein, bloß *die* wären nicht auszunehmen, welche dies Lampionfest mit einem Imbiß feiern! (eines Nachmittags kommen aber wirklich zwei Reisebusse mit deutschen Pensionisten für ein frühes Abendessen)

damit wenigstens wir der Lethargie entkommen, mieten wir ein Boot — ein Stück hinausgerudert, ist mir, wie wenn wir doch erst jetzt festen Boden unter den Füßen hätten, wir schauen auf unser Schiff zurück, an dessen Balkonen statt Blumenkistchen Rettungsreifen befestigt sind,

und am Abend machen wir mit dem Motorboot eine kleine Rundfahrt, das pünktlich nach Fahrplan alle zwei Stunden anlegt und gleich leer abfährt (dem Verdacht, auch über dem Wasser schwebe der Geist des Hotels, wird vom Schiffsführer widersprochen: nur im österreichischen Seewinkel sei nichts mehr los)

daß die zwei Burschen der Bootsvermietung für nichts und wieder nichts allabends einige Elektroboote aufladen und allmorgens an die zehn Segel aufrichten; daß im Kiosk neben leeren Vitrinen eine Verkäuferin ausharrt, dies und ähnliches erklärt sich, sobald herausgefunden ist, daß alle Ferieneinrichtungen zum Hotel gehören, auch eine Jausenstation auf der Alm, betrübliche Abwandlung des Märchens vom Gestiefelten Kater —

das Personal scheint weniger laut Arbeitsvertrag auszuharren, als mit dem Hotelier den Glauben zu teilen, unangefochten von dem armseligen Jetzt müsse mit Gleichmut einer wunderbaren Restauration der guten alten Zeit aus eigener Kraft entgegengehofft werden, nur dann werde das Hotel am fünfzehnten September bis zum nächsten Sommer geschlos-

sen werden und nicht für immer (frühe Spätherbststimmung, die sich uns auf die Seele legt, als wäre die seit Jahren glückliche Liaison eines mit uns befreundeten Paares zu Ende)
auf dem Heimweg dringt vom Hotel Glockenläuten zu uns herüber: es ist nicht ein Ave-Läuten aus einem Radio, nicht die Zügenglocke der Kapelle am Straßenrand, es reißt bloß der Chauffeur des Hotelbusses an der neben dem Lieferanteneingang montierten Schiffsglocke, und da kommen auch schon die Wäscherinnen mit großen Bündeln angelaufen, das vergitterte Fenster der unterirdischen Mehlspeisküche geht auf, und ein nackter Männerarm reicht ein Blech nach dem andern mit schönen Strudeln und Torten herauf, auch zugedeckte Schüsseln, und das alles wird von den mittlerweile angetretenen Küchenmädchen und Hilfsköchinnen weitergereicht, unter Lachen einander auch zugeschupft wie einstmals Ziegel, aufgeheitert schauen wir ihnen zu.
beim Abendessen spüre ich, daß uns die Kellner mit genauso schwermütigen Blicken berühren wie die Aufräumefrauen, die, kaum daß sie unter sich sind, lachen und singen —
so möchte ich dir etwas Lustiges erzählen, denn wenn sie uns endlich ansähen, daß wir ganz unbeschwert sind, würden wir uns hier gleich noch wohler fühlen! (trotzdem erkundigt sich dann die Empfangschefin, ob wir das Fernsehen sehr vermißten, leider reiche inmitten von Bergen eine Zusatzantenne nicht aus)
in der Nacht, ich kann vor Seitenstechen nicht einschlafen, wird dir totenübel, du untersagst es mir aber, nach einem Arzt zu telephonieren. auf dem Balkon wird dir besser, so trage ich uns einige Tuchenten hinaus, wir schlafen unter freiem Himmel, bis es uns doch zu kalt wird.
aus dem auf den rasch umgebauten Betten als ein Provisorium für ein, zwei Stunden eingegangenen Schlaf weckt uns erst die Vormittagssonne: mehr sitzend als liegend, so wie in der Eisenbahn, lehnen wir aneinander, ein wenig zur Seite gesunken, und es brennen noch alle Lichter — wie wäre das

Zimmermädchen erschrocken, hätte es uns, noch tiefer und länger schlafend, so vorgefunden!
(in der Nacht sei dir plötzlich gewesen, erzählst du verlegen, am jenseitigen Ufer würde ein Alphorn oder ein Nebelhorn geblasen, und da habest du befürchtet, der verrückte König, der nicht weit von hier ertrunken sei, grüße dich von drüben)
beide sind wir so schwindelig, daß wir die Seeveranda meiden, aber nach den Schritten über die uns schwankenden Gänge schwingt auch das bergseitig gelegene Café.
am See sitzend, beobachten wir zwei Windsurfer, einen jüngeren Mann und eine junge Frau, bei ihren ersten Versuchen; sooft sie, endlich einander nahekommend, das Gleichgewicht verlieren, lehnen wir uns für sie in die richtige Richtung, zu wenig energisch, weil sie wieder voneinander weg ins Wasser fallen, so lange, bis sie lieber jeder für sich mit dem Wind und den Wellen zu Rande kommen, aber das macht nichts: *wir* lehnen fest aneinander, und ein Händedruck bekräftigt, daß wir einander der Fels sind, an den uns haltend uns nichts in der Welt in ein Schwanken gerät —
sollte aber manches von dem, was uns diese Tage verleiden könnte, auch etwas über uns bedeuten, so ganz anderes als das, was sich bei anderen auch in Urlaubskrisen ankündige: da mit diesem Urlaub unser Zusammenleben wieder für längere Zeit vorbei sei, wollten wir, so naiv und klug seien liebende Seelen, das Schicksal mit Hilfe von Urlaubsungemach dazu bewegen, uns lieber mehr gemeinsamen Alltag zu gönnen, wenn beiderlei Glück nicht zu haben sei, es müßte doch endlich vom Himmel die Vertrauensseligkeit honoriert werden, mit der ich in unserem ersten Rom neben dir erbrochen hätte, der von deiner Hand an meiner Stirn vertiefte Liebesbund erneuert nun davon, daß dir hier aus Sorge, meinem Herzstechen könnte sich eine dann Gefährliches anzeigende Übelkeit hinzugesellen, an meiner Statt schlecht geworden sei

(das denke ich bloß, du aber sprichst es aus: von dem schönen Reisekorb in der Halle schon bei der Ankunft an den Abschied gemahnt, wollten wir krank sein, um über unseren letzten Tag hinaus noch ein paar Tage zu bleiben, das sei es, was uns fehle)
langsam weitergehend, als ginge es steil bergauf, treffen wir einen Fischer; es gebe kaum noch etwas zu fischen, seit im Herbst der Wasserspiegel für die Elektrizitätswirtschaft um etwa vier Meter abgesenkt werde, keine einzige der im Hotel angebotenen Seeforellen ist mehr aus diesem Wasser, bald sind sie ausgestorben! (Forellen laichen im Spätsommer an den Uferwänden, so bleiben sie ohne Nachkommenschaft)
nach dieser betrüblichen Mitteilung wird uns leichter, das Bedrückende des Ortes beginnt sich wie ein Kriminalrätsel aufzuklären: es gibt keinen mysteriösen Niedergang, sondern *das* sei ein Opfer der Technik geworden, was von der Zivilisation unbeschädigt geblieben ist, wahrscheinlich kämpft unser Wirt dagegen, daß sie die schöne Landschaft in einem Stausee ertränken!
wir folgen einem Waldweg, von einem Blockhaus kommt eine junge Frau an den Zaun, sie sei die Tochter des Hoteliers — hier wohne sie, doch nicht in dieser Bruchbude auch nur eine Nacht, wir sollten uns doch von ihr zu den anderen Hotels fahren lassen, auch in dem mit Hallenbad und Sauna sei noch etwas Schönes frei, das ist doch kein Urlaub!
verblüfft verteidigen wir das unsere, als wären wir die Besitzer und sie ein unzufriedener Gast, wir hätten vieles liebgewonnen und blieben ihm treu, oder willst du übersiedeln?
(nicht ganz so gut wie dein energisches: »nein, wirklich nicht, wir bleiben gerne!« gefällt mir deine spätere Hinzufügung, das hätten wir uns früher überlegen müssen, auch wären uns Veränderungen von Bestehendem so ungut wie ansonsten Kindern — würdest du auch an unserer Liebe entschlossen festhalten, bloß um nicht eine Niederlage einbekennen zu müssen?)

die junge Frau aber läßt unser Haus mit dem nun doppeldeutigen Namen See-Ende nur als Notunterkunft für eingeregnete Campinggäste gelten, gottseidank habe die Behörde die Beherbergung von Pfadfindern und anderen Jugendgruppen verboten, sie jedenfalls ließe ihr Kind in so feuchten Mauern nicht hausen, lacht, als ich sage, über die Gänge rennende Kinderscharen würden es vermutlich zum Einstürzen bringen, und macht uns mit dem Kompliment, Gäste wie uns gäbe es so gut wie keine mehr, die seien längst ausgestorben, zu Stammgästen seit Kaisers Zeiten.

beim Abendessen (— weiß Gott, wie wir darauf zu sprechen gekommen sind —) will ich dir nicht recht glauben, daß der Priester vor der Wandlung die Worte ›Mysterium fidei‹ spreche, die geistlichen Schwestern, an deren Tisch ich nachzufragen trete, bestätigen es, und daß wir nun beide ›Mysterium fidei‹ gesagt haben, eins des andern Echo, stärkt mich in *unserem* Glauben: sein Geheimnis wird dauern, und diese Formel würden wir bei unserer Trauung sprechen.

dann lernen wir auch die jüngere Tochter des Hauses kennen, sie setzt sich zu uns und fragt ebenfalls nach, ob wir nicht umziehen wollten. der Bemerkung, der Hoteltrakt müßte doch zu renovieren sein, erwidert sie, vor zehn Jahren sei ihr Vater daran gewesen, umzubauen und Fließwasser einzuleiten, gottlob habe er keinen Groschen investiert; natürlich falle ihm der Abschied schwer, einzig ihre Schwester habe schon vor langem für die Errichtung eines Selbstbedienungsrestaurants plädiert, am Waldrand mit höchstens fünfzehn Beschäftigten, die Zeiten solch eines Betriebes seien längst vorbei; man werde ja sehen, wieviel Schadenersatz die Elektrizitätswerke AG und das Land zu zahlen hätten, die Entscheidung fällt dieser Tage, dann reißen wir das Ganze ab, gesprengt wird es werden!

das übrige ist schnell herausgefunden: durch das Absenken des Sees in den letzten zehn Herbsten sind an dem Gebäude ernste Schäden entstanden, Einsturzgefahr bestehe aber noch nicht (die gegen Zersetzung durch das Wasser präparierten Piloten des Pfahlbaues, der das Hotel zur Hälfte ist, sind nun einige Monate des Jahres der Einwirkung der Luft ausgesetzt, und davon morsch geworden, faulen sie im Wasser; aber das dürfte noch nicht alles sein: in Ufernähe verändert sich der Boden eines jeden Gewässers am stärksten, wie dann erst hier, wo ein See seines Selbstschutzes, ziemlich stabilen Wasserstandes, abrupt beraubt wird — sooft das Wasser abgelassen wird, rutscht Schotter nach, das Schneewasser schwemmt den Stein aus, daher haben sich die Fundamente verschoben und verschieben sich weiter, und so hat unser Hotel sich zu neigen, langsam zu wandern und wandernd zu sinken begonnen) —

jede Entdeckung allzu lange im Verborgenen sich verschiebender Konstellationen mag einen ängstigen (und sei es bloß die vor einem Wetterhaus, daß der Regenschirm-Mann und die Sonnenschirm-Frau über Nacht ihre Positionen getauscht haben), Liebenden aber macht das Jahrhunderte dauernde Verlanden alter Hafenstädte und erst recht das halbe Ewigkeiten umfassende Sich-entfernen der Sterne aus ihren Bildern Zuversicht, daß sie in gleichbleibender Zuneigung die allmähliche Veränderung ihrer Liebe nicht bemerken werden, keinesfalls den Tag erleben würden, an welchem diese nicht mehr die wäre, welche als ihre Liebe einzigartig gewesen sei —

nun, wo wir wissen, daß nicht Unberechenbares das kaiserliche Haus zugrundegerichtet hat, sondern daß es, auf unsicher gewordenem Grund errichtet, einem Naturgesetz zufolge zugrundegehen muß, gestehen wir einander die in unserem Zimmer aus Besorgnis, dies könnte die Sichtbarmachung von ganz anderem sein, totgeschwiegenen Symptome: der Fußboden eine nicht eingebildete Berg- und Talwanderung, ein paar Schritte, und er federt wie ein Brettersteg; je nachdem, wo wir den kleinen Tisch stehen haben, rollt ein Apfel schneller oder weniger schnell über die Platte, bloß in welche Richtung er rollen wird, ist ihm nicht anzusehen;

auch die Zimmerwände haben sich geneigt und etwas verschoben — so sind unsere Eingangstüren dem Türstock davongewachsen, dafür klafft vis-à-vis ein handbreiter Spalt der Oberlichten, die Balkontür, zu klein geworden, neigt sich zurück, und so stammen die Sprünge an den Wänden und der Riß zwischen einer Seitenwand und dem Plafond nicht von einem Erdbeben.
und nun auch die Kluft zu betrachten, die sich im Plafond genau oberhalb der Mittellinie unserer Betten dahinzieht und hinter der Vorhangwand sich vermutlich fortsetzt — wegen des herabrieselnden Ziegelstaubes werden die Betten täglich frisch überzogen!
ganz leicht ist uns nun inmitten des langsam wachsenden Untergehens, im Liegen wollten wir Wange an Wange in den Abendstern hinaufschauen können und wünschen uns einen Traum, in welchem wir über schluchtenbreite Risse in der Erde zum andern hinüberspringen,
Leichtigkeit, die auch außerhalb des Zimmers anhält:
die Einsiedegläser mit stockendem Bratenfett stünden auf den Fensterbrettern der Küche, weil der Neigungswinkel ihrer Oberflächen als Gefahrenindikator funktioniere, wohingegen der Hotelhund im Auftrag der Baubehörde instinktiv die Sicherheit des Hauses überwache (solange er nur vor den Türen der Zimmermädchen winsele, könne man ruhig schlafen); die Schiffsglocke sei nicht bloß eine Spielerei (greife das Rieseln im Mauerwerk auf das Gewölbe über, habe der Koch Alarm zu schlagen); die Elektroboote stünden zu unserer Evakuierung bereit, einen der Rettungsreifen aber würde, auf den Balkon geflüchtet, wählen, wen die Katastrophe im Schlaf überrascht hat, und die Küchenmädchen seien wegen ihrer Katastrophenerfahrung aus Skoplje hergeholt worden …
dann kehrt Badewetter zurück, wir erleben diese Tage in Dankbarkeit und Wehmut, auch im Hotel —
wir sind es, an denen die Kellner und Stubenmädchen von

ihrer Arbeitsstätte Abschied nehmen, indem sie, um sich ihre Dienstzeit in diesem Haus einzuprägen und ihren Dienst gut zu Ende zu führen, uns, den letzten Gästen des Hauses, das bald nicht mehr sein wird, all die Aufmerksamkeit zuwenden, die sie in besseren Tagen ohne Gemütsbewegung auf viele Gäste verteilt haben, und so würden sie alle in ihren letzten Verrichtungen zwischen Waschküche und Trockenboden dem ihnen zu spät lieb gewordenen Haus Abbitte leisten für alles das, was sie es manchmal geschimpft haben, verdrossen über die umständliche Arbeit.

nun macht es uns nicht mehr befangen, daß sich ihr Abschiednehmen bisweilen so ausnimmt, als wollten sie durch besondere Dienstleistungen vor allem uns unsere letzten Tage so schön wie möglich machen:

sooft sie, traurig aufschauend aus ihrem Tun, uns scheinbar mitfühlend ansehen, fühlend, daß sie dies und das zum letzten Mal servieren, zufällig uns; sooft sie uns schnell noch einmal das Bett umbetten, damit sie nicht, falls wir früher als vorgesehen wegführen, ein Bett unbedacht zum allerletzten Mal hergerichtet hätten, ist es gut, daß wir hierhergekommen sind,

und wie lieb ist es uns jetzt, in dem Bett zu schlafen, in dem bald nicht mehr geschlafen werden kann,

erst recht lieb uns der Gedanke, *uns* hätte sich dieses Hotelbett als seine letzten Beschläfer ausgesucht, um von niemand anderem in sein Ende geschlafen zu werden —

sooft wir in diesem nur noch wenige Nächte bewohnten Bett liegen, wünschen wir dem baldigen Gespensternachleben unseres Hier-miteinander-geschlafen-habens allen Frieden, niemand wird es in den Lüften aufstören und aus der noch um uns seienden Luft drängen mit einem uns ablösenden Darin-schlafen.

vom Fenster und vom Balkon schauen wir in den See, ein Jahr später, und wir könnten nicht mehr hier lehnen, um Seite an Seite in sein Wasser zu schauen,

und all diese Tage wissen wir, mit welcher Wehmut wir die Stiege hinunterbegleitet werden werden, bis zum Taxi, und mit welcher Wehmut auch wir von hier Abschied nehmen werden, von diesen Tagen, die nie mehr zu wiederholen sind
(und wie schwer erst wäre uns der Abschied von diesem Haus gefallen, wenn wir, zu ihm zurückschauend, zu dem bald in die Luft gejagten Schiff, auch schon wirklich gewußt hätten, daß dies unser letzter Urlaub gewesen sein wird)

ein Gekreuzigter am Rand einer blühenden Wiese, zu seinen Füßen ein Rosenstrauß aus Kunststoff, aber das hat schon seine Richtigkeit: Er, der, kaum auferstanden, schon wieder dahängt, darf auch nicht welken und verblühen.
sind die Gekreuzigten eine Domäne der Bildschnitzer, weil nur, wer in weiches Material schneidet, solchen Leiden gerecht werden kann, oder beherzigen jene seit langem nur mehr das Todesurteil eines Antiquitätenhändlers, der Auferstandene gehe nicht?
(wenig später darfst du eine Verwunderung lang vergessen, daß all diese Gekreuzigten eine sadistische Zurschaustellung sind körperlicher Schmerzen: ein Kind tritt an einen heran, streckt sich und läßt sich von seiner Mutter bestätigen, daß es ihm schon fast bis zur Seitenwunde reicht, nie wird seiner unschuldigen Abgestumpftheit ein Grauen aufsteigen, schaut es von seinem Teller zu dem Winkel mit dem Hingerichteten auf)
die hohe Zahl an Bildschnitzer-Kruzifixen in Südtirol, auf allen Spaziergängen hängen sie einem entgegen, alle Wege und Dorfplätze werden zu einem Kreuz-Weg, der einem wie im Traum offenbaren könnte, ein letztes Wunder wirkend, habe er sich viele Male kreuzigen lassen aus Mitleid mit all den Hinrichtungskommandos, denen schon wieder ein anderes zuvorgekommen sei —
sind diese Gekreuzigten noch besser als die wie in keinem anderen Alpenland beliebten Schäferhunde auch zur Bewachung von Weingärten geeignet,
wen oder was haben sie von Bauernhäusern, Scheunen und Ställen abzuwehren, wen von den Wanderwegen abzuschrekken,
wozu wird ihr Kreuz an Hausmauern genagelt,
haben sie manche Bergtour als schwierig zu kennzeichnen, da und dort einen Dorfbrunnen zu ersetzen, vertreiben sie im freien Feld als Medizinmänner Hagelschlag, bieten sie sich

an exponierten Orten Lawinen und Blitzen als Ersatzopfer an, steht auch einer auf dem Übungsplatz des Schützenvereines?
manch einem hat man einen Verschlag gezimmert, ein solcher Unterstand ist leer — ist sein Leichnam gestohlen worden oder ist er auferstanden?
(unter einem anderen Vogelhäuschen mit Leiche steht geschrieben, das Original hätten freche Diebe entwendet — verspottet, nun ja, gegeißelt und mit einer Dornenkrone gekrönt, das geht ja noch an, gekreuzigt dann, das ist sattsam bekannt, aber daß dann einer die Nägel aus seinen Händen und Füßen zieht, ihn vom Kreuz nimmt und wegträgt?! aber gottlob hat ein Ehepaar aus Westfalen, seit vielen Jahren in ... auf Sommerfrische, auf eigene Kosten einen neuen kreuzigen lassen)
einen haben sie wie einen Pfingstochsen und Palmesel aufgeputzt, fehlt nur, daß er eine Nelke in der Seitenwunde stecken hat,
einer ist sofort als der von den Kindern gequälte Dorftrottel zu erkennen, und eines Blechhaus ist außen grellrot, innen blitzblau gestrichen, warum nicht mehr Farbe ins freudlose Sterben: nun ist er beinahe nur wie ein Anstreicher angetropft, aber Blut bleibt trotzdem Blut!
viele haben im Sterben auch noch natürliche Verletzungen abbekommen, zu angegriffen, um nach der starken Sommersonne die Strafverschärfung: Nackt-mit-Schnee-ummauert-werden, Nackt-im-Schneetreiben-hängen an ihren letzten Zuckungen oder an ihren Leichen spurlos vorübergehen zu lassen, einem ist der Brustkorb gespalten wie einem geschlachteten Schwein, einen erdrückt ein Efeubaum mit starken Armen, eines Fleisch beginnt trotz der Auferstehung zu verwesen,
aber mancher ist, wenn man näherkommt, dann doch nur Straßenschilder und Orientierungstafeln, jeder Arm weist einen anderen Weg zu demselben Dorf

(in einer Wirtsstube mag sich einer nicht in dem vor fremden Blicken schützenden Herrgottswinkel verborgen halten, inmitten mehrerer Reihen von Rehgeweihen und anderen Trophäen hat man ihn aufgehängt, als wollte man sich auch derer erinnern, die vor ihm und nach ihm gekreuzigt, gehenkt oder erschossen worden sind)
während einer Autobusfahrt ins Schnalstal beginnst du sie zu zählen, auch um zu schätzen, auf wie viele ehemalige gute Hirten ein Schäferhund kommt, aber angesichts des dritten Hitlerhundes schon im ersten Dorf läßt du das Zählen und den Blick des Jägers sein, der ohne Umschweife allzu sicher auf ihre Lieblingsplätze trifft, auch wenn sie sich nicht rühren: ihre Zahl könnte allzu schnell die eines kleinen Konzentrationslagers erreichen!
(wie aber erschrickst du, beim Öffnen einer Kirchentür einem in Lebensgröße gegenüberzustehen, ein Scheinwerfer ist auf ihn gerichtet —
wie rasch du auch die Tür hinter dir schließt, bleibst du nach dem unvermuteten Blick in sein Gesicht von der Frage behelligt, ob dies der Ausdruck eines soeben Gestorbenen oder soeben Sterbenden gewesen sei, willst für lange keine dieser Folter- und Totenkammern betreten, in denen sich, dies Bild zu mildern, auch Liebliches wie vergoldete Puttenengel tummelt!)

dann die Obstplantagen abzugehen.
die noch ganz kleinen Bäume, an denen doch schon ein Apfel hängt oder sogar drei, möchten einen anrühren wie die Weihnachtsgestecke auf Gräbern (ein Windstoß, und die Glaskugeln sind zerschmettert), möchten einem eine Rechtfertigung sein der von Heimatwerken mit Hilfe bodenständiger Apfelsorten kümmerlich naturalisierten Christbäume,
aber da dann auch in den Reihen der größten keiner größer ist als ein großer Mensch und sie alle eher Weinstöcken gleichen (jedem Stamm entspringen in vielen Etagen, die unter-

ste in Bodennähe, symmetrisch je zwei Äste, als wären einem Gestell viele Obststellagen angeschraubt worden, keines dieser zweiflügeligen Gebilde hat einen Körper und eine Krone), bleibt nicht länger zu übersehen, daß sie alle, am Höhenwachstum künstlich behindert wie in Gerüchten hochbegabte Ballett-Eleven an der körperlichen Entwicklung, in diese Mißgestalt gezüchtet worden sind, damit sie dank der um Jahre vorverlegten Reife alle Kraft auf die Produktion von Eiern verwenden, Jahr für Jahr zwei weitere Eierstöcke treiben und so geartet von den Pflückern oder den mit ihrer Statur korrespondierenden Maschinen mühelos geerntet werden können,

von schwerer Arbeit ausgeschundene unkindliche Bergbauernkinder sind es, Grubenkinder mit verkrümmtem Kreuz und überdehnten Armen, was alles haben sie nicht zu schleppen an ihrem Vierundzwanzigstundentag!,

zusammengepfercht in engen Schlachtreihen wie in Viehwaggons oder wie in einem Verschlag die wirklichen Kinder, die, seiet fruchtbar und vermehret euch!, eins nach dem anderen als billige Arbeitskräfte produziert werden,

proletarisierte Nachfahren der Diana von Ephesos,

die Arme an das Kreuz gebunden, das sie in diese Krüppelgestalt zu ziehen hat

(nur die Rinder auf den Almen haben einen anderen Glauben —

allmorgens richten sie ihre Köpfe gegen Osten und bleiben, leise kauend, in dieser Versunkenheit) benommen von der Sonneneinstrahlung tagsüber, drehst du dich mit Herzklopfen in dem schmalen Bett, nicht viel schmäler als die Kammer, die eine Nacht lang, die du durchschlafen wolltest, in Prüfungsfieber hin und her, verwickelst dich in das Leintuch, von dem du zugedeckt sein willst, wie in verrutschte Bandagen, trittst es von dir, um es, von den Zehen gespannt gehalten, als ein Zelt über dich zu ziehen, da ein Mosquito, kaum daß du die Augen schließt, deine Schläfen streift, fächelst dir aber mit ihm, weiße Woge, Luft zu, sooft es dich an den Sack gemahnt, in welchem man einstens ins Meer versenkt wurde, läßt es, vom Kopf gezogen und an den Nacken und die Brust gedrückt, den Schweiß aufsaugen, bis du, so und so herum dich drehend, wieder in biblische Totentücher gewickelt bist, weg auch mit dem Vorhang vor der Tür, trocken-heiße Luft soll das feuchte Dunsten lindern.

zum freien Feld steht die Tür nun offen, und trotzdem siehst du alle Finger-lang auf die Uhr, ob du nicht doch wie in bloß für schlaflos gehaltenen Nächten schon ein wenig geschlafen hast, aber nicht einmal das Bild von drei vor einer Hauseinfahrt aneinandergeketteten Oleanderstöcken ist geträumt, nur der Wunsch nach Kühle hat es von einer Insel mit Blumen und Regen hergespült.

inmitten von Dürre auf einen Nachtschmetterling hoffend, läßt du zum Zeitvertreib die Zehen die Brandwunden auf den Fußsohlen betasten, die du dir, statt sofort in den Sand zurückzulaufen, während eines bald vor Schmerzen seufzenden Dahinschnellens über den schwarzen Lavakies zu dem immer weiter zurückweichenden Meer geholt hast, nicht glühende, aber brennheiße Kohlen,

langsam und schnell vergeht die Zeit mit ganz langsamen und ganz schnellen Herzschlägen und mit hellwachem Morgengrauen vor den wenigen Sätzen, welche du kurz nach

Sonnenaufgang und gut ausgeschlafen über den Sinn des Lebens in die Fernsehkamera sagen wolltest,
sich zu dem Augenblick der Wahrheit herzbeklemmend verengende Nacht, daß du keinen Sinn des Lebens weißt, seit längerem auch keinen für dich selber, und dir trotzdem die Flugreise hierher bezahlen lassen hast, um in einer Landschaft, die nicht einmal mehr für die Augen einen Schein von Sinn enthält, auszusagen, wofür es immer noch zu leben lohne, anstatt dir zu Hause vor deinen leeren Wänden einzubekennen, daß dir mit der einen Liebe auch die Fähigkeit, dich von Herzen zu freuen, vertrocknet sei, und längst todmüde beginnst du auch noch, jemals bereiteten Liebesschmerz von Herzen zu bereuen und zugleich jeden, der unglücklich liebt, um die Gewißheit zu beneiden, daß er lebt und den Sinn seines Lebens wüßte.
wie nur ist der Finsternis vor der Tür anzufühlen, daß das Meereshinterland jäh zu Bergen ansteigt? in der Tür lehnend und lieber dort den Schlaf und kühlere Luft erwartend, sehe ich Sterne, fremde Sternbilder, einer kommt den Berg heruntergefahren, und von Häusern, bei Tag nicht auszunehmen, trägt es das Bellen von Kettenhunden herein, einer heult, wie du es nie gehört hast, aus tiefstem Herzensgrund, einer kläfft, ohne sich zu erschöpfen, nur zuletzt heiser, an die zwei Stunden, wer geht um sein Haus, wer kommt so langsam wie der Morgen immer näher?
die Ziehbrunnenschreie eines Esels könnten die Gottsverlassenheit sein wann endlich gestillter Liebe, Hähne krähen (— wann hast du zuletzt, hast du jemals im Stockfinstern Hähne krähen hören? —), bald hörst du auch die Stimme eines Bauern oder Fischers und immer noch das Rasseln der Zikaden, nur was du für das Meer halten möchtest, ist Ohrensausen, anschwellend zu einem Glockenbimmeln macht es dich beklommen.
unter fortwährendem Gähnen wirst du dir endlich so schwer, daß du dich sofort in den Schlaf wegschwemmen lassen

könntest, ganz tief sänkest du auf seinen Grund — um nur ja nicht schlafend die Verabredung zu versäumen, beginne ich mich noch in der Nacht anzuziehen, wenigstens tropft nun das Wasser aus dem tagsüber toten Wasserrohr.
endlich kommt Licht über den Himmel, fahles Licht. dann liegen auch die strohigen Wiesen in einem rötlichen Dämmerdunst da wie nach einem Brand, und so machst du dich auf den Weg, vor Übernächtigkeit dir ganz leicht und ganz schwer, in einem weißen Hemd, das dich in der Morgendämmerung als ein Initiationsweiß, in dem blauen Schatten weißer als die frischgekalkten Bauernhäuser, umgeistert, aber auch kratzt und juckt.
an Schafen vorbei; das einzige, das nicht mit den anderen davonrennt, greifst du an, und was in den Feigenbäumen sich rührt, sind nicht Blätter, sind in die Äste hinaufgestiegene Ziegen, ein alter Bauer jagt sie herunter, wie aus einem Versteck.
den Hang hinansteigend durch splitternde Strohhalme, schaust du mehrmals zurück, endlich taucht das Meer auf,
als ein Blickfang, als ein sicheres Ziel für Heckenschützen bewegst du dich dahin, hin und wieder im Schatten von Gestrüpp und kleineren Mauern, um deine Bange in dem nun helldurchflammten Weiß zu beruhigen, und pfeifst vor dich hin, auch um die Sirene wegzupfeifen, deren intermittierende Signale nur du hörst, weil sie armseliger Sirenengesang nur in deinen Ohren zu hören ist.
sobald die Straße erreicht ist, oberhalb derer sie zwischen Büschen die Kamera aufbauen werden, setzt du dich auf die Böschung, nirgends ist etwas von den Fernsehleuten auszunehmen, langsam, aber kräftig schlägt dir das Herz gegen den Hals —
um wieviel rascher die Zeit der Sonne vergeht als die meine, eben noch hat sie das Meer berührt, und schon hat es sie vor deinen Augen durch den Dunst gezogen, rasch wie ein langsam steigender Heißluftballon gewinnt sie an Höhe, gleich

werden sie da sein und du zur Rechtfertigung deiner Gegenwart nichts vorzubringen haben, keinen Glauben, und wäre es der an die tröstliche Inselwelt der Kunst und den Augentrost Natur, dein letzter Sinn ist dir in der Schlaflosigkeit erstorben, nur ein Schwächeanfall, Blamage vor nur wenigen Augen, wäre als Aufschub der Prozedur deine Rettung.

unerwartete Beruhigung und Wiederherstellung dann, sobald du, nach dem Jeep aushorchend, eine weltferne Musik vernimmst —

obwohl sie nicht ganz aus dieser Himmelsrichtung herangetragen wird, nicht aus dieser Höhe herab, macht sie dich aufschauen zu der weißen Mauer hoch oben im felsigen Gelände, die du drei Tage lang für einen unvergänglichen Schneeflecken gehalten hattest, von welchem, Geheimnis des Glaubens, kühle Luft heruntergestrichen kam wie ein Vogel, bis du, den Schnee ungläubig zu berühren, zu ihm hinaufgestiegen warst durch das Lavageröll, dann aber, nicht bei Schnee-, sondern Kalkweiß angelangt, in seinem Schatten kleine Gräber daliegen sahst,

in einem buddhistischen Klosterhof könnte solche Musik zu Hause sein, und bald hörst du sie nicht nur, sondern siehst du sie auch,

nicht neutönende Äolsharfen ist sie, aber wundersame Windmusik, die sich heutiger Objekte als ihrer Instrumente bedient:

die Stützmauer der Straße entlang treibt die frische Morgenluft vom Berg herunter zwei Coca-Cola-Dosen, die, aneinander anstoßend und einander weiterstoßend, bis manchmal eine mit einem Gongschlag an der Mauer sich fängt und an ihr lehnend pausiert bis zum nächsten kräftigen Windstoß und sachten Anprall an die andere, ein helles Glockenspiel erzeugen, zu welchem mit Geisterstimmen der Wind singt, sei es in beider Hohlraum, primitiven Flöten, als eine Luftsäule eingeschlossen und von frisch zuströmender Luft in Schwingungen versetzt, die ein Seufzen sind siedenden Wassers und

das fließende Singen des Donausandes, sei es ihnen entlangstreichend mit lockendem Pfeifen, damit ihre Öffnungen sich ihm zukehren und er ihnen ein helleres Gespenstersingen einhaucht, verwandt dem von Muschelschalen festgehaltenen dunklen Meeresrauschen,
friedselig einander betupfend torkeln sie bergab, kollern ruhiger, Kreis an Kreis, in der wie ein Bachbett ihr Beisammenbleiben schützenden Straßenrinne,
und von der alle Übernächtigkeit aufsaugenden Morgenluft auch zu kleineren Sprüngen beflügelt, springen sie singend kleine Steinstufen hinunter,
tanzen, davon beschwingt, als rot-weiß-gesprenkelte Windrosen einander umtanzend, eine über die andere streichend und sich überkugelnd wie junge Katzen, zu ihrer Sphärenmusik, welcher als dritte (und erst aus nächster Nähe hörbare) Stimme das Scheuern unterlegt wird der von den Metallzylindern gestreiften Sandstraße,
ein so sachtes Knirschen das wie in einem Flußbett mitfließend sich drehende Kiesel, weil diese Spieldosen (— wodurch ja erst die Tonspuren der Steine und Sande ohne Stockungen auf die Walzen gelegt werden —) auf den verstärkten Rändern der Deckflächen auch wie auf Rädern rollen, dann und wann von Kieselsteinen behämmert wie ein Xylophon,
gleich wieder werden sie nach splitterndes Eis besingenden Sprüngen über größere Steine hinab zusammenklingen, als würde mit Weingläsern angestoßen, miteinander schwingend hinausgehoben über das Singen des Windes —
wie einem Wasserlauf, wie einem Wasserfall folgst du dieser Musik in die nächste Serpentine, und als ein kleiner Sinn des Lebens geht dir auf, möglichst vielem von all dem, wogegen auf den ersten Blick enttäuschte Erwartung sprechen will oder ein rigoroser Schönheitssinn, Gerechtigkeit widerfahren zu lassen durch eine seine und deine Existenz für Augenblikke rechtfertigende poetische Erfahrung

auf das Haustor zugehend, sehe ich auf dem Trottoir ein wie ein Brief zusammengefaltetes Blatt Papier liegen, quer darüber (— die Handschrift kommt mir so bekannt vor, wie mich die Sprache verwandt anmutet —) steht in blasser Tinte: »und das als kleiner Ersatz für die vielen nicht-gelesenen Abends-im-Bett-Vorlesungen« offenbar als einstimmendes Postscriptum geschrieben, und da habe ich auch schon an mich genommen, was, vielleicht aus einem unserer Fenster hinuntergeweht, vom anderen endlich zu beherzigende Liebesbedürfnisse enthalten könnte, überfliege diese Vermutung im Hausflur und im Lift:
vor gut einem halben Jahr, Datum 5. April, hat sich eine Studentin oder Dozentin hierhergesehnt aus Paris, wohl zu einem der ausländischen Studenten des Stockwerks unter mir — sein (vielleicht liebevoll verkürzter) Name liest sich zuerst italienisch, ist dann aber als polnisch zu entziffern. sie beklagt, daß er ihr nicht nachgereist sei, befindet Paris unerträglich laut und das Zimmer abscheulich, bei ... zu Besuch, habe nicht viel gefehlt, daß sie beim Gedanken an ihn vor Sehnsucht laut aufgeschrien hätte, vor Kopfschmerz (vermutlich aus Erschöpfung über das Ihm-fern-sein) könne sie kaum arbeiten — mehrmals ist das Wort ›Anruf‹ zu lesen (sie dürfte, statt zu arbeiten, das Telephon endlich sein Läuten zu läuten anflehen und es sich auferlegen, ihn nicht anzurufen und zu kommen zu beschwören),
so leidenschaftlich wie intelligent brandet einem ihre Liebe und Liebesohnmacht und Verwirrung darüber entgegen, daß man sie noch mehr als ihn beneiden möchte (— wann zuletzt hat man selber die Tage bis zum Wiedersehen viele Male am Tag gezählt, aus stoischem An-sich-halten hinweggerissen, wenn es einem versagt war, mit Liebesworten durchs Telephon sich ein wenig zu erleichtern? —),
aber am Schreibtisch Zeile für Zeile lesend, sehe ich, daß die-

se hingehetzte Seite die Wiedergabe eines historischen Dokumentes ist:
vom 5. April 1894 stammt das Original, und was du, ähnlicher Aufgerührtheit eingedenk, für ›Anruf‹ gelesen und an einer Stelle als kühle Abwehr aus Wien gedeutet hast (›kann ich mich wegen des Anrufs nicht auf den Vortrag vorbereiten‹), heißt ›Aufruf‹,
und anstatt eines ähnlich wie die Anrede zu Herzen gehenden Abschiedswortes oder irgendeines Grußes enthält die letzte Zeile in Klammer bloß die Erklärung, deren es kaum noch bedurft hätte, wäre nicht von einer so persönlichen wie zeitgemäßen Handschrift das hier und heute ungebräuchliche ›mein Gold‹ genauso beglaubigt worden wie ein Stil, welchen niemand mehr schreibt:
Rosa Luxemburg an Leo Jogiches —
daß sich aber jemand, statt es bloß zu photokopieren, für eine handschriftliche Wiedergabe von Gedrucktem Zeit genommen hat, läßt dich hoffen, wie aus einem Liebesbriefsteller sei abgeschrieben worden, was als poetische Verhüllung einen ähnlichen Seelenzustand sichtbar machen soll,
möge daher den Adressaten nach dem Befremden, von der unverwechselbaren Hand der Geliebten mit einem fremden Namen und Kosenamen liebkost zu werden, die Aufklärung des Rätsels ins Herz getroffen haben als nun erst zu Herzen gehendes Gleichnis!
(die Hinzufügung, dies solle ein Ersatz sein für die vielen nicht gelesenen Abends-im-Bett-Vorlesungen, dürfte eine verdunkelte Anspielung sein, Privatsprache der unbekannten Liebenden: vielleicht haben sie einmal, lieber einander lesend, in seinem oder ihrem Bett eine Vorlesung versäumt und sind bei dieser Umschreibung geblieben, Vorlesungen, die sie nun für einige Zeit versäumen müssen, getröstet darüber von der Lektüre ähnlicher Untröstlichkeit)

Tage später, am Abend vor der Reise nach Deutschland, schnüffelt mein Hund in der Dämmerung am Straßenrand an etwas Länglichem und für seine Schnauze leicht Beweglichem herum, während halbrichtigen Erkennens denke ich, wie bloß die Frau zu finden sein werde, der hier ihr Pelzkragen vom Mantel geglitten sei: es ist aber ein frisch getöteter Marder (— der Brief Rosa Luxemburgs fällt mir ein —), nicht nur Wiesel sind hier in der Dunkelheit unterwegs — langgestreckt liegt er auf der Seite da, keine Verletzung ist zu erkennen. ich nehme ihn auf, um ihn in ein Gebüsch zu tragen (er ist noch ganz warm und macht mir Bange, gleich würde er sich in meinen Armen rühren).
so etwas, wer hat ihn denn da hergelegt?, fragt ein alter Mann, der plötzlich hinter mir steht, ich hab ihn doch gestern dort drüben in die Wiese —
das ist nicht gut möglich, das muß eben passiert sein, er —
lassen Sie sehen — nein, er ist es nicht, das ist ein anderer!
jener liegt nicht mehr an der bezeichneten Stelle, so decke ich den, der vielleicht den Gefährten suchen wollte, ihm gefolgt ist ans Ende der Welt, mit Zweigen zu — von einem gleichen Tod ereilt, wird er mir mit ihm eins, nach der kleinen Weile eines zwischen ihnen liegenden Tages ausgelöscht mit ihm vereint (wieder fällt mir der vor kurzem geschriebene Brief Rosa Luxemburgs ein)

auf der Fahrt zum Flughafen kann ich einen Lastwagen mit der Aufschrift ›Poseidon. Luftfracht‹ nur mit Maßen zum Lachen finden, oder wollte man einer Firma, die zwischen oben und unten nicht zu unterscheiden weiß, seine Habseligkeiten anvertrauen, auf daß wer sonst als Poseidon nach ihnen die Arme ausstrecke, sie auffange und verschlinge, warum nicht gleich ein Flugzeug besteigen, welches Ikarus heißt! (und so heißt dann auch mitten im Frankfurter Flughafengebäude ein eingeglastes Café)

Altstadt von Bremen, spätabend. enge, nur vom Widerschein der Wirtshäuser und vom Lichtschein neben deren Türen angebrachter Laternen aufgehellte Gassen. das Ganze, vielleicht nach dem Krieg nach alten Ansichten wiederaufgebaut, könnte ein Potemkinsches Filmdorf, eine Bühnenstadt aus Pappe sein, träte man nicht in die lebendigen Düfte solch eines Puppenhauses ein. durch die Fenstertür, in deren Nähe du dann an einem kleinen Tisch essend sitzt, siehst du auf einen kleinen Vorplatz hinaus, Schnittfläche zweier perspektivisch verkürzt kaum breiter als der Tisch sich ausnehmender Gassen. das scharfe Licht eines brutal adaptierten Kandelabers zieht aus der Dunkelheit drei Kinder herbei, deren rote und blaue Strohhüte mit dümmlich aufgebogenen Krempen in dem Bühnenlicht glänzen. sie machen dich den schmächtigen Stamm vor dem Fenster sehen einer schütter belaubten Robinie, indem sie dem inmitten von Mauern und Pflaster wohl als wundersam empfundenen Baum ihre Begeisterung schenken — sie springen um ihn herum, sie umtanzen ihn, sie rütteln an ihm, fangen die niederrieselnden runden Blätter, der Baum ist keine Attrappe, wie Schneeflocken in ihren Hüten auf, zurückgebeugt schnappt der Bub mit der Zunge danach (in welchem Märchen nur werden Golddukaten von Bäumen geschüttelt?), wieder schütteln sie ihn und fangen (ach ja: Sterntaler!), was langsamer niederflattert, in ihren Mänteln auf, nicht ganz so tauglich wie die einstmals unter Obstbäumen aufgehaltenen Schürzen (Bild, welches sie aus heutigen Lesebüchern kaum noch kennen), und was an Laub um den Baum sich angesammelt hat, kehren sie mit den Fingern zusammen und nehmen es mit den Händen wie Hagelkörner auf, wie Wasser, von dem sie sogleich trinken werden, häufen es in ihre Hüte, drehen sich, mit gestreckten Armen an ihm sich festhaltend, immer schneller um den Baum inmitten seines Schneegestöbers und trockenen Niederregnens,

poetisches Bild, dessen du nicht recht glücklich werden

kannst, da die drei nicht selbstvergessen ihrem Vergnügen hingegeben sind, sondern dir, ihrem Publikum, immer wieder zulachen, Unschuld, die ihnen zu fehlen scheint (und die vielleicht auch in deiner Kindheit nur wenige Kinder gehabt haben), auch wenn sie, belebt von der Nachtluft einer lauen Oktobernacht, kaum eine Szene aus einem Kinderfilm imitieren, sondern im Spielen soeben Erdachtes jemand Fremdem vorzuspielen nicht müde werden, aufgeputscht zu immer ausgelassenerem Lachen von seiner sie befangen machenden Aufmerksamkeit, mitlachen solltest du, statt dir nur ein verlegenes Nicken entlocken zu lassen —

wie gern wolltest du deine Augen glauben machen, dein Mißtrauen sei unbegründet, die drei schauten nicht gierig nach dankbaren Zuschauern aus, sie vergewisserten sich bloß, vom Licht geblendet und irritiert von den spiegelnden Fensterscheiben, daß dies nicht ein verbotener Baum sei, wie gern ihnen glauben, nicht *sie* hätten allzu früh die Unschuld verloren, sondern du müßtest diese deinen Augen zurückgewinnen durch ein Absehen von der affektierten Kleidung:

nicht ein einziges Mal schwenken sie ihre Strohhütchen wie Fröhlichkeit spielende Kinder auf Kinderbühnen, verwenden sie bloß als taugliche Strohkörbe, führen jedenfalls gewiß nicht von alten Kinderbüchern inspirierte Kindermode mit einstudierter Kindlichkeit vor und könnten nichts dafür, daß die theatralischen Kleider natürliche Bewegungen behindern oder verfälschen,

ja und warum sollten aufgeweckte Kinder nicht, im Freien plötzlich in Bühnenlicht geraten und mit den Augen Bühnenluft atmend, ein dem Lampenfieber verwandtes Unbehagen mit übertreibender Ausgelassenheit abschütteln wollen,

was sonst wäre dies als stilistische Feinfühligkeit inmitten geschäftstüchtig veranstalteter Romantik und veräußerlichter Innigkeit, instinktiv Lügen gestraft etwa dadurch, daß ihr Baumballett und Erntegetue den Verdacht nahelegt, auch der Baum sei falsch!

Contrescarpe. den einstigen Stadtwall abgehend, ein Gelände mit Auwaldbestand um ein langgestrecktes Gewässer, stecke ich mir ein gelb-grün-scheckiges Pappelblatt in die Brusttasche, tausche es dann aber, nie zuvor habe ich solche Eichen gesehen, gegen ein handgroßes grobgefingertes Eichenblatt aus, mir bald ein Nachweis meiner Abstammung, wenn ich hier schon seit Tagen nach einem hanseatischen Gebäude, einstmals ein Speicher, also Schüttboden, Schütting heißend, auch im Hotel schwer aufzufinden bin, da mich der Computer, streng zwischen ›u‹ und ›ü‹ unterscheidend wie zwischen Pappel- und Birkenrinden, weitab von mir gespeichert hat: wie oft nicht haben mir die bescheidensten Eichen die Behauptung des Vaters bewiesen, Hirschkäfer seien auf Eichen angewiesen, in ihnen sichert er sich sein Fortbestehen in mir, alljährlich erscheint er mir in den späten Junitagen in fliegenden Hirschkäfern, mich an seinen Sterbetag zu mahnen, manchem mißlingt nach einem an Engel denken machenden Anflug der Zangengriff nach einem Eichenzweig, damit ich, ihn aus dem Liegen auf dem schweren Rückenpanzer befreiend, manches Versäumnis zu seinen Lebzeiten gutmachen kann!
wenig später eine Zusammenkunft mit Künstlern in einem Konzert junger Komponisten und Musiker. das Solokonzert eines Oboisten (— mit geschlossenen Augen bewegt er sich hin und her, weitausschwingendes Pendeln des Instruments und von ihm in die Luft gezeichnete Wellen und Achterbahnen —) mutet dich als der Traum eines Menschen an, zu einem Vogel geworden werde er sogleich auffliegen in traumhafte Flugsicherheit und in ein schwereloses Körpergefühl; dann wieder sucht ein Vogel, dem sie die Flügel gestutzt haben, sich zu erinnern, wie zu fliegen ist, gleich wird er es wieder wissen, denn während er zu einem Balztanz anschwillt, beginnt es unter immer rascheren Schnabelruckungen und unter kräftigem Lidschlag in den abgewinkelten Armen zu zucken, Stummelflossen oder Stummelflügel, denen sein Vo-

gellied als ein Wegweiser voranströmt (etwas anders dich setzend, hörst du dein Eichenblatt rascheln wie die Hühner im Stroh, es sieht wie ein Haselhuhnflügel aus) —
angesichts mißlingenden Fliegens eine freudige Belebung wie über einen unvermutet wiedergefundenen Bruder, als ein junger Bildhauer mit einem ähnlichen Blattfederschmuck, einem gelben und einem grünen Pappelblatt, in der Reihe vor dir sich schwer niederläßt und in das Glasdach hinaufstarrt, in den von Blattornamenten ausgesperrten Himmel,
Seelengeschwisterschaft, die noch einmal aufleuchtet, als er beim Abendessen im Rathaussaal (— nicht genug, daß dieser an eine einschiffige Kirche gemahnt, es hängen auch noch von der Decke wie riesige Luster ruderbootgroße Schiffsmodelle, in dem Geflacker der Kerzenleuchter schlenkern sie wie bei leichtem Seegang hin und her —) seiner Tischnachbarin von seinem größten Eindruck in Wien erzählt: ich brauchte bloß ›blonde Locken‹, ›Perlenkette‹ und ›darunter alles offen‹ zu hören, um von Freude bewegt zu wissen, daß es auch ihm die in einem Schneewittchensarg schlafende Medicäische Venus des Josefinums angetan hat mit den von mir besungenen rosa Lungenflügeln und wie Rüschen drapierten Gedärmen, auch ihn hat der Blick in ihr Innenleben schokkiert, weil auch er auf sie zugehend nur Augen für ihr schlafendes Gesicht, ihre langen Locken und zarten Arme und Beine hatte, in den welken Pappelfedern, in dem zerknitterten Eichenflügel sehen wir uns kurz an.

Hochhaushotel. während des Wartens auf den Lift im höchsten Stockwerk streift dich, unruhig von dem vielen Herumgesitze, mit einer draußen durchs Sonnenlicht gleitenden Möwe eine Erinnerung an das griechische Bergdorf, von welchem du rasch hinuntergelangen mußtest zu dem ansonsten für den Tag versäumten Schiff aufs Festland zurück: nach einem zaghaften Beginn in immer harmonischeren Sprüngen die Serpentinen eines Eselspfades hinunterspringend, hast du

eine nie zuvor erlebte Freude an Fortbewegung erlebt, hast in einem Himmelshöhen- und Meeresluftkoller über das zweierlei Blau und das Schneefeldweiß der Hafenmauern lebendiger als im Traum gespürt, wie zu fliegen ist und wie in Tiefschneeschwüngen einen Steilhang abzufahren, so trittsicher dies Dahinschnellen über mehrere Stufen und dies springende Wenden in den engen Kehren, daß du zugleich nach Delphinen ausschaust, so angstfrei vor Stolpern und Stürzen dies Hinabjagen auf das Wasser zu, daß du erst auf dem Schiff atemlos zu sein bemerkst, im Laufen vom Fahrtwind und Aufwind und dem trockenen Geruch der Macchia ganz trokken die Haut wie ein Segel,
hast schon das Fluchtweg-Zeichen entdeckt und beginnst im fensterlosen Stiegenhaus hinter dem in Pfeilrichtung rennenden Männchen herzurennen wie zu einer ansonsten versäumten Verabredung, kleine Feuerprobe, in deren stickiger Düsternis du immer langsamer wirst und auf jedem Treppenabsatz schwindelig einhältst, ab dem sechsten Stockwerk (länger ist dir, als plagtest du dich hinan) könntest du alle paar Stufen auf eine langstielige Rose treten (niedergetrampelt würden sie, wenn es wirklich brennte), getraust dich aber nicht, sie wie Strandgut, wie bei fallender Flut Hängengebliebenes einzusammeln —
wie groß muß die Liebe des heimlichen Überbringers gewesen sein, daß er, ohne es zu merken, so viele Rosen verlieren konnte, oder hätte er sie auf der Flucht aus einem alles überwachsenden Traum abgeworfen, sie der einzigen, die gewiß käme, in den Weg gestreut?

Hotelhalle. kleine Warnung: sie ist es nicht!, und zugleich ein freudiges Erstaunen, welch ein Zufall uns zu einer Zeit hierhergeführt hat — am anderen Ende der Hotelhalle sitzt im Profil eine jüngere Dame (Perlenkette, blondes Haar) in Unterhaltung begriffen mit einem älteren Herrn (Mikrophon haben sie aber keines zwischen sich stehen) in so ganz ihrer

Haltung, Mimik und Gestik, daß mich die aufgesteckten Haare nicht einschüchtern dürften; ein wenig zuzuwarten setze ich mich nieder (mir könnte sein, ich wäre in einem Garten). eine winzige Drehung des Kopfes, und sie kann ihr nicht bloß erstaunlich ähnlich sehen, noch eine Kopfbewegung, die mir für einen Augenblick fast schon ihr ganzes Gesicht zeigt, und sie muß es sein, mit jeder Bewegung und Drehung wird sie es mehr, obwohl ich vor ganz kurzer Zeit zum ersten Mal seit langem an sie gedacht habe.
sie spürt meinen Blick und sieht kurz herüber, hat mich nicht gesehen oder nicht erkannt, setzt sich etwas anders, genauso ist sie mir gegenübergesessen mit einer die Anspannung verhüllenden Anmut und Routine: meinen Augen, beinahe auf einen Blick haben sie sie erkannt, würde ich trauen, aber die mißtrauen noch immer dem Wunsch, sie solle es sein; oder wäre sie es auch dann nicht, wenn ich nicht wollte, daß sie es ist?
nun sitzt sie so, daß im Nachdenken ihr Blick geistesabwesend über mich hinwegwandert, sagt etwas, er beugt sich vor, sieht kurz herüber, und sie setzt sich noch mehr so, daß sich unsere Augen einige Male berühren — ich möchte ihr zuwinken, nicke ihr aber bloß zu und warte auf ein verläßliches Erkennungszeichen, oder wäre die geringste Unsicherheit, ob einer auch zuverlässig *der* ist, welchen man auf größere Entfernung in ihm sieht, ein Zeichen dafür, daß er es wahrscheinlich doch nicht ist?
und ob sie es ist! auch wenn sie sich nichts anmerken läßt, bloß fragend zurückschaut, stehe ich auf — als ob sie gewußt hätte, daß wir hier uns wiedersehen, ja als ob wir hier verabredet wären, sieht sie mir entgegen; ich werde mich entschuldigen, daß ich die Besprechung störe, damit sie mich bloß ein wenig verändert findet, denn je näher ich ihr komme, desto mehr scheint mein forschender Blick nun *sie* unsicher zu machen, ob ich es auch bin, ob auch *ich* es bin!
und dann stehe ich vor ihr, endlich ein Lächeln und freudige Verlegenheit.

ich bin es nicht, sagt sie leise, leider!
ich möchte etwas sagen, sie hält mir die Hand hin, aber das macht nichts, ich freue mich!
nichts, nicht irgend etwas Fremdes um Mund oder Augen, es ist auch ihre Stimme, nur warum sollte sie lügen, mit deutschem Akzent mich täuschen wollen, ach entschuldigen Sie, sage ich, ich bin nicht ganz sicher gewesen, aber jetzt könnte ich schwören, daß Sie es sind, es wäre mir merkwürdig gewesen, Sie nicht zu begrüßen, wo wir uns doch an solch einem Tisch gut geredet haben!
kopfschüttelnd lacht sie, wie nur sie lacht (und daher nicht wie sie), ich habe Sie für eine österreichische Redakteurin gehalten, Vorname Rosemarie, mit der ich krank in eine Lieblingslandschaft gefahren war, ich gesund mit der nun mit meinen Symptomen Behafteten zurück, es tut mir leid!
was mir, die Halle verlassend, zurückkommt: während ich zuwartend dagesessen war, hatte sich (—nicht als ein Bild, aber als dessen freundliche Aufhellung—) mein letzter Spaziergang durch den Wiener Volksgarten für Augenblicke dazwischengeschoben, aufgesucht wegen der bis in den Spätherbst blühenden Rosen —
auf einem Gartensessel, zwischen zwei Rosenstöcke gerückt, liegt mehr als sitzt eine ältere Frau in einen so tiefen Schlaf gesunken, daß das Hinauslehnen ihres Kopfes weit über die Lehne dich zu ihr zurückzieht, es ist schon kalt und dämmerig und nichts von betäubendem Rosengeruch in der Luft. pfeifend und schlurfend durch den Kies umkreist du sie in der Hoffnung auf ein Lebenszeichen, bleibst vor ihr stehen, deinen prüfenden Blick müßte sie doch spüren, nur wie sie anreden oder anrühren, wenn dies in dem gewünschten Fall sie zu Tode erschrecken könnte? eine Runde um das große Rosenbeet gibst du ihr Zeit, sich durch irgendeine Veränderung als schlafend zu erkennen zu geben, welch ein schöner Tod aber, sollte sie als ein Dornröschen eingeschlafen sein, und als ich wieder bei ihr angelangt bin, ist sie verschwunden, als wäre

sie gar nicht hier gewesen, hier gesessen vielleicht vor langem und, ganz woanders jetzt auf anderes wartend, sich nun plötzlich erinnernd an dies vor Gelassenheit dem Schlaf anvertraute Warten
(wird es seltsam sein, die Fremde aus dem Hotel auf dem Fernsehschirm wiederzusehen und sie ein österreichisches Deutsch sprechen zu hören? aber merkwürdig wäre das Ganze doch nur, wenn sie, ihr ähnlich oder nicht, mich an die richtige gemahnt hätte, weil diese an diesem Tag und in dieser Stunde ...; Gedanke, von dem mir erst leicht wird, als ich sie nach der Heimkehr in einer Live-Sendung wiedersehe)

Frankfurt. am späten Nachmittag in den Zoo; als letztes ins Affenhaus, in den Trakt der Menschenaffen: weniger ein Gefängnis, in dessen Zellen verblödende Schwermut herrscht, eher ein Heim für debile Kinder — gutgenährt spielen sie unter dem langweiligen Licht deines alten Klassenzimmers. ein Wärter tritt durch einen Hintereingang ein, schüttelt einen Schlüsselbund und ruft uns letzten Besuchern etwas wie ›Sperrstunde!‹ zu. die Insassen erkennen sofort seine Stimme, springen auf und nieder wie Jugendliche bei einem Pop-Konzert und schreien, den Mund zu einem Schalltrichter nach vorne gestülpt, ein schrilles Kirren, das einem wie eine Schulglocke durch und durch geht — trotz der geballten Fäuste ist es ein Freudengeschrei, welches er mit dem Licht abzuschalten scheint, denn kaum daß es finster ist, ist es still wie in einer weit fortgeschrittenen Kinderheim-Nacht, gleich liegen sie, allein oder in eines anderen Armen, auf den auch wie Stockbetten angeordneten Liegepritschen, in sacht schaukelnden Hängematten, aber die Schnelligkeit, mit der das Spielen und Turnen ein Ende hat, erinnert ja doch an den alten Turnsaal, in welchem dem Ruf: ›Fliegeralarm‹ ganz schnell zu gehorchen war,
liegen da als schwarze Schatten in einer milchigen Nacht, denn durch die Oberlichten fließt Mondlicht herein, freundli-

ches Nachtlicht eines Spitals, dessen Gitterbetten du langsam abgehst, um auszunehmen, ob sie dösen, sich schlafend stellen oder wirklich schon schlafen, plötzlich aber beginnst du dahinzuhetzen:
unbemerkt sind die anderen um eine Ecke gebogen, weit entfernt hörst du den Schlüsselbund des Wächters — so rasch also könnte man unschuldig in ein Zuchthaus gesperrt sein, und welch eine Nacht würde man in ihrer Mitte auf dem Steinboden hinbringen, ausharrend in einem wachgehaltenen Dämmer, damit man nur ja nicht in Schlaftrunkenheit einen an eines Gitter lehnen sähe, aus dem Schlaf gerissen von den auf einen gerichteten flinken Verbrecheraugen!
im Mondlicht durch den Tiergarten zu gehen, immer weiter vom Ausgang in Steppen und Buschwald abgetrieben. über die Büsche hinweg, durch die Bäume trägt es aus dem jenseitigen Dunkel fremde Laute und Gerüche herüber — da die zugehörigen Häuser und Gehege nicht auszunehmen sind, könnte sogleich angeschlichen, angesprungen, angeflogen kommen, was soeben geknurrt, geheult oder gegähnt und gepfiffen hat, aber da fliegen, von deinem Pfeifen und deinen Schritten aufgestört, bloß zwei Wildenten auf, andere, im Halbschlaf redend, lassen dich ausschauen nach dem Teich des Türkenschanzparks, unter einem vertrauten Nachthimmel singt auf einem fremden Baum eine Amsel.

Darmstadt. in einem französischen Garten den gewölbten Plafond eines luftigen Pavillons von den frischen Fußspuren welcher Raubkatze nur bedeckt zu sehen, es sind aber nur die Abdrücke eines Fußballes — wann wird im Frankfurter Löwenhaus ein couragierter Besucher im Namen der gleichberechtigten Menschheit das Königsrecht der Löwen (VORSICHT! MÄNNLICHE TIERE SPRITZEN INS PUBLIKUM!) durch einen Ausgleichstreffer sich nehmen?
auf dem Weg zum Hotel in großen Lettern HOCHTIEF von Holzplanken zu lesen, tut weniger etwas von deutscher Seele

kund als von eines Neigung, zwischen zweierlei Wirklichkeiten hin- und herzuschaukeln in der schwer berechenbaren Erwartung, daß mit einem unerwarteten Schwung aus den Unterschiedlichkeiten hinaus der Überschlag gelingt, Ähnliches, während es einen aushebt, plötzlich einander gleich oder nur Gleiches am Drehpunkt eins,
aber das seit dem Brief Rosa Luxemburgs labile Gleichgewicht, von ja und nein ähnlichen Verwechslungen und Analogien genährt, scheint sich in der Hotelrezeption zu stabilisieren, in den zwei Messingtellern einer ausgedienten Küchenwaage, von welchen zwei gleiche Papierblumensträuße als gleich ungewichtig ausgewogen werden: damit man ein ausgeglichener Mensch würde, müßte man in den Schalen einer Apothekerwaage zwei Sorten Rosen in zweierlei Stadien der Blüte durch unterschiedliche Mengen Licht und Wasser so behutsam austarieren, bis sie endlich einander glichen wie ein Vogelflügel seinem anderen!

Rosen. zu Hause wartet vor meiner Tür ein verschnürtes Paket auf mich, dessen Leichtigkeit und Anonymität mich beschweren könnte, wäre ich nicht erleichtert, daß dieses Jahr nicht ein welk auf der Fußtacke liegender Blumenstrauß (wie für jemanden niedergelegt, der hier nicht mehr lebt) meinen Geburtstag noch näher an den Allerseelentag heranrückt:
die Schachtel ist mit knisternd zersplitternden rötlich-braunen Blättern gefüllt (Heilkräuter, Schlaf- oder Herztee, speziell für mich gemixt?), an ihrem Geruch als Rosenblütenlaub zu identifizieren (— wann nur habe ich angesichts eines Hagebuttenstrauchs überlegt, wie Rosenblüten aussähen? erst ›Rosenknospen‹ zu murmeln, hatte mir eingegeben, daß Rosenblüten Rosen seien, Ausfallserscheinung, welche einen auch schon mit Fünfzig erschrecken müßte —), und in der Mitte dieses Rosennestes ist Zerbrechliches zu ertasten, es könnte eine Christbaumkugel oder ein ausgeblasenes Osterei sein, ist aber ein Weinbergschneckenhaus — ich lasse es fast fal-

len, denn aus ihm scheint Frischausgeschlüpftes sich in die Hand zu schlängeln, nichts als (— da erschrecke ich über das wahnhafte Zurückweichen vor dem Anschlag eines Verrückten —) durch die Erschütterung hervorgeholte, von vertrocknetem Schleim umsponnene und nun wie Erde bröselnde Überreste. die ausgestreute Rosenspreu zusammenkehrend, möchtest du wieder in dem Geburtstags-Venedig sein, in welchem du, um dreißig Jahre jünger und der Hänsel- und Gretel-Erfahrung vergessen, daß Bodenmarkierungen aus Kukuruzkörnern von den Tauben davongetragen werden, dir den Heimweg leicht gemacht sahest von zehn-Lire-Münzengroßen Plättchen aus durchscheinend dünnem Seidenpapier.

wie aus einem sich vergrößernden Rucksackriß von der Riva weg immer dichter aufs Pflaster geschneit der richtigen Gassen bis zu deinem Quartier, Rosenherbst um deine Füße, denn der Aufwind jeden Schrittes hob die dir nächsten vom Boden und ließ sie, rote Flugkörperchen, nach einem Gleitflug wieder niedergehen,

drei Tage haben sie, zwar täglich blasser und weniger geworden, dich sicher heimbegleitet, bis dein nur scheinbar an ihnen sich orientierendes Ortsgefühl durch die Entdeckung gelähmt war, daß dergleichen in einem größeren Umkreis in allen Gassen, auf allen kleinen Brücken und Plätzen verstreut war,

und dann das Ganze wie einen Haufen Federn zusammenballend zu einem winzigen Häufchen Rosenasche (hättest du dir etwa ein Rosenlager streuen sollen?) kommt dir noch anderes zurück:

die Blutsspritzer und Blutstropfen, deren Spur du in einer anderen Stadt durch einige Gassen gefolgt warst, immer dringlicher hoffend, es würde bloß Lack oder Malerfarbe oder wenigstens ein frisch geschlachtetes Schwein sein, nur nichts Verendendes, bis sie dann an den Stufen vor einem Lebensmittelgeschäft zu Ende waren, schon weggeschafft der alte Mann, der bis zu seinem Zusammenbrechen nicht gespürt haben dürfte, daß ihm am Bein eine Ader gerissen war, gestorben nicht an dem hohen Blutverlust, sondern an einem Schädelbruch, so scharfkantig der Stein!

am mittleren Nachmittag abzufliegen, beinahe so bald wie nach einer Bahnfahrt in den Heimatort bei nur wenig tiefer stehender Sonne in einem etwas späteren Vorfrühling anzukommen. im Flughafengebäude, klein wie der Heimatbahnhof, mit der dritten und letzten der dafür mitgebrachten Münzen die Telephonnummer zu erreichen, die man sich (— der kleine Zettel könnte verlorengehen —) auch aufs Handgelenk geschrieben hat, das vereinbarte dreiteilige Losungswort (Pepe-Masson-Terminal) zu sagen und es, da der heiser Antwortende nicht zu verstehen ist, bis in den Pfeifton des Telephons zu wiederholen.
sich dann bei dem großen gelben Briefkasten (— nicht wie angegeben links, sondern rechts vom Ausgang montiert —) einzufinden und, brav an ihm lehnend, dem Kleinwagen mit der leicht merkbaren Kennzahl entgegenzuwarten, nicht lange: die Autoschlüssel werden einem ausgehändigt, zu unterschreiben ist nichts und kein Ausweis vorzuzeigen.
das betagte Auto springt an, und so ist dann zirka siebzig Kilometer der im Flugzeug auswendig gelernten Reiseroute zu folgen, liebenswürdigerweise von einer Kinderschrift unter Aussparung von Ortsangaben in Anlehnung an den Schulaufsatz ›Mein täglicher Schulweg‹ dargeboten (»... das Meer entlang bis zu den großen Schiffen, ... bei der letzten Palme der Palmenallee vom Meer weg auf Windmühlen zu, ... die Bergstraße hinauf, an jeder Abzweigung den grüngestrichenen Laternen folgen, ... die Serpentinen so lange fahren, bis das Meer durch die Bäume deutlich zu sehen ist, ... Haarnadelkurve hinter einem Tennisplatz, ... über den Sattel, und wenn rechterhand auf einer Halbinsel ein Leuchtturm blinkt«, — er tut es, es ist dämmerig geworden —, »über eine Brücke in unsere Bucht hinab«).
nicht bloß mangels anderer Häuser ist dort das eine leicht zu erkennen, dessen überbelichtete Photographie man vom Mit-

telsmann zu sehen bekommen hat, wie vier Vogelnester sitzt es in mittlerer Höhe an einer Felswand, nur durch eine kleine Straße vom Meer getrennt, aber man hat nun andere Sorgen, als sich an einer felsigen Bucht zu erfreuen und ihren Sonnenuntergangswolken —

mit den vielerlei Schlüsseln ist an dem schweren Gittertor leicht zurecht zu kommen, in einem Felsstollen der Lift gleich gefunden, nach rascher Fahrt hinauf findet man sich wieder in einer geräumigen Höhle, von der ein Felssteig ins Freie führt, geht auf die im Dunkel liegende Tür zu (—eher eine Kellertür, aber nur die kann es sein—), bloß der Wohnungsschlüssel sperrt nicht, keiner der viele Male durchprobierten Schlüssel — könnte nicht einmal die Bucht die richtige sein?

ein Zuruf mit Nachhall aus unbestimmter Höhe, wie in einem Weinkeller gehen bunte Lichter an, ein Engländer steht neben einem, doch zur Rede gestellt, weiß man den Namen des Vermieters wieder, er weist in eine Felsenkammer und geht.

wieder ein namenloser Eingang, eine Eisentür, die einem aber, als sie unter metallenem Dröhnen und Scheuern in kleinen Rucken aufgeht, als etwas so Abweisendes (—Absicherung eher eines unterirdischen Golddepots als einer Grabkammer—) die Scheu nimmt, die man ansonsten vor dem Öffnen und Betreten einer sich seit längerem überlassenen Wohnung hätte, überhaupt wenn man sie nicht kennt und trotzdem eintreten soll, als gehörte sie einem —

vor Durst nur froh, sogleich wo auch immer zu Hause zu sein und dort endlich den viel zu warmen Mantel loszuwerden, greifst du im Eintreten nach deinem Lichtschalter, hast nicht danebengegriffen, nur daß nun das kleine Vorzimmer eine große Veranda mit vielen Sitzmöbeln ist und das Meer hinter der Glaswand trotz seines Abendschimmerfriedens so befremdlich, wie wenn man in der eigenen Wohnung an der doch immer kahlen Wand ein Bild hängen sähe, aber das Be-

sitzergreifen von einer fremden Wohnung, das Sich-Einleben auf Zeit, hat begonnen:
dank dem dich weiterdrängenden Durst hast du nicht viel davon bemerkt, nicht einmal die (in einen Keller führende) kleine Tür inmitten von roh behauenen Felsen, oder willst bloß davon nichts merken, um die Ungewißheit, die sich bis zur letzten Tür erstreckt, rasch zu durchschreiten, so unbehaglich ist dir, weil du allein bist, allein schon die eingesperrte Luft und das schwache Licht, wünschst dich auf das weit draußen beleuchtet vorbeiziehende Schiff, wolltest lieber in einem bloß zweckmäßigen Hotelzimmer heimisch werden müssen, das, weil es niemandem gehört, jedem gehört, nur was sollte hier schon sein als schlimmstenfalls eine verweste Maus oder eine durch eine Glasscheibe gestürzte Möwe!
schnell auf die nächste Tür zu, auch sie ist versperrt, aber leicht aufzusperren; nach dem Lichtschalter hineintastend, wirfst du etwas zu Boden, klirrendes Metall, es ist ein Schöpflöffel, und erst im Licht des Feuerzeugs findet sich tief unten an der Wand, als wäre man ab diesem Raum bei Zwergen zu Gast, ein Lichtknopf, an einer anderen Wand ein zweiter und ein dritter Schalter für Spots auf einen Herd mit Abzugschacht und für zwei Schiffslaternen mit rötlichem Licht,
wie könnte ich diese Kombüse mit Barhockern an einer Frühstücksbar vorausgeträumt haben?, trete, um mich zu erinnern, ein paar Schritte zurück, stürze beinahe Steinstiegen hinunter, in ein im Halbdunkel liegendes Sitzzimmer, offenbar, denn was wie Eisberge aus dem Dunkel auftaucht, sind auch nicht versteinerte Gäste, sondern bloß von weißen Überwürfen verhüllte Fauteuils, um einen offenen Kamin wie ein Femegericht angeordnet, und es riecht auch nicht nach verkohltem Holz.
Durst und Hunger seien vor dem weiteren Lokalaugenschein zu beschwichtigen, zuvor bloß alle Lichter aufdrehen, drei Türen führen weiter — mich dessen auf einen Blick vergewissert zu haben, muß vorderhand genügen, zumal eine, freund-

lich aus Glas mit weitabgesetzten Holzlatten dahinter, durch sie hindurchzuschauen gewährt auf eine Terrasse, die im Mondlicht ans Meer stößt.
davon gestärkt zum Eiskasten — er ist so leer, wie leer ich ihn nachts von einer Reise heimgekehrt anzutreffen gewohnt bin, und trotzdem hatte ich auch diesmal gehofft, ich oder Freunde hätten ihn vorsorglich angefüllt, aber im Küchenkasten (— nicht weiß, sondern braun, oder wäre auch der meine braun gestrichen? —) ist mit einem Griff der Notproviant zur Hand, die Kekse sind es, die ich schon so über habe, daß sie, wenn sich sonst nichts mehr findet, gewiß noch da sind, aber wo wäre die Kondensmilch? der Honig schon wieder eingetrocknet, wer allein lebt, kauft besser ein kleines Glas. also einen Löffel zu einer Scheibe Knäckebrot, es wird leicht zu ersetzen sein, und gewiß wird niemand, mich schon gar nicht, ›wer hat von meinem Honig ein Löffelchen gegessen?‹ stirnrunzelnd fragen können. Sand oder Rost aus der Wasserleitung, aber das Wasser ist dann frisch.
über dem Meer ist es ganz dunkel geworden, schwarze Wolken, und so müßte für den Abstieg über eine Felsenstiege zu meinem Schlafzimmer (von der Terrasse soll sie zu dessen Balkon führen) eine Taschenlampe gefunden werden — ganz froh lasse ich das Suchen sein (— der Abstellraum wird nächsten Tag hinter einem als Küchenkasten getarnten Zugang zu entdecken sein —), lege mich auf einen Diwan und decke mich mit dem Mantel zu, gehe dann aber doch noch nachschauen, was hinter der dritten Tür verborgen liegt, die kaum wie die schmale wieder nur zu einem Bad mit Klosett führen wird: es ist ein winziges Schlafzimmer, hat vergitterte Fenster, und so bleibe ich dabei, das mir zugedachte erst bei Tageslicht zu betreten, auch wenn es nicht das sein würde, in welchem mich, wenige Stunden nach seinem Tod, weniger die imaginäre Gegenwart des schon weggeschafften Vaters beklommen gemacht hat als der Gedanke, daß es nicht mehr sein Zimmer wäre, will auch noch wissen, ob der eine Kasten

eine Bar ist mit vielerlei Getränken, lasse ihn aber geschlossen, weniger aus Respekt vor fremdem Eigentum, es ist mehr das Mißbehagen, das man hätte, von den Wahnvorstellungen eines Geisteskranken, in einer Schachtel als seine Schätze gehortet, den Deckel zu heben.
im Einschlafen lächerliches Um-mich-horchen. da ich nicht behalten habe, wie die Wohnung angeordnet ist, wohin die zwei Türen der Veranda führen, soll nach einer genaueren Begehung dieser Etage mein Schlaf vor überraschenden Geräuschen sicher sein, gehe pfeifend und mit lauten Schritten alle Winkel ab, nichts fährt auf, keine Katze, und sperre die Türen, die abgesperrt waren, wieder ab, lösche auch das Licht, um mir nicht zur Nacht ein Bild von denen zu machen, mit welchen nun zusammengelebt wird wie mit Gespenstern,
fremde Wohnung, fremdes Privates, innerhalb dessen man sich wohlfühlen soll, aber nicht so, wie fast zu Hause sich fühlen darf ein auf Ferien eingeladener Freund der Familie, nicht einmal wie ein für eine Nacht beherbergter Fremder, wenn man den Hausherrn noch nie gesehen hat und wohl auch nie kennenlernen wird, ja man ist, obwohl man wie in Beherbergungsunternehmen bezahlt (—zwar nicht pro Nacht, sondern pro Tag—), nicht einmal wie ein Hotelgast Gast, da mit Hilfe einer Señora Anna, ihre Telephonnummer liegt auf dem Tisch, nach zehn Tagen spurlos zu verschwinden ist, auf daß die Eigentümer durch nichts an eines hier verlebte Tage und Existenz erinnert werden, sobald sie, für den Sommer zurückgekommen, in das Bett steigen, das sie für Geld mit einem geteilt haben, was sonst als: zuletzt auch sich selber hinausgekehrt zu haben, könnte die häßliche Wendung ›die Apartments besenrein übergeben‹ bedeuten!
unbekannt sollen dir *die* bleiben, mit deren Gespenstern du ja doch in ihrer Einrichtung, in ihren Gewohnheiten und auch in ihrem Lebensgefühl zehn Tage zusammenleben wirst, hoffentlich friedlich und zivilisiert, wohltuend daher zu denken,

daß du dich nicht bei Gastgebern zu den Mahlzeiten pünktlich einzufinden hast, sondern Tagesausflüge machen kannst und machen wirst, wie es dir paßt, und eine gemietete Wohnung habe einem gemütlichen Landgasthof wenigstens eines voraus: daß kein Wirt, um ein wenig zu plaudern, an den Frühstückstisch trete,
und trotzdem fühle ich mich am ersten Morgen in der weitläufigen Wohnung von der Allgegenwart der Abwesenden beengt, es könnte ja doch eines Tages wie in dem Traum, der tote Vater stehe in der Tür und werde sogleich die verschenkten Habseligkeiten zurückverlangen und sein Bett, einer von denen eintreten, denen dies alles gehört, und mich hier vorfinden, so wenig selbstverständlich ist es mir noch, auch das Recht gemietet zu haben, ihren Kamin zu heizen, in jedem ihrer Fauteuils zu sitzen und die Aschenbecher erst am letzten Tag auszuleeren —
alles, was man benützen kann, ohne daß es davon weniger wird, gehört auf Zeit nun mir, und da mir die Höhe der Miete so erklärt worden ist, daß die Wohnung für vier Personen gedacht sei, dürfte ich auch in den anderen Betten schlafen, in beiden Badezimmern duschen, aber es wird mir von neuem unbehaglich, sooft ich der Wohnung anzufühlen vermeine, daß sie nur ausnahmsweise vermietet werde, auch wenn mich in den großen Räumen vor allem die Bewegungsfreiheit beengt, die mir daheim in meinem Zimmer fehlt oder richtiger: nicht fehlt, so gesammelt lebst du dort innerhalb seiner bescheidenen Ausmaße und seiner geweißelten Wände,
Blick auf die Weite des Meeres und Himmels hinaus, und du fühlst dich anders beengt,
aber mit Hilfe der Drohung, auch einem allein müsse es gelingen, inmitten fremder Bilder heimisch zu werden, widrigenfalls wäre abzusperren und in ein Hotel der Hotelstrände umzuziehen, raffe ich mich aus der Schwermut auf, wie angenehm es hier mit ... zu wohnen wäre, denke lieber nach, was alles wir längst ins Wohnlichere verändert hätten:

Spaziergang ins Dorf, Herbeischaffung von Lebensmitteln, der Eiskasten belebt sich, und mein Schlafzimmer wird mein, indem ich dort meine Sachen herumliegen lasse, kein Zimmermädchen wird sie vom Fußboden aufheben müssen, und das zweite Bett mit Blättern und Zweigen mir unbekannter Sträucher belege und mit schönen Steinen aus den Buchten,

ja und nun wird es mir auch beinahe vergnüglich, mich mit den Hausbräuchen vertraut zu machen (— nach manchem greife ich aus Gewohnheit in die falsche Lade, manches findet sich wie im Traum, manches erst nach Fragen wie: wo wäre ... aufzubewahren plausibel?, manches mit Hilfe hypothetischer Eins-Werdung mit den Fremden: wohin nur habe ich ... gelegt?, Reminiszenz ans Versteckenspielen und das Spiel Hellseherei —),

auch gibt es noch kleine Rätsel zu deuten —

warum stehen Kerzenleuchter selbst in den Badezimmern? hüte dich, heißt das, vor den elektrischen Installationen, rühr das Fernsehgerät nicht an und schließe keinen der Radiatoren an, deck dich lieber gut zu und bring ein Feuer zustande! (die Steckkontakte hängen aus den Wänden, die Drähte sind brüchig, das erste Funkenspringen läßt du dir gesagt sein)

wieso findet sich nirgends eine Schere? weil Scheren, auch wenn du bloß Papierstreifen schneiden wolltest, etwas zu Intimes sind, als daß man sie für Unbekannte zurückließe!

wieso ist George Sands Bericht über den hier mit Chopin verlebten frostigen Winter in mehreren fett-fleckigen Exemplaren vorhanden? weil manche der Sommergäste dies als eine Strandlektüre kaufen, aber ohne den blutspuckenden Chopin zurückfliegen wollen!

gegen welche Insektenplage stehen in jedem Zimmer Insektensprays bereit? (an dem bergseitigen Fenster des anderen Schlafzimmers ist, wie in Eisenbahnen zum Schutz vor Zugluft und Sonne, ein Netzrollo angebracht, aber schon jetzt,

Anfang März, fallen, von wo immer, fleischige Mistkäfer auf die Terrasse; einmal strebt etwas Schwirrendes über den Zimmerboden unter einen Kasten, ich schaue nicht nach)
dergleichen Beobachtungen machen allerdings manche Angleichung der Wohnung an meine Bedürfnisse wieder zunichte, ganz ähnlich, wie ein bemalter Totenschädel plötzlich ja doch nur ein Totenschädel ist, und um diesen Rückfall in unverhüllte Fremdheit gutzumachen, mache ich es mir gleich noch gemütlicher, um es hier wirklich ganz gemütlich zu finden, von einem Ausflug müde heimgekehrt:
der Geschmack des Hauses hat mich nichts anzugehen, aber da ich lieber hart sitze, entferne ich von den Möbeln, in die ich mich abends der Reihe nach setze, die üppig blühenden Sitz- und Stützpölster (— ich darf dies nur nicht rückgängig zu machen vergessen! —), von dem großen Fenster mit dem schönen Meer und dem weiten Himmel dahinter nehme ich die auf Spitzen gestickten Pfaue,
und angesichts des eleganten Kaminbestecks (alle Arten von Schürhaken und Zangen mit Goldknäufen hängen an einem drehbaren Ständer) ist es mir beim Feuermachen ein Zeitvertreib, darüber nachzudenken, was für ein Temperament man wohl ist, wenn man abgebrannte Zündhölzer in die Zündholzschachtel zurücktut.
allein zu sein gewohnt (und auch um in Ruhe hier zu arbeiten), bist du allein hierhergekommen, und trotzdem machen die vielerlei Sitzmöbel und Streckfauteuils auf der Terrasse dir Skrupel für deine Ungeselligkeit, bedrängend nun die Scheinanwesenheit der hierher geladenen Freunde, zu deren Unterhaltung du nichts beizutragen hättest,
und je länger du die Bambus-Schaukelstühle in der Veranda ausprobierst und die Sitzecke um den Kamin (zehn Personen könnten sich hier lachend und redend zusammendrängen), desto unbehaglicher wird es dir mit dir, als veranstaltetest du für dich allein eine spiritistische Sitzung, machst dich daher auch an einem Regentag für eine längere Wanderung davon,

damit der träge Blick aufs Meer sich nicht auch in dir verfestigt.
endlich eingelebt vor dem Feuer zu sitzen, der naßkalte Tag hat dies Wohlgefühl bewirkt, und gleich wieder will es dahin sein, bloß weil plötzlich eine Katze da war und als ein körperlicher Schatten auch schon wieder verschwunden ist, wie sie könnte auch ganz anderes ...,
glücklich daher die Entdeckung, daß die Empfangsfrequenz des eingestellten Radiosenders (sie ist auf einer dem Radio aufgeklebten Karte ohnehin genau festgehalten) nur ganz wenig verändert zu werden braucht, damit Mozart oder Beethoven oder Bach bis in die tiefe Nacht den Blick aufs Meer begleitet!
einmal im Aufwachen in aller Früh, statt sogleich dem Meer und den darüberhängenden Wolken mich zuzuwenden, in den Plafond hinaufzuschauen, in die mit Maurerklampfen festgemachten schwarzen Holzbalken, und schon könnten sie auf mir lasten, aber was ich dort oben klopfen höre, immer langsamer wie das eindringlich schwächer werdende Herzklopfen eines Holzgeistes, ist schnell als ein nachlassendes Tropfen ins Zimmer identifiziert, über den geneigten Steinboden ist der Nachtregen bald abgeflossen
(im Weiterschlafen auf dem Diwan des Sitzzimmers träume ich, es läute bei mir zu Hause an der Tür, Stimmen und Schritte kämen näher, und dann stehen wirklich drei Männer da, vorangemeldet von der nicht wieder gesehenen Katze, einer mit einer Werkzeugkiste, einer mit einem großen Schlüsselbund — sie brauchen sich nicht um eine Erklärung zu bemühen, steigen wortlos in mein Schlafzimmer hinunter)
am letzten Morgen, der der Tilgung meiner Gewohnheiten gilt, will mich ein frischer Rosenstrauß, in der Nacht von Unsichtbaren auf den Tisch gestellt, erschrecken, aber ich habe bloß zehn Tage lang die Seidenblumen nicht recht wahrgenommen

London. erst viele Jahre nach der ersten Bekanntschaft mit London im Englischunterricht zum ersten Mal vor den Stätten zu stehen, die damals Wort geworden sind, und sich unversehens auch in dem Kind von damals zu befinden — mit eigenen Augen das damalige Dunkel erhellend, fühlt man totes Schulwissen sich beleben und sieht doch auch die schemenhaften und falschen Kopfbilder wieder, die erst solche Anschauung ganz auflöst (von der Vokabel »clock tower« wie von einer Erkenntnis durchrieselt, in einem Uhrturm sofort den Big Ben zu erkennen, den man also doch nur eine Vermutung lang für eine berühmte Kanone gehalten habe), fast so belebend wie die durchlüftete Stadt, dem damals auswendig gelernten und leer vor sich hergesagten Spaziergang durch das alte London unbeschwert zu folgen.
National Gallery. ein Wiedersehen wie im Traum, endlich denen wirklich gegenüberzustehen, die man in ihren Abbildungen seit langem bei sich wohnen hat — auch wenn sie kaum größer oder kleiner sind, als man sie eingeschätzt hat, stellt angesichts nie zuvor wahrgenommener Reize respektvolle Scheu sich ein, gleich aber ist man aufs neue und ganz neu entzückt von der unerwarteten Tiefe des Zimmers, von der so zarten Haut; eine Erholung von diesen kleinen Erschütterungen und erst recht von der Anspannung vorher, man könnte im Augenblick der Wahrheit enttäuscht sein, ist es, von solchen auf einen Blick angetan zu sein, die einem bis dahin gleichgültig waren; anders erholsam, an einem Stilleben *das* anziehend zu finden, was man ansonsten nicht haben mag (etwa daß gemalte Äpfel wie die von Courbet so sehr nach Äpfeln riechen, daß man auch anderes zu riechen vermeint). stille Insel, auf der sich die Aufmerksamkeit restauriert für die Überquerung von Straßen, die nicht mit der menschenfreundlichen Aufschrift »Look left«, »Look right« versehen sind.

die größte Überraschung der Tower: kein bedrückendes Gemäuer, nichts hat er an sich von blutiger Geschichte und erstickenden Kerkermauern, ganz zart ist er und licht, feingliedrig und hochgewachsen nimmt sich dieses Schloß aus, auch wenn es ein Quader aus Mauern ist mit zylindrischen Türmen! seine Zartheit teilen seine Bäume, die sich, nie hätte ich welche an diesem Ort vermutet, im Wind wie Uferweiden bewegen. auf den auf die Themse gerichteten Kanonen sitzen Spatzen.
Oxford. bei der Ankunft, als sollte dies die Vorgabe für eine Ausspracheübung sein, Vollmond, Vollmond in Oxford und viele Feuer zur Feier von Guy Fawkes, noch schöner davon der Oxforder Honigmond, doch zur Beschwörung des gun powder plots nebelt zuströmender Nebel auch die Straßenlaternen ein, nur die Hand vor den Augen kann man sehen.
am Morgen an Professor Halleys Haus vorbei — welch eine Leistung, durch solch einen Nebel Sterne zu beobachten. in der von Christopher Wren gebauten Kuppel, Sheldonian Theatre, von einem Fenster an ein anderes zu treten und in den Nebel hinauszuschauen, in der Hand den Plan, auf dem genau eingezeichnet ist, was alles zu sehen sein sollte an näheren und ferneren Gebäuden — von einem Fenster sind Nebelhorn blasende Schattenfiguren auszunehmen in einer milden Meeresströmung.
Bodleian Library. wie in einem Leichenschauhaus von den Tischen mit Glasaufsätzen die schwarzen Tücher wegzuziehen, sich über das unter Verschluß Gehaltene zu beugen und es dann wieder zuzudecken. ein Tränenbrief, in dem von herzerleichternden Tränen geschrieben steht, auch von den Tränen, die auf dieses Blatt getropft seien — nicht hinweggetrocknet die in diesen Worten festgehaltenen Herzensseufzer des Dichters.
draußen im Hof das Standbild eines Geharnischten. von seinem Eisenhelm fließt ein Spinnwebenschleier, von Nebeltropfen glänzen gemacht wie ein Kettenhemd; den in Metall-

handschuhen steckenden Händen gelingt es nicht, die Fesseln zu zerreißen: so zart gesponnene Spinnweben sie, daß die Last der Tröpfchen sie nach unten zieht.
Südengland. als eine der schönsten Landschaften, die es gibt, möchte sich einem die Weite der westlichen Himmel erhellen, über England erscheinen die Bilder der milden Luft und des Himmels am reinsten, welch ein Panorama, welch luftige Himmelserscheinungen! der rasche Wechsel der Himmelslandschaften macht das, was sich darunter erstreckt, ihnen angehören als ihr Beständiges und ihr Vorland.
englischer Himmel! in all seinen Regungen und wechselnden Stimmungen gibt er sich als ein freier Himmel zu erkennen, von sich durchlichtet hat er eine Höhentiefe wie kaum ein anderer, reicht anders als ein Hochseehimmel an den Horizont und hat das grünste Wiesengrün, das man sich denken kann, auch im November unter sich liegen, ein in solcher Frische unter einem blauschwarzen Himmel stechend grünes Grün mit anders grünen Bäumen.
englische Parklandschaft! unter einem niemals lastenden Himmel, an dem milchige Farben sich immer neu auflösen und zusammenschließen, ein Wiesenland, dessen Weite auch sichtbar wird, wenn weitläufige Hecken die Wiesenstreifen zu einem welligen Wiesen- und Heckenland verbinden, fühlbar bleibt sie wie die des Himmels, sooft sich Bäume mit reichen Kronen wie Wolken in das Wiesenland schieben, zu kleineren Wäldern sich weitend, durch Wiesenland ziehen,
grüne Weite, zu der die welligen Wiesen unter den von blauen Himmelsstreifen durchtrennten Wolkenzügen sich zusammenschließen, sooft so oder so geschichtete Steinmauern Weideland gegen anderes Weideland absetzen oder, wie der Schatten von Wolken, eine Reihe von Eichen in die Wiesen gleitet, Wiesenland mit kräftigen Laubbäumen in so schön komponierten Gruppen wie die Wolken darüber,
Mischwälder, verteilt wie über ihnen die Schönwetterwolken, treiben durch die hellgrüne Weite, zwischen den Laub-

kronen, leichtgewichtig aufgetürmt wie Haufenwolken, schön entwickelte Zedern und andere exotische Bäume, bis hinab reichen ihre weit ausschwingenden Zweige, höher hinauf reichen in den Himmel ihre Wipfel und die Äste von gleich schönen Föhren, frei atmende Wälder, jeder Baum hat, als wäre er eine Sommerwolke, um sich eine Lichtung, dichtere Wälder, in die, sie von unten durchlichtend, Wiesen einströmen und Büsche wie sich lichtende Nebelhimmel,
Eichen- und Ulmenalleen, durch die man auf freistehende Bäume, auf freischwebende Wolken sieht (manchmal ist eine Schirmföhre eine Wolke), nur so kann beschaffen sein das Land der schönsten botanischen Gärten!
auf sonnigen Wiesen, natürlich gewachsener Rasen, wird Golf gespielt, auf von Bäumen und Büschen umfriedeten Fußballplätzen, grün wie bei uns die Felder mit sprießendem Wintergetreide, hinter dem rasch wechselnden Licht hergelaufen, ein anderer Sportplatz ist weiß von Möwen,
und wie gemächlich wird unter diesem Himmel mit gemächlich die Weiden, Wiesen und Waldränder entlangstreichenden Wegen geweidet! auf diesen Weiden ist auch den Rindern ein kräftiges Fell gewachsen für den milden Winter, für die nassen Wiesen, in denen sie nachts auf den Bäuchen liegen, ganz gemächlich weiden sie bis in die Nacht, grasen still sich in den Schlaf, nur die Kälber legen sich früher schlafen, und lang vor Sonnenaufgang sind sie wieder am Grasen. kleine Bäche, denen das Auge am liebsten entlangschweift und aus denen sie trinken, sanft durch die Weiden streifende Bäche, die in manchen Senken aus sich in die Weidewiese treten, zu solchen Wasserstellen ziehen gemächlich kleinere Herden, und wie in sich gesammelt erst die Schafe! so rasch, wie langsam sie weiden, scheint das Gras nachzuwachsen, mit den Wolken die Wolle, ein ganzes Weideland, Hügel nach Hügel, bedeckt von langsam weiterziehenden Schafen, und viele Steinmauern werden und sind von Hecken und Büschen überwachsen, die Steine von einem hellgrünen Hauch. hin

und wieder aber auch Schweineweiden — da den Schweinen kein Fell wächst wie Moos auf den Steinen, gibt es dort viele Reihen ganz kleiner Hütten, jedes Schwein hat sein eigenes Haus.
ein paar Reiter! über kleine Bäche wird gesprungen und niedere Hecken,
und das alles in das Licht getaucht des englischen Himmels, das, wie mild es auch ist, jeden Grashalm sichtbar macht und die Schatten schärft wie bei uns nur im Herbst die tiefer stehende Sonne —
näher, als es ist, vermutet man das Meer, als würden von ihm die luftigsten Wolken, die es gibt, ganz luftige Körperlichkeit, in den Himmel hinaufgestoßen, so steil steigen sie hinter dem vor dir liegenden Bauernhaus in den Himmel, als läge gleich dahinter das Meer, immer nur eine taubenflaumweiche Wolke steigt in die Luft wie nacheinander ausgelassene Tauben, streckt sich zu einem Segel oder verdichtet sich zu einem Luftschiff, aber auch aus den Bäumen, die in den anderen Himmelsrichtungen stehen, zieht es welche hinauf in den Himmel, so luftig sind sie, daß man durch sie hindurch in den blauen Himmel zu sehen vermeint, in unterschiedlichen Höhen legen sie sich nach vorne, auf den von der darunter hinwegstreichenden Himmelsluft geglätteten Bauch, nach dem gedehnten Sprung aus dem Wasser langsam in den Himmel eintauchende Delphine, schwimmen, durchhängend, viel tiefer im Himmel, als man es kennt, nur im Flugzeug und im Hochgebirge ist man Wolken so nahe, auch davon wird der Himmel vertieft, zumal auch andere, von weiter herbeigeschwommen in dieses Wiesenland mit Wiesenbäumen, in höherer Höhe und größerer Schnelligkeit über einen hinweggezogen und davongetragen werden, dahin und dorthin von einer selbst innerhalb einer Wiese unberechenbaren Strömung, ganz blauer Himmel nun, aber nicht für lange:
meergrau, möwenweiß, blauschwarz- und sonnengerandet, kommt ein Inselbogen, kommt eine luftige Inselwelt auf einer

flachen Luftschwebebahn ins Blau geflossen, so flach, daß das, was ansonsten an den Eichen hängenbliebe wie eine Schleierflosse, als ein Sonnenschauer sich ergießt, als ein sonniger Sprühregen, der die Blätter und das Gras so grün macht,

atlantischer Himmel, an dem, was an anderen Himmeln sich in Schönwetter- und Schlechtwetterwolken teilt, einträchtig beisammenwohnt und an dem alle Tage zusammengehört, was bei uns nur zusammentrifft, wenn zweierlei Wetterzonen sich überschneiden!

Dublin. durch viele Schichten rostbrauner Wolken, durch rauchige Nebel, schön anzuschauen, schiebt sich die Sonne, viele Male wird sie hinweggeblasen, viele Male läßt mitten hinein in die rauchigsten Wolken sie sich gleiten, um sinkend aufzutauchen, aus partiellen und totalen Sonnenfinsternissen geht sie, mondhelle Sonnensichel, als eine Vollmond-Sonnenscheibe hervor, auch aus den Rauchfängen der Häuser zieht es braune Schlieren; aber erst im Abendnebel riecht man den Torf- und Kohlerauch, vermischt mit dem Geruch der Guinness-Brauerei.

Book of Kells. Silence!, steht vor der Bibliothek des Trinity-College geschrieben, obwohl dort niemand lesen darf und dies dort auch nicht könnte. ein schmaler hoher Schiffsrumpf mit gewölbter Bretterdecke, liegt sie in künstlichem Dämmer da, Verdunkelungen vor den Nebelfenstern, aber zwei bleiche Reihen erlauchter Geister weisen einem den Weg ans andere Ende des Saales, wo von der angeleuchteten Decke Lichtstrahlen heruntergelenkt werden von kleinen Spiegeln, kein Buch und keine Bücherwand darf von Licht berührt werden. auf schwach beleuchtetem schwarzem Samt ist das Book of Kells aufgeschlagen, festgehalten in etwas wie einer Mäusefalle, einmal im Monat wird umgeblättert; rostigbraun das Pergament, vielleicht nur in diesem Dämmerlicht. die allmählich an die Finsternis in den anderen Vitrinen akkommodierten Augen entdecken dort nackte schwarze

Einwohner von New-South-Wales, einen wie ein Imker maskierten Räuber mit Pistole, in Düsternis stirbt Captain Cook (Erstausgabe) unweit ehrwürdiger Erdkarten — das Bild dieser Seefahrer von den Ländern, zu denen sie segeln wollten, kann nicht dunkler gewesen sein. Photographien aus der Pionierzeit der Photographie — in dem Dunkel sind sie so nachgedunkelt und von Schlieren eingetrübt, wie sie im Tageslicht verblaßt wären.
feuchte Dunkelheit, schwach beleuchtete, ganz finstere Gassen, Straßenzüge von Ruinen, Halbabgerissenes aus Ziegeln, aber das löst in einem verqualmten Pub sich auf, anheimelnd das Gedränge — ganz langsam dreht sich am Plafond ein zweiflügeliger Ventilator aus Holz; später durchs Fenster hinauszuschauen, auch in sein Spiegelbild, das über einem kleinen Platz gleich langsam sich mitdreht, aber dort draußen die Kraft eines Flugzeugpropellers hat: die Sträucher und den Baum reißt es hin und her, Blätter werden durch die Luft gewirbelt.
in dem offenen Kamin am Fußende meines Bettes, so klein ist das Zimmer, brennt ein Torffeuer, der Geruch nach Rauch ist ganz rein, erste Nacht, die ich in einem von einem kleinen Nachtwache-Feuer durchwärmten Bettzeug schlafen werde; es würde erst ausgehen, sagt die Gastgeberin, wenn ich längst schliefe — in einem trübe Nachtgedanken aufhellenden Halbdunkel einzuschlafen und im Tiefschlaf zu verlöschen, so sollte es einmal sein!
(Kindertraum, als ein Nachtwächter und ein Heizer ein Wohlbehagen zu bereiten, welches in den Schlaf dringt: leise in fremde Schlafzimmer eingedrungen, Holz nachzulegen, und lange bevor die Schläfer aufwachen und aus ihrem Schlaf aufstehen, die erkalteten Gänge und Zimmer zu erwärmen mit ganz leise in die Öfen geschütteten Kohlen)
aber auch die irischen Himmel! je nach ihrer Beschaffenheit sind die Hochmoorseen (—manchmal so schmal, daß mehrere nebeneinanderliegen wie ein Fischzug—) von stechen-

dem Blaugrün, von sattem Blau, ganz trübe Spiegel oder ganz schwarzes, stumpfes Wasser wie die Bahnen der Torfstechereien, und sieht man an einem stürmischen Tag von einem Karstberg auf diese Seen hinunter, schwankt auf ihnen das Bild des Himmels hin und her: Schwarz fließt in das Blau ein, färbt es ein, aber kaum daß oder ehe alles Blau verschluckt ist, strömt frisches Blaugrün vom anderen Ufer zu, das Schwarz weicht zurück und der November aus der Hochmoorheide, gleichzeitig oder nacheinander in all den Seen oder Seestücken dies Himmelsballett, immer bewegte irische Himmel!

auf der Fahrt aus dem grünen Flachland in den Nordwesten nach den ersten Anzeichen auszuschauen, daß die Landschaft sich ändere, aber das geht dann so abrupt vor sich wie der Wechsel der Himmels- und Wasserfarben, nach dem vielerlei Wiesen- und Weidegrün nun vielerlei Steinfarben.

oder mit der Eisenbahn durch irisches Wetter zu fahren!

noch rascher als an einem Ort wechselt es auf der Strecke, die viele kürzeste Verbindungen ist zwischen Gewitterwolkenfinsternis, Sonnenschein, Platzregen und vor neuen Verfinsterungen aufreißenden Himmeln —

kaum möchte man, so blau ist der Himmel über der Küste, die Fahrt unterbrechen für solch eine Fernsicht, weiß man sich auch schon vor einem Weltuntergangswolkenbruch geborgen, aber je kräftiger der Sturm und Regen ist, in den aus der schönsten Sonne getaucht, dem Ziel man sich nähert, desto eher erreicht man, nicht immer, trockenen Fußes mit dem Gepäck das Hotel, mag dann auch an der Rezeption ein strahlender Tag für den Tag versäumt sein; und wie oft wiederholt sich in der Eisenbahn das kleine Abenteuer: linkerhand scheint die Sonne, geblendet sieht man ins Meer hinaus, rechterhand schlägt schwerer Regen gegen die Scheiben, alles Land ist von ihm hinweggenommen, und wir mitten hindurch! viele Male am Tag zeitige Morgenfrühe, und schaut man aus der Bahn in die wirkliche Morgendämmerung hinaus, sieht man in dem zaghaften Morgen einen blassen Ballon hängen, der langsam abgetrieben wird von seiner Bahn, in den Windschatten der Hecken und Mauern zieht es auch die Rinder, es ist der Morgenmond, aus dem Himmel treibt es ihn über die Weiden mit dem schwarz-weiß gefleckten Vieh hinaus.

karges Weideland, in dem sich aber unversehens felsiges Gelände aus hellem Stein als hunderte Schafe fortbewegt; die Kargheit wird milder, wie durch Bergblumen, dank den blauen oder roten Farbflecken, die ihre Rücken kennzeichnen; struppige Kälber, selbst ihre Hufe sind von Fell umwachsen, die scheu vor einem zurückweichen, und immer wieder stehen, als läge ein Gewässer zwischen ihnen, ein helles und ein dunkles Pferd ganz starr aufeinander ausgerichtet.

weite Strecken gibt es keine Bäume, bloß von Efeu überwachsene Licht- und Telegraphenmasten, auch auf den Leitungsdrähten lasten Efeustränge, aber aus den von Efeu umschlossenen Schloten oder Türmen stehen abgestorbene Äste heraus. auch die dem Verfallen preisgegebenen kleinen Steinhäuser steigt Efeu die Kamine und Feuermauern hinan, als wollte er sich an dem gewesenen Feuer wärmen (von ihren Dächern sind nur die dreieckigen Mauern stehen geblieben, die den Dachstuhl getragen haben, und so sehen sie von weitem wie Friedhofskapellen und kleine Klöster aus). inmitten von unbeschränkter graugrüner Weite durch Fensterhöhlen einer Schloßruine in den Himmel hinaufzuschauen, aus einer Abtei, von der nur mehr die Mauern stehen, in den anders frei als über dem Land darüberliegenden Regenwolkenhimmel, auf dem Steinboden steht das Himmelswasser, so daß von Grabplatte zu Grabplatte zu springen ist wie über einen Bach.

in Körper und Seele müßte man sich teilen können, um sowohl auf der beach-road die Küste mit nie gesehenen Wasservögeln entlangzugehen, als auch die sky-road hinanzuschwe-

ben, auf jener geht man aus der Bucht mit vorgelagerten Halbinseln und Inseln auf das Fort zu, unter dem die Wiesenhügel dem offenen Meer sich öffnen, auf dieser trägt es einen einem Himmel mit bewegenden Wolken so rasch entgegen wie in einem Flugzeug, und auf der Anhöhe geht man dann unter einem wasserblauen Himmel mit Wolkeninseln auf den Inselbogen im Wasser zu und auf das Zusammenfließen von Himmel und Wasser.
oder die andere Küstenstraße: im Bergaufgehen wird der Himmel immer heller, ins Landesinnere sind die Wolken abgezogen, wohin man schaut, auch ganz draußen am Meereshorizont, wolkenloser Himmel, und plötzlich hat er sich verfinstert, wird so wildbewegt wie das Wasser, hat Schaumkronen, ein Regensturm kommt angebrandet, ich werde in ein Haus hineingeholt; das kleine Mädchen, das Geige übt, spielt mir, von seiner Mutter am Klavier begleitet, ein Lied vor, ich singe den deutschen Text dazu, Regen und Sturm werden immer stiller, zur zweiten Strophe über dem Meer zwei kräftige Regenbogen.
immer bewegte irische Himmel! schöner als Felsbögen und Felsenhöhlen, durch die man auf ein blaues Meer sieht, sind die über keinem anderen Land jemals gesehenen Wolkenungetüme mit je einem Rundfenster in ihrer Leibesmitte zu einem himmelblauen Himmel, der, wenn sie Riesengespenster hochaufgerichtet über dem Wasser hängen, auch das Meer sein könnte, vergeistert mitgewachsen in ihren Bäuchen, manche dehnen sich, bis der Himmel sie durchlöchert, andere steigen mit langsam sich hebenden Flügeln als Riesenvögel vor einem auf, aus den gespreiteten Flügeln, immer stärker gefächert, fließt draußen über dem sonnigen Meer eher Regen nieder als Sonnenstrahlen, von ihnen verschattet.
zu den zweihundert Meter hohen Klippen, von deren Höhen sich grüne Wiesen ins Hinterland wölben, ganz nahe an sie Abgrund heran wird von schwarz-weißen Kühen geweidet. diese Felswände stehen in der Sonne, einzig sie und die vor ih-

nen auf- und niederfliegenden Wasservögel und die an ihnen hinanspringende Gischt sind von der Sonne beschienen, eingeschwärzt das Meer, tiefhängende Wolken, aus denen draußen schon Wasser niedergeht und die, von allen Seiten herangerückt, das Weideland und den Weg zu dem Turm auf einer kleinen Anhöhe verfinstern, dorthin renne ich dem Regen davon, durch die Wolken hindurch; Blick aufs Meer zurück, und Sonnenlicht läuft über das Wasser, ganz grünes Meer unter einem sonnenlichten Himmel, aber alles Schwarz staut sich an den Klippen. Sonnenflecken inmitten der schwarzen Wiesen, es schüttet an vielen Plätzen um mich herum, und an gleich vielen scheint die Sonne, unsteter irischer Himmel, und ohne naß zu werden, renne ich durch den Regen, renne in der Sonne neben ihm her, springe hinüber durch einen lichtversprühenden Schauer auf eine andere Sonnenlichtinsel, gleich hat es sie verschluckt, aber inmitten eines anderen Lichtkegels ist sonnengeblendet mitzulaufen durch die blauschwarze Finsternis, von allen Seiten strömt Licht zusammen und saugt sie auf, und diesmal nicht nur ein Regenbogen oder zwei: drei und dann auch vier sind es, einer hängt zwischen zwei Wolken.
kleine flache Bucht, auf deren düsteren Turm zu inmitten von Möwen und Krähen ein befremdlich blaues Meer mit weißen Nebelstreifen losbrandet (es ist aber nicht der Himmel), als wollte es Düsternis und Gemäuer hinwegspülen wie einen romantischen Traum von einem mittelalterlichen Turm an einem wildbewegten Nordmeer — white horses heißen die Schaumkronen, wie durchgehende Schimmel stürmt dies Meer auf den Turm los, es stäubt unter ihren Hufen, aber immer wieder weichen sie vor den Schreien der weißen und schwarzen Vögel zurück (oder von einem Fort auf eine grüne Insel hinüberzuschauen, kleiner Hügel, von dem eine Herde schwarz-weißer Rinder plötzlich zum Meer hinunterstürmt, als wollte sie sich ertränken)

»als während der ersten Nacht in K. an der Seiseralm in das von Blitzen wie von einem durch einen Vorhang beobachteten Silvesterfeuerwerk in immer kürzeren Zeitabständen ausgeleuchtete Zimmer —«

(ist die Heranziehung eines Feuerwerks dadurch gerechtfertigt, daß es dir eine umständliche Beschreibung vermeiden hilft; ist ›Silvesterfeuerwerk‹ zu sagen deshalb richtig, weil du Feuerwerke im Gebirge nur zu Silvester erlebt hast und der Widerschein auf weißem Bettzeug dem auf der Schneedecke ähnlich ist? darfst du dem Feuerwerk, um seiner die Analogie zu einem Gewitter störenden Buntheit zu begegnen, einen Zimmervorhang als einen Filter vorlegen, oder wäre wegen des ziemlich konstanten Farbbereiches der Blitze nicht besser ›wie von Autoscheinwerfern, wie von einem Leuchtturm ausgeleuchtet‹ zu erwägen, wegen der mit der Distanz wechselnden Leuchtkraft der Blitze nicht der ›flackernde Widerschein eines Fernsehschirmes‹ vorzuziehen und nach der Annäherung an ›Lichtbogen‹ oder an ›photographisches Blitzlicht‹, wodurch ja auch der Lichtstärke der Blitze mehr entsprochen würde, eigentlich nicht doch nur: ›von Blitzen wie von Blitzen erhellt‹ richtig?, habe ich noch während des Gewitters überlegt)

»und zwischen zwei schon kein ruhig gesprochenes ›Einundzwanzig‹ mehr von den Blitzen getrennten Donnern —«

(wodurch unterscheiden sich in der Wahrnehmung die von Blitzen ausgelösten und vom dazugehörenden Donner akustisch gegliederten Erdstöße von denen ›vorbeidonnernder‹ Lastzüge — oder gibt es diesen Unterschied nur in der Sprache, weil das Wort ›Erdbeben‹ einem anderen Phänomen vorbehalten ist? Blitze ›wie Bomben‹ einschlagen zu lassen, wäre gewiß nicht zu verteidigen, mag auch die Beklemmung während eines aus nächster Nähe erlebten Gewitters Bombenzeit-Erinnerungen aufrühren — warum aber sollte ich nicht, um dem Leser ein schweres Gewitter mit möglichst geringem Aufwand in die Vorstellung zu rufen, ›Geschützfeuer‹, ›Stalinorgeln‹ und den als männliches Reizwort weniger verdächtigen ›Funkeninduktor‹ einsetzen, wenn heutige Leser mit Technik und Krieg mindestens genau so vertraut sind wie mit Naturereignissen, sodaß ich, um mein Gewitter anschaulich und zugleich verkürzt zu beschreiben, bloß die Unterschiede in der Wirkung ›natürlicher‹ und ›künstlicher‹ Gewitter beziehungsweise Blitze charakterisieren müßte?)

»die Kirchturmuhr drei Mal schlug, wußten wir, daß das die Ankündigung wovon auch immer war, auch wenn es wirklich dreiviertel elf war und uns erst später auffiel, daß sie untertags nicht einmal die vollen Stunden geschlagen hatte, und wirklich: noch vor dem Geräusch zerschossenen Blechs und eines stürzenden Berges Geschirr —«

(ist es für einen Schreibenden legitim, für einen Vergleich auch das heranzuziehen, was er nicht wirklich kennt, indem ihm zum Beispiel das Geräusch zerschossenen Blechs nur aus alten Filmen und aus Hörspielen als simulierte Kriegs- und Kampfkulisse vertraut ist und er sich den anhaltenden Lärm einer großen Menge auf den Boden stürzenden Geschirrs nur deshalb gut vorstellen kann, weil er Häfendeckel übers Küchenpflaster tanzen hören hat und manchmal einen Teller fallen läßt?

vielleicht wären solche auf der Zusammenlegung von Einzelerfahrungen beruhende Vergleiche dann zu vertreten, wenn es vor allem auf die drastische Vermittlung von Eindrücken ankommt — da wohl schon jeder während eines Blitzschlages in nächster Nähe an zerschmettertes Geschirr gedacht hat, wird ihn ein gleicher Vergleich sich seines ähnlichen Erschreckens zu erinnern mahnen!, habe ich überlegt, als das Gewitter endlich abzog)

»läuten die Kirchenglocken immer lauter, —«

(wie nur verursacht die Dauer des Glockenläutens über das Anschwellen hinaus den Eindruck einer Steigerung der Lautstärke?, war eine der Fragen am nächsten Morgen — während des Glockenläutens hatte ich an immer heftiger geschüttelte Obstbäume gedacht),

»bis sie, nachdem in der Ortschaft und in den Häusern auf den umliegenden Hängen Licht nach Licht aufgegangen war und sobald sich die Donner von ihren Blitzen wieder gelöst hatten, nach einem Stromausfall zur Ruhe kamen, mit dem Zurückkommen des Gewitters (so kurz darauf, daß noch in manchen Fenstern vielleicht geweihte Kerzen brannten) allerdings noch einmal zu läuten begannen und erst kurz bevor es halb eins schlug, wirklich schwiegen« —

so etwa wollte ich noch während des Gewitters die Geschichte dieses Südtirol-Urlaubes anfangen lassen, fragte dich aber am nächsten Morgen beim Frühstück, um von der Beschreibung des Gewitters, das mir ja erst durch das Hinzutreten der Glocken interessant geworden war, etwas abzurücken, was du dir während des Glockenläutens gedacht habest und was dir zu ihm eingefallen war (schon in aller Früh hatten wir die Frage erörtert, ob — zumindest für Ortsfremde — Kirchenglocken bei Nacht deshalb anders klingen als bei Tag, weil der dem Geläute folgende Blick sich die Kirche von der Dunkelheit so genommen sieht, daß diese als jener zerstörtes Bild von den Augen gleichsam mitgehört wird, oder ob dieses Mitternachtsläuten, als breiteten sich die Schallwellen im Dunkel anders aus als bei Licht, uns vor allem deshalb anders geklungen hat als das aus gleicher Entfernung bei gleicher Stille gehörte Mittagsgeläute, weil wir es, einen Augenblick an die Glocken der Christmette oder der Silvesternacht erinnert, als wichtiges, für uns aber unverständliches Signal verstanden haben):

1. Ersatz für Sirenen — Feueralarm?
2. die Wikinger kommen! nein: die Schweden! (wo liest

man nach, seit wann es Glocken gibt — könnte ich Einzelheiten aus einer Kultur- oder Kriegsgeschichte über den vielfältigen Gebrauch von geweihten Glocken mit der Beschreibung dieses Nachtgewitters Zwiesprache halten lassen, in ›Einklang‹ bringen?)

3. Bartholomäusnacht (könnte ich das Gewitter sich aus der Frage entwickeln lassen, welche Glocken in der Bartholomäusnacht geläutet hätten — die katholischen, um das Geröchel der Niedergestochenen zu überdecken, oder die calvinistischen, um die Ahnungslosen zu warnen? oder soll ich das Gewitter aus einer Erörterung des vom Wort ›Sturmglokke‹ verursachten kindlichen Schauers entstehen lassen?)

dann unterhalten wir uns damit, dem Gewitterläuten möglichst viele Motive zu unterlegen, wobei wir mit dem Wirt in ein Gespräch zu kommen meiden, damit er uns nicht zu früh den Sinn des nächtlichen Geläutes erklärt —

genauso wie Bombenflugzeuge mit Hilfe der auf das jeweilige Gebäude gemalten Rotes-Kreuz-Zeichen vor der Bombardierung Kranker und Verwundeter gewarnt werden, habe das Südtiroler Glockenläuten dem lieben Gott anzuzeigen, wo die Gemeinde liegt, die, da sie ihrem frommen Geläute vertraut, Schonung verdient — oder meinst du, die Glocken hätten, um sich beim lieben Gott einzuschmeicheln, vorzugeben gehabt, sie wollten die Dorfbewohner zu einem Gebet wekken, um sie in Wahrheit zu einem raschen Verlassen des Strohs oder zum Weglegen der metallenen Haarnadeln wachzurufen? eher wurden sie zu dem Zweck geläutet, daß Reue erweckt werde, denn die reichste Bäuerin, aus dem Schlaf in die zuckenden Blitze gerissen, hat sich gewiß des unrecht erworbenen Gutes geschämt, sie hat ja den Mund voller Gold!

damit keiner unvorbereitet vom Tod getroffen wird; damit sich alle beizeiten an die Posaunen am Jüngsten Tag gewöhnen; damit das nächste Sonntagsgeläute allen Dankbarkeit beschert; damit den Touristen Ehrfurcht vor der Natur beigebracht und ihnen zugleich eine erzählenswerte Urlaubserinnerung zuteil wird, sodaß sie dann, Spekulationen hingegeben über Relikte aus einer heidnischen Vorzeit, in der die Dämonen mit Lärm vertrieben wurden, nicht merken, welch schlechten Kaffee sie zum Frühstück trinken — vermutlich deshalb geläutet, weil ein Haus in Flammen aufgegangen war, weil ein Blitzschlag in den Kirchturm die elektrisch betriebenen Glocken in Bewegung gesetzt hatte.

die Auskunft des Wirtes beim Mittagessen, das Wetterläuten sei ein alter Brauch, üblich in allen Gemeinden um den Schlern, auch bei Tag, sei aber auch, seit Südtirol italienisch sei, eine politische Demonstration, sehe ich als Schlußsatz vor, warum sollte ich ihn nicht dahingehend erweitern, wann immer es von seiten der italienischen Regierung Benachteiligungen und Verbote von Volksfesten gäbe, schauten die Bauern ungeduldig nach einem Gewitter aus.

dann aber hat die Natur mit meiner Geschichte anderes vor —

denn als in der nächsten Nacht, wieder nach einem dreistündigen Wetterleuchten und kaum daß das Gewitter da ist, der Halb-zwölf-Uhr-Schlag das Glockenläuten ansagt, richte ich mich darauf ein, einem Gedächtnisprotokoll über die erste Gewitternacht eine fiktive Mitschrift aus der zweiten gegenüberzustellen, eventuell das zweite Gewitter als Lokalaugenschein des ersten zu verstehen und daher dann bloß die Beschreibung des einen durch (stilistisch unterscheidbare) Einschübe, also Beobachtungen während des anderen, zu ergänzen oder durch deutlich abgesetzte Anmerkungen zu korrigieren:

zum Beispiel höre ich nun, daß die Glocke während der ersten drei Minuten ihres Läutens nicht scheinbar immer lauter läutet, sondern daß nach der ersten und der zweiten Minute Läutens eine zweite beziehungsweise eine dritte mitzuläuten beginnt; oder sehe und höre ich nun, daß die Glocken genau zur Zeit des Stromausfalls zu läuten aufhören, also nicht mehr läuten, sobald in den längst dunkel gewesenen oder plötzlich verfinsterten Häusern Kerzen- oder Petroleumlicht zu erkennen ist, was meinem Eindruck in der ersten Nacht, diese Notbeleuchtung habe symbolische Bedeutung, teilweise recht gibt — auf dem neben der Kirche ansteigenden Friedhof brennen seit dem Abend Wachslichter und Kerzen, auch in den Fenstern sind einige schon während des Wetterleuchtens angezündet worden.

und als die Glocken nach einer gleich langen Pause wieder einsetzen, das Bedauern, daß sich trotz der Schwere des Gewitters ihre Wirkung schon so abgeschwächt hat, daß die von der Theaterpraxis offenbar unberührt gebliebene Regel: ›sooft es gewittert, wird geläutet!‹ einem allzu naiv erscheinen muß — bald wird sich ein Urlauber über diese zusätzliche Lärmbelästigung beklagen, und wenn es noch lange so heftig blitzt und donnert, werde auch ich, als wäre dies ein Spektakel, den einen und anderen Blitz und Donner als enttäuschend empfinden, so schnell stumpft die Ehrfurcht ab und die Furcht (nur scheinbar, denn dann wieder ein so heftiger Einschlag, daß man gottesfürchtig zusammenzuckt)

auch in der dritten Nacht kehrt das Gewitter wieder — trotz einer Gewittermüdigkeit und den Bedenken, die Leser würden die Gliederung der Erzählung in drei Teile als billigen formalen Trick verstehen und mir die drei Gewitter nicht glauben, möchte ich nun das Thema Gewitter in zwei Variationen verfeinern, nämlich so, daß diese drei Beschreibungen als drei Skizzen eines Motives einander ergänzen müßten, zugleich aber auch dreierlei Reproduktionen eines Bildes ergäben — wieder um den Schlaf gebracht, möchte ich aber nur wissen, ob der Mesner schlaftrunken auf einen an seinem Bett angebrachten Knopf drückt, damit für eine bestimmte Zeit die Glocken läuten, von einem lauten Donner wieder geweckt, nochmals drückt, oder ob er, da er an Schlafstörungen leidet, jede Gelegenheit nützt, alle die, welche solch ein Gewitter ansonsten verschlafen würden, an seinem Leiden mitleiden zu lassen; ob ein in K. den Hochzeitsurlaub verbringendes Paar trotz der nervösen Erschöpfung, mit welcher es heimfahren wird, in Hinkunft seine höchsten Freuden nur während eines Gewitters erreichen kann,

und da mag auch ich nicht mehr: warum soll ich, von drei Gewittern bloß gestört, über Gewitter schreiben, wenn mir das wie zu behaupten vorkäme, es wäre noch nie ein Gewitter beschrieben worden, ja es hätte noch nie zuvor eines gegeben? warum sollten mir Blitze und Donner dieser Südtiroler Gewitter Gewitterfreuden der Kindheit erhellen oder erst Jahre nach der Kindheit geträumte Erschießungs- und Bombenängste wachrütteln, wenn mir dies ja doch nur drastisch vor Augen führte, daß der Film naive Beschreibungen vor langem der Literatur weggenommen hat?

ein Weg, zu beweisen, daß Gewittern doch noch etwas abzulisten sei, wäre vielleicht der, die Gewitter großer Dichter auf unbearbeitet gebliebene Einzelheiten hin zu prüfen, ihre schönsten Wendungen zu kommentieren und ihre Gewitter in die eigene Sprache zu übersetzen — oder ginge es sogar an, die zu sorglos verwendeten Versatzstücken der Heimatliteratur gewordenen und in Schulaufsätzen gern gesehenen Wörter und Wortfügungen wie ›Donnergrollen‹, ›zuckende Blitze‹ als Fremdkörper in eine, einem Fachartikel angenäherte Abhandlung hineinzunehmen in der Hoffnung, die unanschaulichen Details aus der Elektrizitätslehre und Meteorologie würden als ein Neutralisierungsmittel den lautmalenden Fluch von ihnen nehmen, auf daß die durch unbedachten Sprachgebrauch abgenützte Wahrheit gerettet sei und wenigstens einmal wieder aufleuchte in ›Donner‹ und ›Blitz‹, wenn solche Wörter schon nicht durch Wiedertaufe zu farblosen (und farblos eines Dichters bedürftigen) Bezeichnungen wie ›Straße‹ oder ›Haus‹ werden könnten? aber wie in einem Südtiroler Dorf die Sturmglocke mit Worten läuten, ohne daß verlorene Heimat anklingt und die Erde in Schollen springt?

ein Pferd ist auf der Alm erschlagen worden, es hat aber nur einen schwarzen Fleck am Hals!, erzählen tags darauf drei Münchner Kinder — werden sie das Pferd mit dem Brandzeichen des Todes auf Urlaubskarten und in Hausaufgaben weiterleben lassen und ihm die Mittagsglocken als Totenglocke läuten hören?
vor der Heimfahrt erklärt uns der Leiter des Fremdenverkehrsbüros, Wetterläuten habe den Sinn, daß die Schallwellen das elektromagnetische Feld des Gewitters stören und es vertreiben, ob wir noch nie vom Wetterschießen gehört hätten — meiner Frage, wie denn Wetterschießen und Wetterläuten mit ähnlichen Mitteln so Gegenteiliges wie Regenzeit und Trockenzeit bewirken können sollten, weiß er nichts zu erwidern und kennt auch keine von Bergen umgebene Ortschaft, deren Glocken an manchen Wintertagen stumm sein müßten, dünner Schlaf des labil geschichteten Schnees.
bis zur Abfahrt des Autobusses warte ich auf den Mesner, er kommt nicht rechtzeitig nach Hause, sodaß die K.er Gewitter auch als Teil seiner Biographie ungeschrieben bleiben müssen
(aber wenigstens macht die nackte Zur-Schau-Stellung dessen, was eine Erzählung zu verkleiden hätte, wie durch eine Verhüllung sichtbar, was uns beide verbindet)

INHALT